La memoria

958

Alessandro Robecchi

Questa non è
una canzone d'amore

Sellerio editore
Palermo

2014 © Sellerio editore via Siracusa 50 Palermo
e-mail: info@sellerio.it
www.sellerio.it

2015 Ottava edizione

Questo. volume è stato stampato su carta Palatina prodotta dalle
Cartiere di Fabriano con materie prime provenienti da gestione
forestale sostenibile.

Robecchi, Alessandro <1960>

Questa non è una canzone d'amore / Alessandro Robecchi. –
Palermo : Sellerio, 2014.
(La memoria ; 958)
EAN 978-88-389-3173-4
853.914 CDD-22

CIP – Biblioteca centrale della Regione siciliana «Alberto Bombace»

Questa non è
una canzone d'amore

I know it was all a big joke
Whatever it was about.
Someday maybe
I'll remember to forget.

(Lo so che è stato tutto un grosso scherzo
di qualunque cosa si sia trattato.
Un giorno forse
mi ricorderò di dimenticare).

BOB DYLAN, *Tight connection to my heart*

Zero

Il pronto soccorso più vicino è quello di via Crivelli, all'ospedale Gaetano Pini, tutti i milanesi scivolati sul ghiaccio, o con le zampette rotte per qualunque motivo lo sanno. Da lì, da viale Tibaldi, ci vorranno cinque minuti, ma tanto hanno capito tutti che non c'è fretta.

Così l'ambulanza se la prende comoda, non accende la sirena, no di certo, ma le luci blu che girano sì, più che altro per la nebbia.

Poi l'autista le spegne mentre scende la rampa d'accesso dell'ospedale, e due tizi in camice bianco escono dalla porta dell'accettazione.

Uno si accende una sigaretta.

L'altro fa un cenno alla ragazza che scende dall'ambulanza, lato passeggero. Medico di pronto intervento, volontaria in servizio. Carina.

Una domanda muta. Lei scuote la testa.

Con gesti soliti, collaudati, quasi meccanici, tirano giù la lettiga. È coperta con un lenzuolo.

Portano dentro il carrello, spingendolo come al supermarket. La giovane dottoressa con la tuta arancione dietro a quello col camice bianco. L'altro dottore spegne la sigaretta sotto gli zoccoli, e tira una boccata di nebbia milanese.

È appena passata l'una.

Ma come cazzo guida, la gente.

E lui ne ha fino alle sei.

Che palle.

Uno

Marino Righi è seduto su una poltrona di velluto rosso. Poltrona incongrua, un oggetto che pare fuori posto in una stanza elegante alla maniera del design nordico, legni chiari, toni neutri, tende ecru. Persino i quadri alle pareti hanno colori tenui, niente di sparato, niente che risalti. Ton sur ton, ecco, quella roba lì.

La poltrona, invece, rosso vermiglio.

Scovate l'intruso.

Marino Righi si è seduto lì senza pensarci – a cosa poteva pensare? – quando l'uomo è entrato in casa sua e gli ha detto:

«Mettiamoci comodi, dobbiamo parlare».

Perché l'ha fatto entrare? Ora ci pensa e non sa rispondersi. Ma sì che lo sa.

Perché si sente in colpa, perché sa di dovergli qualcosa, anche se le spiegazioni sono state già consumate, le scuse già trovate, gli alibi spesi, le discussioni esaurite.

Però ora è tutto diverso.

Perché quello, appena entrato, ha messo una mano in tasca, e poi l'ha tolta subito. E nella mano aveva una pistoletta piccola, cromata, puntata su di lui.

Marino Righi, più perplesso che impaurito, è indietreggiato fino al salone, ha preso posto sulla sua poltrona, un gesto naturale. L'altro gli si è messo davanti, seduto in pizzo su un divano color crema, un po' spostato sulla sinistra, perché in realtà di fronte alla poltrona è piazzato un televisore al plasma di molti pollici, acceso senza audio, una specie di cinema, da chiedersi quando passa quello dei pop-corn.

Un tipo tracagnotto, non proprio grasso, ma più basso di quel che si dovrebbe essere, per i canoni estetici correnti. Un cappello troppo largo per lui che gli casca sugli occhi, un naso importante, e una bocca che sembra grassa anche lei. Non un bel tipo, eppure, pur così tozzo, con una sua grazia. Un giaccone scuro ingombrante lo rende ancora più solido e largo. La pistola nella mano destra che non trema neanche un po'.

«Dobbiamo parlare», ripete.

Ma poi, però, non parla per niente.

Allunga appena il braccio destro finché la canna della pistola sta a trenta centimetri dalla fronte di Marino Righi. E schiaccia il grilletto.

Boato. Poi silenzio.

Ora le macchie che stonano nel tripudio di bianco e beige e sfumature pastello sono due: la poltrona rossa e il cerchietto che Marino Righi ha in mezzo alla fronte, da cui cola lentamente un minuscolo rivolo di sangue, rosso anche lui.

Un proiettile calibro 22 non è molto veloce, né devastante, ma questo non aiuta, anzi. Quando entra ha già fatto il grosso del lavoro. E se non trova una parte molle da cui uscire, rimbalza qualche decina di volte tra le ossa del cranio come una pallina da flipper tra i respingenti.

Gli special, le lucine e tutto il resto, ma non si vince niente.

L'ometto tarchiato raccoglie il bossolo da terra e lo avvolge in un fazzoletto bianco, che mette nella tasca dei pantaloni. Non ha fretta, fa tutto con grande calma, metodico e preciso.

Indossa un paio di guanti. Lattice, o cotone bianco, aderenti, fatica a infilarli.

Sparisce nelle altre stanze, trova lo studio, si siede alla scrivania. Non sa cosa cercare, e infatti non lo cerca. Si limita a curiosare, senza fare disordine.

Apre cassetti, li richiude. Apre una cartelletta azzurra, legge un foglio, distrattamente. Poi si fa subito più attento, e per la prima volta da quando ha suonato il campanello si acciglia, strizza gli occhi.

Rilegge.

Legge ancora una volta.

Piega il foglio in quattro, con precisione, o lo mette nella tasca interna della giacca.

Milano non è una città da guardare ad altezza d'occhi. Per capirla davvero bisogna guardare in basso, dove i seminterrati si riempiono di traffici, magazzini, laboratori, cucitori di borse, lavatori di tappeti, impilatori di dati informatici, artigiani rifugiati nelle cantine dei palazzi perché il negozio costava troppo, o il capannone se l'è preso la banca, o i dipendenti sono solo due, da venti che erano, signora, sapesse.

Oppure bisogna guardare in alto, dove i palazzi del primo Novecento sono cresciuti come per levitazione, con sopralzi, propaggini verticali. Soffitte sopra il quarto piano hanno fatto da fondamenta al quinto, al sesto, a volte all'attico. Protuberanze quasi sempre assurde, architettonicamente ripugnanti, che sembrano incollate senza stile, senza eleganza. Alcune meglio di altre. Certe con il terrazzo e la vista niente male, come questa.

Qui i Navigli, là il resto del mondo.

L'ometto indugia un attimo vicino alla finestra. Nuvole.

Poi torna in salotto.

Marino Righi sembra guardarlo indifferente.

Indifferente è il minimo.

Una goccia rossa ha raggiunto il collo della camicia, passando dal lato sinistro del naso, aggirando le labbra, calandosi piano dal mento.

L'ometto si mette al lavoro. Metodico, tranquillo.

Dieci minuti.

Poi riprende i suoi strumenti.

Poi spegne le luci.

Poi esce tirandosi dietro la porta, chiudendo dentro con lo scatto della serratura la tivù accesa senza volume, l'attico che guarda i Navigli e una vaschetta di cubetti di ghiaccio presa dal freezer e lasciata mezza vuota sul tavolo della cucina.

E Marino Righi seduto sulla sua poltrona.

In ascensore toglie i guanti, schiaccia il pulsante del piano terra usando una nocca del dito indice, raggiunge il portone ed esce sulla strada.

Una macchina si mette in moto. Una Peugeot né nuova né vecchia, grigio cenere.

L'ometto sale al posto del passeggero.

«Fatto?».
«Fatto».
«Rogne?».
«Niente».
«Trovato qualcosa?».
«Forse. Vedremo».
Poi basta, e nessuno parla più.

Due

«Sei una testa di cazzo».

«Apprezzo il giro di parole».

«Dico sul serio, non sono cose che si buttano dalla finestra. Ora offrono venticinque. Venticinquemila a puntata. Trentotto puntate all'anno. Per chissà quanti anni. Se vuoi ti faccio due conti».

«No».

«Più tutto il resto. Indotto, pubblicazioni, tutto quello che verrà. Basterà metterci il tuo nome per fare soldi. Un programma di. Da un'idea di. Sponsor. Diritti. Sai come funziona».

«No».

«Non capisco se stai tirando sul prezzo... ma più di così è difficile... anche per loro... oppure se sei davvero una testa di cazzo...».

Resta in sospeso per un attimo. E poi:

«Non capisco davvero», un sospiro, questa volta.

Non capisce, insomma. Il concetto è chiaro.

Eppure sa. C'era pure lei. Ha visto. Ha sentito. Ha assistito con un biglietto di prima fila, poltronissima, coca-cola in mano, pronta all'applauso. Più che una spettatrice. Lui, Carlo Monterossi, che le siede di fronte con l'aria di quello che vorrebbe essere da un'altra parte, è il clown, ma anche lei fa parte del circo.

«Non ti immergeresti in un barile di merda per venticinquemila euro», dice lui.

«Sei sicuro?... Beh, ci vorrebbe un barile bello grosso», ride lei.

Una risata roca, qualcosa a metà tra un sospetto di tuono nei preamboli di un temporale e il ruggito del coguaro femmina che difende i cuccioli. Due enormi tette sobbalzano come cocomeri su un tavolo durante il terremoto, le pieghe del collo si stirano come quelle di un'iguana gigante del Borneo durante il pasto. La collana di perle segue il movimento sussultorio e tintinna.

Lei è Katia Sironi, né più né meno.

Katia Sironi sarebbe l'agente di questo Monterossi che sta seduto lì. Cura i suoi affari, intasca il quindici per cento di cifre che lui, senza di lei, non riuscirebbe a mettere insieme nemmeno rapinando banche; pesa, a occhio, come Tyson con in braccio Foreman, e ha quel sottile senso dell'umorismo che potreste trovare in una sala bigliardo della bassa Brianza, ma un po' più grezzo.

Un poderoso monumento di carne umana avvolto da una specie di tunica nera, collana, orecchini vistosi, trucco appena un po' più pesante del lecito, sigaretta accesa, voce roca, sguardo intelligente, dietro una scrivania in stile SanSiro-Babilonese così enorme che ci potrebbe atterrare un Tupolev, sgombra e lucidissima, in legno rosso, probabilmente ciliegio.

Di Katia Sironi il Monterossi conosce tutto quel che c'è da conoscere, dallo sterno in su.

E giurerebbe che gli basta.

È in gamba. Gli piace. In qualche modo, le deve molto.

Quindi è il suo turno di sospirare:

«No».

Lei chiude gli occhi e unisce le punte delle dita. Prende fiato con il rumore del risucchio che fa la risacca in mezzo agli scogli, quella che ammazza i surfisti, peggio per loro. Poi parla in modo meccanico, senza inflessioni, tipo bollettino dei naviganti, venti da sud sud-est, mare mosso o molto mosso...

Così:

«Riassumo per i non udenti. Tu hai un'idea. Non è la penicillina, ma insomma, si può vendere. Io la vendo. Ne fanno un programma per la tivù che va molto bene il primo anno. Che il secondo anno diventa una specie di caso nazionale, anche grazie a un paio di colpi di culo che resteranno nella storia, sia della televisione che dei colpi di culo. Ora sta per partire il terzo anno, ti coprono d'oro, ti implorano in ginocchio, ti vogliono a tutti i costi, una cosa mai vista. E tu, contro ogni logica, ti travesti da fine umanista, sensibile, colto, politicamente corretto, nobile d'animo e molto, molto imbecille, e li mandi a cagare. Dicendo "non voglio avere a che fare con quella merda". È la tua merda, Carlo, c'è poco da fare lo schizzinoso. Dico bene?».

A questo punto lui dovrebbe dire un altro no.
Perché no, non dice bene. Non è così che è andata.
Lo sa lui com'è andata.

Crazy Love – si chiama così, il barile di merda – era nato davvero con un'idea piccola piccola.
Un guizzo, una sensazione.
Anzi, un giochetto.
Come sarebbe, si era detto una sera, se l'industria del pettegolezzo mondiale si concentrasse sul mondo reale, sugli ordinari abitanti del paese, su quella che ci ostiniamo a chiamare «la gente normale». Se il flash del paparazzo allargasse di stupore e disappunto non le pupille della starlette sorpresa sul macchinone con l'attore sposato, o il facoltoso industriale, o il calciatore, o il ganzo di passaggio di Tizia e Caia momentaneamente osannate su qualche red carpet, ma magari sorprendesse tra il lusco e il brusco la sora Marisa, impiegata all'Inps. E il di lei collega Marzio, quarantasette anni, capufficio con pretese di promozione, villetta a Fregene, spumante in fresco per l'occasione.
Com'è, insomma, l'amore ai tempi della tredicesima, del mutuo da pagare, del volantino con gli sconti all'ipermercato, se ci si mette a raccontarlo come si raccontano gli amori degli yacht, dei Golf and Polo Resort, delle suite al George V.

«Regarde, ma chérie. Cette ville étonnante, Paris, est à toi!».

«Anvedi oh, come se illumina Latina de notte! Bella, eh! E lévete sta giacca, dai, che fa caldo!».

Una cretinata, alla fine.

Un giochetto venuto su come un rigurgito quando la sera era noiosa, le chiacchiere solo una stanca inerzia, i piatti della cena ammonticchiati sporchi sul tavolo della cucina e gli amici sul piede di partenza – s'è fatto tardi, noi andiamo, eh Carlo?

Ecco. Poi, come sempre quando si disegna una trama, era venuto il ricamo. Quasi da solo.

Seguirli, capirli, descriverli. Fotografarli di nascosto e impaginarli come sui giornali popolari. Invitarli a raccontare. Loro, i mariti ignari a casa, le mogli inconsapevoli, i colleghi complici o invidiosi, i ricordi, i racconti, le brutte strofe delle brutte canzoni che si erano declamati – tutte le sore Marise e i capuffici Marzi del nostro scontento – sul sedile posteriore della Golf, sotto casa di lei, o di lui. I retroscena, i drammi, le schermaglie, le bugie, le illusioni, i sotterfugi, le passioni.

Quell'indomito, e al tempo stesso banalissimo, e al tempo stesso disperato, e al tempo stesso rigenerante sfuggire alle loro vite per farsene altre in formato fotocopia, per fingere di farsene altre.

Per illudersi di evadere dal principale che allunga le mani, o dal conto del dentista di Giggino – questo apparecchio lo mettiamo, signo'? –, dal quarto d'ora di sesso settimanale, consumato per dovere in attesa che diventi quindicinale, poi mensile, poi basta, perché andiamo, Mario, alla nostra età!

L'amore, insomma, della né buona né brava gente della Nazione.

«È un'idea del cazzo», aveva detto Katia Sironi.

Poi aveva aspirato due tonnellate d'aria alla sua maniera, tipo mantice dell'Italsider, e aveva preso il volo:

«Così del cazzo che gli può piacere. Ma piacere tanto. Fammici lavorare un po'. Mandami tutto scritto, così come me l'hai detto. Un po' pomposo, non devo insegnarti i trucchi. Trasforma questo stronzo in un cioccolatino con la carta dorata e proviamo a venderlo».

L'aveva venduto.

Bene.

Benissimo.

Dove Carlo aveva visto la struggente idea dell'ineluttabilità, e al tempo stesso dell'inutilità profonda dell'amore, lei aveva visto spot di detersivi e cifre Auditel. Dove lui aveva visto piccole Bovary di provincia e ragionieri alla ricerca del tempo perduto, lei aveva visto contratti, format da depositare alla Siae, trattative con le case di produzione.

Cinismo.

Indovinate chi era il cretino.

La Grande Tivù Commerciale – l'Impareggiabile Fabbrica della Merda – pareva non aspettasse altro.

Per un anno lo chiamarono «il progetto». Avevano messo a disposizione del progetto la conduttrice di prima fila, Flora De Pisis, le strutture, le persone, una redazione selezionatissima strappata ad altri prestigiosi programmi – tipo *Stupiscila in cucina* o *Quando la giustizia si sbaglia* –, autori in grado di scrivere testi ispirati come «E lei, signor Procopio, cos'ha pensato quando Mara l'ha lasciata?», uno studio sfavillante le cui luci diventavano più chiare e più sparate giorno dopo giorno, all'inseguimento dell'età della conduttrice che appariva ormai circonfusa di un bagliore extraterrestre.

Avevano condotto analisi di mercato che dicevano esattamente quello che sarebbe successo: fortissima penetrazione tra le fasce basse della popolazione, pubblico femminile ma non solo, ottime probabilità di creare quello che si dice un fenomeno di costume con conseguente conquista di un pubblico più «alto», bassi costi, alti incassi, possibili programmi collaterali tipo *Aspettando Crazy Love* o *Crazy Love com'è finita*, o anche *Crazy Love, sentimenti alla moviola*.

Come del maiale, non si sarebbe buttato niente.

Carlo Monterossi assisteva ipnotizzato.

Vedeva la sua idea gonfiarsi, espandersi, evolvere in ogni senso, ma non in quello che aveva pensato lui. La stessa differenza che potrebbe correre tra una gita romantica a Praga e l'invasione sovietica coi carrarmati.

Al tempo stesso, stringeva mani, incassava complimenti, perlopiù da gente che avrebbe volentieri fucilato contro una siepe, versava assegni, cambiava casa, macchina, guardaroba, luoghi di vacanze.

Katia Sironi lo vendeva come fosse in vetrina da Tiffany, Flora De Pisis rilasciava interviste dicendo «Carlo è un genio assoluto, io l'ho solo scoperto e l'ho regalato al mondo».

Bastarono poche puntate, e la frase «un programma di Carlo Monterossi», scritta in bianco su blu brillante, musica house addomesticata, effetti grafici à la Mondrian, suonava sempre più alle sue orecchie come «Carlo Monterossi, spacciatore di crack davanti agli asili». O «Carlo Monterossi, stupratore seriale».

Il problema era «pettinare» le storie. Nel gergo della Grande Fabbrica della Merda, «pettinare» vuol dire adattare la storia al suo «specifico televisivo». Abbellire il brutto, drammatizzare il banale, eccitare l'ordinario. Basta poco. Basta prendere la commessa del grande magazzino, che sia belloccia, inventarle un piccolo passato di modella, carriera che sarebbe stata luminosa se... la malattia della madre... il fratello tossico... il padre schiacciato dal trattore... ed ecco una bella pettinata drammatica.

Taglio, colore e messa in piega.

Lui si opponeva, resisteva, puntava i piedi. Carlo il mulo.

«Lasciamo degli spigoli», diceva, «lasciamo che ridano davvero, che piangano davvero, non perché c'è scritto sul copione».

Insomma: lasciamo che si rovinino con le loro mani. E si rovinavano, come se si rovinavano!

Il primo anno, *Crazy Love* fece una media del trenta per cento di share, e un record di otto milioni di spettatori alla metà di novembre, quando la signora Speranzini Gilda, trentottenne, sexy alla maniera di Sharon Stone come la si può immaginare da una villetta di Udine, sposata a un ricco notaio, venne a raccontare la sua triste storia.

Fasciata in un vestito bianco costato al reparto sartoria almeno sei riunioni, le mani consumate dal burraco e il gruppo sanguigno A-gin-tonic-positivo, Speranzini Gilda raccontò tutto con ordine e in un italiano perfettamente televisivo.

Che con le sue amiche del circolo aveva scommesso di far cascare innamorato come un caco maturo un certo Villalta Guido, di anni quarantadue, installatore di caldaie, aitante ma irrimediabilmente operaio. Il mood era quello della signora bene con l'animale metalmeccanico. Passatempo, sfizio, come prenotare una crociera o iscriversi a pilates.

Grande successo amatorio.

Poi, il Villalta Guido era venuto a sapere della scommessa, e con il semplice calcolo due più due che tutti sanno fare, aveva riletto quelle frasi languide della signora, quelle citazioni di Claudio Baglioni e di Cesare Cremonini, quegli incontri di fuoco nei motel della zona – attesi, bramati, febbrilmente anelati – per quello che erano: lo scherzo di una signora annoiata che giocava a épater le bourgeois, cioè se stessa, col suo cuore.

Cuore che, sia detto per inciso, gli aveva fatto mollare moglie, figli, trilocale con piccola veranda e, quasi, il lavoro.

Così, a furia di lettere anonime, soffiate velenose e lingua lunga, il Villalta aveva risvegliato il dormiente Gianfilippo Speranzini, notaio in Udine, figlio, nipote, pronipote di notai, che era andato da un avvocato. E l'avvocato, figlio, nipote e pronipote di avvocati, per chiudere il cerchio, era andato dalla signora Speranzini Gilda e, senza troppi giri di parole, aveva detto più o meno:

«Che facciamo, signora, usciamo con le mani alzate senza scandali, o si trasferisce direttamente all'ospizio dei poveri?».

Tutto bene, no?

No.

Perché verso le ventidue e trenta di quella sera di novembre, con quattro televisori su dieci della settima potenza mondiale sintonizzati sui patetici cazzetti suoi, appena in tempo prima della pausa pubblicitaria, la signora (ex) Speranzini Gilda aveva finalmente confessato l'inconfessabile.

Dismesse la Mini Minor fucsia e la villa con giardino, radiata dalle frequentazioni della Udine bene, dal circolo delle dame, esclusa per sempre dalle vacanze notarili a Sankt Moritz – dove una volta aveva visto un Agnelli, nemmeno lei sapeva dire quale – era tornata dai genitori alla periferia di Spilamberto, dove potete trovarla tutt'oggi dietro il bancone di una dignitosa posteria-bibite-panini. E da lì – cioè dallo studio di una Flora De Pisis al culmine dell'illuminazione antirughe, ma in realtà da quell'angolo dimenticato di mondo – gridava il suo amore, ora sincero, cristallino, inestinguibile e non negoziabile, per l'installatore di caldaie Villalta Guido, che lei aveva sì ingannato, ma poi amato e amato e ancora amato con tutto l'amore possibile.

Il quale Villalta Guido, interpellato telefonicamente in diretta da Flora De Pisis in persona, dichiarava che «di quella troia» si era scordato anche il nome, che le cose gli andavano assai bene, che le amiche della signora – signore vere, queste – lo apprezzavano un bel po', che non aveva mai installato tante caldaie in belle ed eleganti case di mezz'età come ora. Non so se ci siamo capiti.

Ecco.

Sul finire di quella puntata, Carlo Monterossi aveva spento il televisore, aveva rimirato il suo tremebondo pallore nello specchio del bagno, aveva freneticamente sventrato scatoloni (abitava nella nuova casa da due giorni) in cerca della bottiglia di Oban e di quel vecchio disco in cui Bob Dylan dice così:

I can manipulate people as well as anybody
Force 'em and burn 'em
Twist 'em and turn 'em
I can make believe I'm in love with almost anybody
*Hold 'em and control 'em squeeze 'em and tease 'em.**

* Bob Dylan, *I ain't gonna go to hell for anybody*: «Sono in grado di manipolare la gente come chiunque / costringerli e bruciarli / e raggirarli e sviarli. / Sono in grado di fingere di essere innamorato di quasi chiunque / attirarli e controllarli e stritolarli e stuzzicarli».

Quanto ai due «colpi di culo» evocati da Katia Sironi, non vale farla troppo lunga, perché non c'è italiano che non sappia.

Filippo Vendemmiati, di Parma, aveva preteso di parlare in diretta per dire quello che pensava veramente di Katia Saffi, sua amante da undici anni, che da otto gli prometteva di mollare la famiglia per vivere con lui una nuova stagione della vita, e che ora se ne stava in tivù a chiedere scusa al marito, tra lacrime e sospiri, giurando che quella «piccola avventura» non cambiava niente tra loro.

Flora De Pisis, naturalmente, non si era sottratta e aveva concesso diritto di replica al Vendemmiati che però – piccolo dettaglio – telefonava da un bar dove si era asserragliato armato come un liceale del Wisconsin, prendendo sei ostaggi tra cui, a sua insaputa, un carabiniere in borghese.

Purtroppo, prima del collegamento, erano arrivate un paio di volanti, con tanto di irruzione, sparatoria e due morti stecchiti: il Vendemmiati e il vicesovrintendente Cosimo Pistelli, moglie e tre figli, prossimo alla pensione.

Il tutto, le urla, gli spari, il trapestio e il «non sparare porca puttana!», in diretta audio con lo studio di *Crazy Love* e undici milioni di case italiane, la regia costretta ai sempre più luminosi primi piani di Flora De Pisis che si mostrava orripilata, e poi affranta, e poi sconvolta, e poi disperata prima di improvvisare la sua chiosa preferita: «Anche questo fa fare l'amore!».

Share 43 per cento, picco massimo alle 22.43 con dodici milioni, seicentoquarantatremila e ottocentoventuno persone che non avrebbero cambiato canale per niente al mondo.

Federica Liperi, invece, aveva preferito buttarsi lei, dal sesto piano di un brutto palazzo alla periferia di Cosenza, una volta riconosciuto il marito Franco nel racconto di Mirella Serti, universitaria fuori corso e contabile precaria da un fiscalista. A sentire lei, la giovane e un po' fatalona Mirella, l'adorato Franco stava con una donna sciatta, triste, sempre depressa, mentre lei gli faceva toccare il cielo con un dito, e lui aveva deciso, ormai, questione di giorni, di settimane.

Federica Liperi non aveva aspettato né giorni né settimane. Il tempo di prendere il bambino di due anni e mezzo e buttarsi con lui, praticamente sotto gli occhi della troupe mandata da Flora De Pisis a parlare con la signora, a verificarne la sciatteria, la tristezza, e a finire invece col constatarne il decesso.

44,6 di share, con dodici milioni, ottocentonovantaseimila e settecentotredici spettatori.

Anche questo fa fare l'amore.

Ovviamente seguirono dibattiti, esternazioni, invettive, critiche, carte bollate, interrogazioni parlamentari, lavoro extra per maîtres à pénser, apocalittici, integrati, editorialisti, massmediologi veri e presunti, ectoplasmi di McLuhan, gente che preferisce la radio, procure della Repubblica, avvocati, preti.

E per la stessa Flora De Pisis, che nella puntata successiva era comparsa vestita di nero, tesa, addolorata, e si era lanciata in una filippica spaventosa sui danni della tivù, che però, alla fin fine, andava assolta perché è chiaro che sì, insomma, voi che ci seguite così numerosi lo sapete bene, «anche questo fa fare l'amore».

Dunque, a Carlo non resta che guardare dritto Katia Sironi e tenere il punto:
«No».

Lei pare arrendersi, anche se lui sa che non si arrende mai.
«Dimmi la verità...», dice assumendo fattezze quasi umane, gli occhi più dolci, la voce meno grattugiata. «Dimmi la verità... lei c'entra qualcosa in questa tua decisione suicida?».
«Lei».
La chiamano così.
«Lei».
Oppure: «Quella».
E poi «Lei» non c'è più, se n'è andata e lui l'ha lasciata andare.
«Lei non c'entra», dice Carlo. «Non con questo. Con questo c'entro io».

«Sei una testa di cazzo», conclude la montagna parlante liberando un altro dei suoi sospiri, quelli che potrebbero farvi vincere una gara di vela all'America's Cup.
Non ci giurerebbe, Carlo, ma gli sembra di sentire una nota d'affetto nella sua voce, probabile che si

31

sbagli. Dopotutto il quindici per cento di moltissimi soldi fa tanti soldi e Katia Sironi lo sa meglio di tutti. La sua gallina dalle uova d'oro si sta mettendo un tappo nel culo e questo non la rende per niente felice.

«Vanno in onda domani» dice. «La De Pisis mi ha chiamato di persona otto volte nell'ultima settimana. Resta la scritta "da un'idea di Carlo Monterossi", quello non sono riuscita a farglielo togliere, e per contratto possono farlo. E poi, è una cosa che ci lascia uno spiraglio, nel caso tu rinsavissi. Noi ci sentiamo. Pensaci ancora, per favore».

Suona un po' come: «Può andare, buon uomo».

Infatti lui si alza, le lancia un bacio con la mano e se ne va.

Pensarci ci pensa, sì.

Da un'idea di Carlo Monterossi.

Lei c'entra qualcosa?

Venticinquemila.

Un barile di merda.

Anche questo fa fare l'amore.

Ma vaffanculo.

Tre

«Accomodatevi, il dottore arriva subito».

Giovane e carina.

La segretaria che chiunque si aspetterebbe in un posto come quello.

Vetri pulitissimi, parquet chiaro, qualche stampa alle pareti, luce dappertutto, perché solo i fessi credono che a Milano non c'è mai il sole. E lì ce n'è pure troppo, stampato su un cielo bianco, accecante.

Deve averlo capito anche lei, perché attraversa la stanza, con due falcate decise, schiaccia un pulsante e oscura un poco le due grandi finestre affacciate su piazza San Babila.

«Qualche minuto», dice.

Sorride come per scusarsi ed esce, mentre l'uomo alto, un biondiccio con la faccia da schiaffi, le fa una rapida radiografia, partendo dalle gambe e salendo lentamente. Rx, tac e risonanza magnetica.

Quando la porta si chiude restano soli e lui dice:

«Niente male».

L'altro è seduto su un divanetto, armeggia col cellulare, distratto:

«Eh?».

«Dicevo, niente male, la signorina».

Ma l'altro è già preso dalla telefonata, tra il seccato e il concitato:

«No, non so se ce la faccio alle quattro... Insomma, sto lavorando... ma è dall'altra parte della città!... Va bene, ti richiamo... Sì, sì, ho detto che richiamo... richiamo io, ho detto, cazzo!».

Ha un completo scuro, elegante ma stazzonato. Camicia azzurra, una cravatta con il nodo allentato. Niente barba, niente baffi, qualche capello grigio. Un bell'uomo. Rimette via il telefono con una smorfia.

L'altro, il biondo, è più informale. Jeans neri e una polo, di quelle costose. È abbronzato, ha un ghigno storto sulla bocca, ma non sta ridendo. È la sua faccia.

«Problemi?».

«Devo andare in un posto».

«Bravo socio! Nei secoli fedele! Sempre pronto! Cos'è, stavolta, la suocera sta male? Ritiro in tintoria?».

Forse ghigna veramente.

«Vaffanculo, non ti ci mettere anche tu... ma quanto cazzo ci fanno aspettare, qui?...».

Non finisce la frase e si apre la porta. La biondina di prima.

«Prego, signori, scusate per l'attesa, il dottore vi attende».

Il dottore è una specie di cicisbeo alto come una pertica, occhialini rotondi, giacca leggera chiara, camicia, cravatta, la piega dei pantaloni sembra fatta col laser.

Impeccabile. Uno di quelli che ti stanno sulle palle alla prima occhiata.

Alla seconda, invece, li uccideresti. Con quei due, potrebbe non essere una battuta.

Non offre mani da stringere. Chiude la porta e si siede su una poltrona da ufficio in pelle, dietro la scrivania. Loro davanti, su due sedie.

«Grazie di essere venuti», dice. «Mi spiace esordire con una cosa scontata e ovvia, ma vorrei chiarire sin d'ora che questo colloquio non c'è mai stato, confido che nel vostro... ehm... ramo... questa sia una prassi normale».

«Confida?», chiede il biondo.

«Sono sicuro che», traduce il socio.

«Per questo vi chiedo la cortesia di spegnere i cellulari, se possibile di togliere le batterie».

Il biondo armeggia per qualche secondo e appoggia sulla scrivania il telefono e la batteria. L'altro spegne l'iPhone e lo mette lì vicino.

«Mi spiace, qui la batteria non si può togliere».

«Si può sempre sparargli», dice il biondo.

«È solo un eccesso di prudenza, nessun problema», dice il dottore, accomodante, ma la tensione è già palpabile.

Buona per gli affari, pensa il biondo.

Facciamo in fretta, pensa l'altro.

Naturalmente hanno fatto qualche ricerca, non sono dilettanti. Il dottore, quel figurino balzato fuori da una rivista, è una specie di avvocato d'affari che cura gli interessi di molti ricconi milanesi, aziende, imprese, consorzi, consigli di amministrazione e altra feccia simile. Non è un avvocato da tribunale. Si chiama Edoardo Finzi, quarantasei anni, moglie da esposizione, due figli adolescenti, villa a Monza, appartamento in centro a due passi dalla torre Velasca, quasi un milione di reddito annuo nell'ultimo triennio, una barca in Sardegna, una Land Rover e una Porsche color testa di moro.

Perfetto accostamento coi capelli della biondina di là, pensa l'uomo col vestito stazzonato.

«Inutile dire che mi siete stati consigliati da persone di mia fiducia, direi... soddisfatte dei vostri... ehm... servizi».

Apre il primo cassetto della scrivania ed estrae una busta gialla. La allunga sul piano del tavolo con un gesto morbido. Unghie curatissime, mani perfette, il polsino della camicia che sembra stirato un minuto fa, un orologio che deve costare come due anni ad Harvard, bevande comprese.

Il biondo prende la busta, la apre. Due fotografie, una a figura intera, sgranata, presa da lontano, evidentemente ingrandita. L'altra un po' migliore, un primo piano. Resta impassibile, nemmeno una piega, e le allunga al suo socio.

Poi un foglio con poche righe stampate. Nome, cognome, ultimo domicilio conosciuto, probabile età, qualche appunto vago.

«Un po' poco», dice il biondo.

«Un po' troppo poco», dice l'altro.

«Mi rendo conto, signori. Il fatto, vedete... ehm... è tutto quello che sappiamo».

Il biondo fa per alzarsi. L'altro, quello con la cravatta allentata, che dei due sembrerebbe il più riflessivo, il più saggio in qualche modo, sorride in modo disarmante.

«Andiamo?», dice il biondo.

«Un attimo», dice l'altro.

Poi si rivolge al dottore:

«Signor Finzi, mi faccia vedere se ho capito bene. Lei ci chiede, senza chiedercelo, sia chiaro, siamo tra gentiluomini... lei ci chiede di ammazzare un tizio sulla base di una foto e di due righe di descrizione. Lo capisco, sono i guai di chi va troppo al cinema. È che, vede, le cose non funzionano proprio così...».

«Siamo una ditta seria», dice il biondo. Stavolta ghigna davvero.

«Vede», continua l'altro, «con questi pochi elementi noi non possiamo sapere se questo tizio è pericoloso, se si muove da solo, se usa armi, e se sì quali, se sa che qualcuno lo cerca, se è un caso caldo di cui si sta occupando qualcun altro, la polizia, per dirne una...».

«Sono cose che fanno un bel po' di differenza», dice il biondo.

Lavorano insieme da anni, sanno come si fa. In genere chi chiacchiera con un killer non è esattamente a proprio agio. Con due, peggio ancora.

Con loro due, peggio che peggio.

«Ma siccome di fatto non ci ha ancora detto niente, possiamo far finta di non esserci mai visti, come da accordi, arrivederci e grazie per il caffè».

Ora il dottor Finzi è bianco come la sua camicia. Non sa che dire, e quindi dice la cosa più stupida che gli viene in mente, un lampo che non sa trattenere:

«Ah, scusate! Gradite un caffè?».

«No».

«Siamo già nervosi».

Fanno per alzarsi, questa volta per davvero, insieme. Già allungano le mani per recuperare i telefoni posati sul piano della scrivania.

«Un momento, un momento signori... ehm... capirete il mio disagio... non so se sono autorizzato... una situazione delicata e poi... non è che io dia spesso incarichi di questo tipo».

Ha la faccia di quello che mangia un limone mentre si chiude un dito nella portiera.

I due non aprono bocca.

«Facciamo così, vi dirò quello che so... Il mio clien... chi mi ha dato l'incarico, ha commesso... diciamo così... una leggerezza. Ha ingaggiato quest'uomo per fare un lavoro... ecco... non proprio legale. Una questione complicata, credo. Un terreno molto interessante che sarebbe in vendita ma... diciamo... in condizioni di non essere venduto...occupato, ecco, occupato!».

Lo dice come se avesse trovato una parola che cercava da anni.

«Quel tipo lì, dunque, è stato assunto per creare... uno scompiglio, ecco, uno scompiglio in modo che il terreno si liberasse e l'affare potesse procedere... È chiaro?».

«No».

«No».

«Ma questa operazione non è andata a buon fine. Diciamo pure che il nostro uomo ha fatto un casino e che il mio cliente è stato... imprudente nel fidarsi di lui. Insomma, invece di risolvere la faccenda l'ha complicata. E in più sa delle cose che... ecco... che preferiremmo non sapesse».

Il biondo sbuffa, guarda l'orologio.

L'altro fa la faccia paziente come quando si parla coi bambini di sei anni, e nemmeno di quelli svegli.

«Vediamo un po'. Il suo cliente vuole far sloggiare qualcuno da un terreno che può rendergli un sacco di soldi. Assume un balordo con la faccia da scemo per accelerare con le spicce questa specie di sfratto, dico bene? Ma lo stronzo incasina le cose, e come se non bastasse sa tutto quello che a noi non volete dire...».

«E vi tiene per le palle», chiosa il biondo, che adora questo suo ruolo di contrappunto.

Continua l'altro:

«Quindi la soluzione è chiamare qualcuno, dei professionisti questa volta, che sistemino il casino, facciano tacere questa specie di cretino che sa troppe cose e che ha combinato un guaio, il tutto senza dirci l'entità del guaio o se per quel guaio c'è qualcun altro che gli sta dietro...».

Il biondo: «Un po' rischioso».

Il socio: «Sa, anche noi, dottor Finzi, abbiamo famiglia».

A questo accenno, alla parola famiglia, il Finzi si vede sfilare davanti una serie spaventosa di lutti, intimidazioni, macchinoni di lusso in fiamme, moglie in lacrime, bambini spaventati.

Dipende tutto dal terreno, sapete.

Basta buttare un semino, e se il terreno è buono l'immaginazione fa il suo lavoro, un germoglio può diventare un baobab. Probabile che quello stia già vedendo i suoi dobermann sgozzati e la bella segretaria che legge gli annunci di lavoro...

Infatti non è più tanto impeccabile, a partire dalla voce, che gracchia un po':

«Ma voi capite, signori. Nessuno vuol commettere lo stesso errore due volte... Noi dobbiamo essere certi... assoluta discrezione... vitale importanza...». Ormai balbetta.

Il ghigno del biondo si è spianato, come per magia.

Ora estrae dal repertorio la ragionevolezza pacata del bancario che vi spiega le rate del mutuo da dietro lo sportello.

«Caro dottor Finzi, ma che dice! Sa», lancia un'occhiata stupita al socio, «noi ammazziamo la gente. Già di suo è un lavoro delicato. Non è che poi andiamo in giro a vantarcene o a parlarne all'happy hour... sai quel simpatico dottor Finzi? Ci ha chiesto di ammazzare un tizio! Non funziona così, avvocato. Il nostro patto di segretezza è già nell'incarico. Artigiano e cliente, ha presente? Se usciamo di qui con un incarico preciso lei avrà il suo servizio, pulito e sicuro. Se qualcosa va storto per noi fa venti, trent'anni di galera, e questo è il nostro rischio d'impresa, e lo sappiamo bene. Ma se qualcosa va storto perché ci sono dettagli che dovremmo sapere e non sappiamo... beh, vuol dire che usciremo un pochino prima di lei...».

Questa volta tocca al socio chiosare:

«Direi che come patto di segretezza basta, no?».

Ora nella stanza c'è qualcuno che avrebbe bisogno di un cordiale. E non è il biondo, e nemmeno il suo socio.

Edoardo Finzi si alza dalla poltrona in pelle nera, molleggiata, ammortizzata, ergonomica, e si avvicina alla finestra. Guarda sotto per un istante. Poi si gira verso di loro, parlando come se avesse deciso di saltare un ostacolo.

Ora ci dici tutto, pensa il biondo.

Che palle, sempre la stessa storia, pensa il socio.

Anche il dottore vuole farla finita il prima possibile. Non ne può più. Se davvero è l'antistress che pensano, la ragazza di là dovrà fare gli straordinari, stasera.

«È storia di qualche mese fa. C'è un terreno poco fuori Rozzano. Accordo già scritto, affare già fatto, progetti in fase avanzata, insomma, si potrebbe co-minciare a costruire domani...».

«Ma?».

«Ma c'è un campo rom. Non quattro roulotte in croce, in quei casi si paga qualcosa e li si sloggia con le buone. No. Una comunità piuttosto organizzata, con in più il Comune che sta facendo degli esperimenti, sa, quelle cose di sinistra... convivenza nella diversità, quelle cose lì... Ingenuamente, sottolineo questa parola, ingenuamente, il mio cliente ha pensato... ehm... che un caso di violenza avrebbe sbloccato... un incendio, per esempio... con contestuale rivolta della popolazione residente intorno al campo... Insomma, capite... soluzione estrema... un po' cinica se vogliamo, ma una soluzione... perché intanto gli affari sono fermi, i cantieri non partono, la gente non lavora...».

«Giusto! Convivenza nella diversità, ma fino a un certo punto!», ora il biondo sghignazza apertamente.

L'altro, invece:

«Vada avanti».

«Il tizio nelle foto, ricevuto l'incarico, lo prende, diciamo... sottogamba, ecco, sottogamba. Una sera di qualche mese fa, febbraio, direi, fine febbraio, sì, si presenta con degli amici alle porte del campo, lancia un po' di bottiglie incendiarie, spara colpi di pistola nel mucchio, anche, una cosa imperdonabile, mi rendo conto...».

«Risultato?».

«Quattro feriti, ustionati, due gravi, tra cui un bambino, sei roulotte distrutte e...».

«E?».

«Un vigile urbano morto, colpito alla testa da un

proiettile vagante. Era lì per parlare con i capi dell'insediamento, sempre nell'ambito della...».

«Della convivenza nella diversità», dice il biondo, che si è fatto serio, quasi cupo.

Ora c'è il silenzio che c'era prima della Creazione. Non passa nemmeno un meteorite. Edoardo Finzi sembra improvvisamente interessatissimo ai nodi del legno della sua scrivania, li fissa come se fossero per lui una strabiliante sorpresa, una novità degna della massima attenzione.

L'uomo con la giacca stazzonata rompe l'incantesimo:

«Dottor Finzi, vede che non è difficile? E ora ci dica il finale».

«Quale finale?».

«Oh, ma ci prende per il culo?». È la prima volta che qualcuno alza la voce. Un ruolo che tocca al biondo, l'hanno fatto decine di volte, è un copione che sanno a memoria.

«Dieci giorni fa... undici... insomma... il tizio si è fatto vivo con il mio cliente, in modo un po'... insolito... ehm... diciamo che gli ha lasciato un gatto morto sul sedile della macchina, chiusa nel garage dell'azienda, tra l'altro, con un biglietto che chiedeva cinquantamila euro in cambio del silenzio sull'incarico ricevuto».

Il socio guarda il biondo con un'occhiata perplessa. Il biondo risponde con la stessa occhiata, poi parla:

«Glieli avete dati?».

«Sì».

«Come?».

«Buttati da un cavalcavia della tangenziale, uscita Linate. Lui era sulla strada sotto a prenderli».

«È andato lei?».

«Sì».

«Il suo cliente non mi sembra esattamente un indigente... cinquantamila euro contro qualche anno di galera... più di qualche anno... non è una richiesta così avida, mi pare...».

«Abbiamo motivo di credere che ci saranno altre richieste... senza contare... ehm... il mio cliente non ha gradito il gatto morto, ecco... non gli piace essere minacciato».

«Ah, se è una questione di principio!», dice il socio.

Nel parcheggio sotto San Babila, mentre ritirano la macchina, stanno ancora ridendo...

«Non gradisce il gatto morto! Cazzo!».

«Oddio, ma che razza di merda hanno in testa! Uno che va per attaccare gli zingari e fa secco un ghisa, un cretino così lo ammazzo anche gratis!», ride lo stazzonato. Quando ride è davvero un bell'uomo.

Poi butta un occhio all'orologio.

«Le tre e venti, forse ce la faccio, dove ti lascio?».

«Anche qui dietro, prendo un taxi», dice il biondo.

«La registrazione?».

Il biondo toglie dalla tasca dei jeans un piccolo cilindro di metallo, prende un auricolare dal cassetto del cruscotto e lo collega a quell'aggeggio da spie. Preme play e annuisce.

«Perfetta», dice.

Indica la busta gialla e un'altra busta, più gonfia, l'anticipo.

«Vado a metter via 'sta roba, noi ci vediamo domani mattina, no?».

L'altro annuisce soltanto, perché è già al telefono:

«Sì, sì, va bene, ce la faccio... sto andando... Ho detto che ce la faccio, cazzo! Vado io ti dico!».

Riattacca e sgomma via.

Quattro

Ecco Carlo Monterossi invitato al suo funerale.

Questa sera va in onda la prima puntata della terza edizione di *Crazy Love*. La Fabbrica della Merda martella con gli spot da giorni, gli inserzionisti hanno cacciato il grano, i giornali hanno riempito pagine e pagine. Il vescovo di Torino ha invitato i fedeli a non guardare il programma, il che significa che i bravi credenti piemontesi saranno davanti alla tivù come ai tempi di *Lascia o Raddoppia*.

Pusillanime, Carlo ha deciso che non assisterà al massacro.

Pusillanime al quadrato, ha regolato la registrazione, in modo da avere un documento a futura memoria, casomai ci fosse da agevolare il suicidio.

Poi ha disdetto impegni, declinato inviti, rimbalzato amici che si invitavano per il grande evento.

E ora che mancano pochi minuti, finge di essere impegnato in altre cose, sperso nel grande salotto di casa, la tivù spenta, la bottiglia vicino.

E suona il citofono.

Strano, eh?

Di tutti gli aggeggi con cui la gente comunica con altra gente è l'ultimo in classifica senza speranza, retrocessione sicura, ha appena un paio di punti in più del telegrafo, probabilmente pareggi tiratissimi e sofferti.

Quindi Carlo ci mette un po' a capire cos'è che disturba, perché sta ascoltando una cosa, diciamo così, da una nuova angolazione, e una dissonanza così antipatica – un ronzio, un acuto sbagliato, un'interferenza – lo fa sobbalzare.

Sulla copertina di *Live at Budokan*, Dylan mette due righe di dedica a una «sweet girl» conosciuta in una «geisha house», proprio da quelle parti, Tokyo, o giù di lì.

Non è da lui mettere una dedica su un disco, che cosa cheap, e quel che Carlo sta facendo ora è tentare di capire – gli occhi chiusi, la luce morbida della lampada accanto ai divani, il volume né troppo basso né troppo alto – se mentre Bob canta «*Do you love me, or are you just extending goodwill?*»,* almeno un pochino, in un angolino suo, in una sua finestra di Word nascosta ma sempre aperta, sta pensando anche a lei.

Se ne sente ancora un languore. E se c'è stato, poi, un languore. E se quel suo modo così impunito e al tempo stesso pudico e timoroso di arrotolare la frase in qualche modo la riguarda.

Sweet girl.

Budokan non è un disco amato dai dylanisti. Bob

* Bob Dylan, *Is your love in vain?*: «Mi ami o mi stai soltanto offrendo gentilezza?».

già ne aveva fatte di ogni, diciamolo, e vederlo così, con gli occhi bistrati di kajal, la faccia imbiancata dalla biacca, le coriste meravigliosamente lo-fi, poteva risultare irritante.

Senza contare gli arrangiamenti, ovvio, trilli e pifferi in contrappunto, le chitarre elettriche che si inerpicano come rampicanti spinosi su ritornelli che furono cristallini. Persino il saltellare del reggae innestato su canzoni che generazioni di tipi sensibili in tutto il mondo hanno ascoltato sospirando feriti, come inginocchiati sui ceci, soffrendo davvero.

Andiamo, Billy the Kid muore come un cane sotto il sole, pensa alla mamma, e lui, lui che l'ha reso immortale in una delle sue ballate più struggenti, ora se ne trotterella così, in questa versione in levare, scanzonata e leggera, non si fa... E comunque...

Citofono, di nuovo. Più lungo, insistente.

Ora, mettiamola così. A Carlo Monterossi, che è uomo di mondo, arrivano molte mail. Ogni tanto degli sms, o notifiche da Whatsapp. Poi c'è Twitter, la rete con annessi e connessi. E persino telefonate vere dove la gente parla con voce umana, si fa per dire. E financo chiamate sul telefono fisso, perché il secolo breve non finisce mai.

Ma Carlo sa che se suona il citofono non c'è dubbio: è un rompicoglioni.

I citofoni li usano i testimoni di Geova, quelli che vendono *Lotta Comunista*, la polizia, e ora non gli viene in mente nessun altro.

Così si alza, abbassa un po' il volume, prende il bicchiere col whisky che quasi non ha ancora assaggiato da quando ha deciso di esplorare questa nuova angolazione dylaniata della piccola geisha, e raggiunge il pannello vicino alla porta.

Roba moderna, un videocitofono di quelli di lusso, ultima generazione, raffinatissimo, design, tecnologia, pixel come se piovesse. Probabilmente gli è costato come una Porsche, ma sa – come gli disse l'agente immobiliare subito dopo «finiture di pregio» e «quartiere elegante» – «la sicurezza non è mai troppa». Giusto.

Sarà per questo che quando schiacci il pulsante «video» per capire chi osa estirparti dal divano, o dalla doccia, o – dio non voglia – dal letto, vedi figure mitologiche strane, tutte deformi, sbilenche e sabbiate che potrebbero essere chiunque o qualunque cosa, il figlio segreto di Alien, uno del Pd, o Kate Moss che si è persa nella notte milanese, anche se sono solo le nove, e quella ha l'aria di non perdersi mai.

È il motivo per cui, anche se avete installato un prodigio della scienza siete costretti, come nel '600, a dire quello che ora dice Carlo.

Carlo Monterossi, l'Uomo Seccato:

«Sì? Chi è?».

Dall'altra parte un'ombra scura, sfumature violette ai bordi, un pezzo di marciapiede, ghirigori, macchie di Rorschach e una voce:

«Pacco. Feltrinelli. Scusi l'ora, ma è lei l'ultimo del giro, siamo un po' in ritardo, se non è un problema...».

«Terzo piano», dice Carlo.

Preme un altro pulsante per aprire il portone.

Di tutte le cose che non capisce, che sono parecchie anche se non lo ammetterebbe mai, una particolarmente misteriosa è questa. Non sa perché editori e uffici stampa si ostinino a mandargli dei libri. Probabilmente sono i misteri della catena alimentare: gli autori premono perché la promozione dei loro capolavori sia capillare, i magazzinieri perché qualcuno gli svuoti gli scaffali, gli uffici stampa si prestano per fare bella figura e poter dire all'autore inquieto... sì, sì, tizio l'ha ricevuto. Probabilmente hanno indirizzari che risalgono alle pitture rupestri di Lascaux, forse qualcuno viene spedito a consegnare saggetti, romanzi e fulminanti pamphlet persino al Pascoli, al Manzoni. «Casa Carducci? Pacco per il signor Giosuè!».

Risultato: ora Carlo è davanti alla porta con un bicchiere in mano ad aspettare un piccolo involto in carta marron con scritto nome, indirizzo, la stampigliatura «piego di libri», il logo dell'editore.

Sa che probabilmente glielo consegnerà una spaventosa creatura avvolta da un intero campionario di giacche a vento luride, metà uomo e metà motorino, casco, tratti indios da selva boliviana, mani callose aduse a intingere frecce nel curaro. Gente meravigliosa che sfreccia nello smog di questa città di uomini, che considera i semafori come sculture moderne, e quindi incomprensibili; che guarda gli stop segnati per terra come noi guardiamo le linee misteriose di Nazca, o i cerchi nel grano, belli, ma cosa cazzo vorranno dire, poi, chi lo sa.

Di solito ti allungano un foglio spiegazzato e una penna che cavano da quel milione di tasche cernierate aspettando uno scarabocchio, e poi se ne tornano da dove sono venuti, inghiottiti dalla strada, selvaggi, imprendibili.

Anche se questo fattorino, a giudicare dalla voce, con tutti quei salamelecchi dell'ora e del «se non è troppo disturbo», non gli sembra tanto un indio Tupinambà, ma vai a sapere. Com'è messa l'editoria, si dice Carlo, magari le consegne le fanno direttamente gli autori, o gli editor, o gli amministratori delegati in persona, per arrotondare.

Insomma, il tizio è abbastanza alto, più o meno come lui. Ha un berretto floscio in cima, tipo i bravi di Don Rodrigo, ma di lana, niente casco. Però ha degli occhiali a goccia giganteschi, azzurrati, à la Califano del periodo «mo' te faccio vede' io», talmente fuori moda che forse un monocolo darebbe meno nell'occhio. Indossa una giacca a vento scura e, sotto, un maglione beige a collo alto, collo che è tirato su fino a coprire il naso. Non ha pacchi di nessun tipo, ma a questo Carlo non ci pensa.

Perché quello fa un passo deciso che lo porta direttamente di fronte a lui, nell'ingresso che dà sul salone, dove la musica continua come se niente fosse. Saranno a due metri.

E ha in mano una pistola. Piccola. Cromata. Con un buco nero rivolto verso Carlo. Uno di quei buchi da cui si capisce che può passare l'universo, e restarci per sempre.

Parla da dietro quel velo di lana grezza che gli copre il volto, ma si sente tutto benissimo. Scandisce le parole.

«E così, fare giustizia sarebbe una seccatura, eh?».

A questo punto, sì, ci vorrebbe una di quelle frasi sprezzanti che sanno dire gli eroi veri dopo il terzo o quarto ciak. Oppure un'invocazione, o una repentina richiesta di pietà, o addirittura un gesto, che so, le mani in alto, buttarsi in ginocchio.

Invece, Carlo Monterossi dice soltanto:

«Eh?».

Non ha la faccia particolarmente intelligente, diciamolo, anche con le attenuanti del caso.

Quell'altro va avanti.

Ora ha sempre la pistola nella destra, con quel buco nero che guarda Carlo. E qualcos'altro nell'altra mano, che lui non saprebbe dire, non vede bene, al momento, poi, avrebbe altro a cui pensare, tipo non farsi ammazzare, per esempio.

Il finto fattorino e finto Califano, ma vero killer, a questo punto, riparla:

«Ora vediamo», dice.

Se fosse una fiction, bisognerebbe licenziare gli sceneggiatori seduta stante. Due tizi contrapposti. Uno minaccioso con la porta d'ingresso socchiusa alle sue spalle, l'altro in modalità statua di sale con un bicchiere in mano che dice cose argute come: «Eh? Uh?... Cosa?...».

Non un guizzo, non uno scatto, niente di originale. Trama piatta, prevedibile.

Dunque, prevedibile pure il finale: Carlo Monterossi per terra con un buco da qualche parte che zampilla e si contorce – sempre che il colpo non sia stato secco e definitivo – e l'altro che fruga qui e là, buttando tutto all'aria, scappando poi a perdifiato per le scale con qualche souvenir di scarso valore, ma insomma, signor commissario, il movente della rapina pare evidente.

Sto divagando, eh?

Vi pare il momento?

E poi, non c'è come avere una pistola puntata addosso per riconsiderare certe cose. Ecco. Lei. Carlo pensa che ora non la rivedrà più, per davvero, e non sarà colpa sua, stavolta. Si immagina il discorsetto: sai cara, questa volta è diverso... cioè... mi hanno sparato. Tutto qui.

E anche le luci, questa penombra da pianobar di provincia. Non va bene, si dice Carlo, dove siamo, eh? In un film italiano?

E a dirla tutta avrebbe scelto anche un altro disco, per questo momento. Un'occasione speciale. Non capita tutti i giorni di finire ammazzati.

Carlo capisce che in un momento simile si pensano cose assurde. Non il film della propria vita, quella è una cazzata. Ma cose insulse sì, decisamente. Per esempio gli spiace per la camicia, il sangue non va via, sapete. Senza contare il buco...

E poi quello ha parlato ancora. Cos'ha detto? Ah, sì. «Come gli altri due», ha detto mentre Carlo criticava la sceneggiatura.

Ora succede una cosa piuttosto bislacca.

Mentre il Monterossi se ne sta lì paralizzato a guardare questo tizio impresentabile con quegli occhiali a goccia, il collo del maglione alto sopra il naso, la pistola spianata, sempre lui, contro ogni logica, si muove con una specie di spasmo, un riflesso incontrollato, come un movimento involontario ma fulmineo.

E gli butta le sue tre dita di whisky sulla faccia, come fanno le ragazze al ristorante con uomini mediocri e cattivi, di solito in film mediocri e cattivi che va a vedere gente mediocre e cattiva, e si diverte.

Carlo sa benissimo che la mossa è stupida forte. Quando un uomo con la pistola incontra un uomo con un bicchiere di whisky... beh, non ci vuole Sergio Leone per capire chi vince.

E invece quell'altro, il Califano, ci resta male. Fa una smorfia cattiva e gira per un attimo la testa. Forse qualche goccia di alcol gli ha trapassato quel parabrezza mostruoso. Si porta una mano al viso, gli cade qualcosa, impreca...

Oban, single malt, 14 anni, distillato, in Scozia, contea di Argyll, dal 1794, anche se Carlo Monterossi l'ha scoperto un po' dopo.

Gli piace, lo consiglierebbe a tutti, anche a chi non è sotto tiro.

Mugolando, il killer si sfrega un occhio con le dita della mano sinistra sotto quelle lenti da pappone.

È lì che a Carlo viene l'idea, pensate che razza di prodigio.

Perché solo il contenuto e non il contenitore? Perché il liquido e non il solido?

I bicchieri per liquori da uomini non hanno steli sottili, né forme aggraziate e leggere. Questo che tiene in mano lui è un tumbler basso, certi baristi lo chiamano old fashioned glass, anche se sarebbe più da bourbon, a fare proprio quelli che se la tirano parecchio.

È una specie di cilindro, basso ma non troppo, vetro solido, fondo spesso tipo le lenti di un miope all'ultimo stadio. Pesa. Si tiene a mano piena, come qualcosa a cui aggrapparsi, che tra l'altro, parlando di alcol, ha una sua potenza metaforica.

Vabbè, non facciamola lunga.

Carlo vede il bicchiere partire come un proiettile e finire dritto sulle lenti di quegli occhiali da Califfo in concert, live in Torvajanica, ve amo tutti, siete un pubblico meraviglioso. Colpo perfetto, giusta violenza, inclinazione ottima, mira impeccabile.

Tutto involontario, naturalmente.

Carlo sentirebbe anche il rumore dell'impatto, forse, se intanto non esplodesse tutto quanto in un boato spaventoso.

Belli, eh, i film di pistoleros, killer, poliziotti senza macchia e senza paura, o con le macchie, con le paure eccetera eccetera. Ma se qualcuno spara in una stanza chiusa, a parte il morto che ha il vantaggio di non poter diventare sordo mai più, a tutti gli altri si gonfia una specie di pallone aerostatico nelle orecchie, perché il botto è forte, cozza contro le pareti, torna indietro, rimbomba, si dilata, cancella ogni altro rumore, copre, avvolge, circonda tutto quanto, ti rintrona.

E prima che l'eco se ne vada del tutto, il tizio si sta scapicollando giù per le scale, Carlo cade in ginocchio tenendosi le orecchie con le mani, la porta d'ingresso resta aperta sul pianerottolo, e una lastra di vetro alta più di un metro finisce il suo viaggio interstellare dalla parete dove stava trattenuta dalla sua cornice al pavimento di parquet in legno scuro, trasformata in un milione di scaglie, frammenti, filamenti luccicanti e schegge acuminate come pugnali.

Poi diventa tutto un po' fluido, psichedelico, e anche un po' tutto nero, e di solito la gente in queste circostanze perde i sensi e si accascia, e Carlo infatti perde i sensi e si accascia – perché deludervi? – ma senza smarrire la lucidità che lo contraddistingue.

Infatti pensa: «Ora svengo».

E sviene, appunto.

Carlo Monterossi, l'Uomo Di Parola.

Cinque

Presto, i sali! Il signorino è svenuto!

Ma che sali!

A risvegliare Carlo Monterossi sono degli schiaffetti leggeri e timidi, oltre all'alito pestilenziale del vicino del piano di sotto, il commendator Buglioli, che si impegna come può nella rianimazione, che ansima a due dita dal suo naso come se avesse scalato l'Annapurna, anche se ha fatto appena diciotto scalini.

Poi, appena Carlo apre gli occhi, piomba in pieno nella sagra dello stupore e dello spavento, proprio al momento clou: la processione dei flagellanti.

Il Buglioli urla: «Si riprende! Si riprende!», come se gli avesse appena imposto le mani per un miracolo. Katrina, la governante del «signorino», e a tempo perso custode del palazzo, è in ginocchio con gli occhi al cielo che confabula con la Madonna di Medjugorje un po' ringraziandola che quello non sia cadavere e un po' rimproverandola per l'accaduto, forse tentando di convincerla che in fondo è un buon diavolo. Nonostante quel programmaccio in tivù, ovvio.

L'anziana moglie del commendatore, in gara con la signora del piano di sopra, si pressa sul pianerottolo tra la porta e la ringhiera delle scale per sbirciare meglio dall'ingresso, nella fossa di Lazzaro, pallida come se avessero sparato a lei.

La signorina Bernasconi, che abita la mansarda e non si vede mai, probabilmente coeva del Brunelleschi, rischia il femore facendosi largo con le braccia cariche di medicinali. Alcol, cotone, pastiglie per l'ipertensione, supposte per la gotta, pomate contro le pustole, rimedi per pancreas, fegato, cistifellea, una confezione formato famiglia di Citrosodina e un tubetto di glicerina, nel caso il vicino sparato, quel simpatico Monterossi del terzo piano, abbia le mani screpolate.

Tutti chiedono cos'è successo e contemporaneamente lo spiegano agli altri, che a loro volta aggiungono dettagli.

I ladri. No, era uno solo. Alto. Ma se era un nano! Aveva un fucile. No, era un mitra. Una donna? Forse, chi può dire. Giovane, però, una ragazzina. O erano due? Due nani? Possibile?

Tanti saluti alla scena del crimine, insomma: mancano solo gli sbandieratori, il barbecue e la corsa nei sacchi.

Il pavimento è un tappeto di schegge di vetro, Carlo ci è seduto in mezzo, si rialza a fatica.

Alla festa si aggiungono due tizi in divisa, chiamati chissà da chi. Ci pensano loro a chiudere il sipario:

«Grazie, grazie signori, ci pensiamo noi...», dice uno.

Ecco. Manca solo «Circolare, andiamo, non c'è niente da vedere» e siamo perfetti.

«Circolare, su, non c'è niente da vedere», dice l'altro.

Preciso.

Si presentano alla vittima. Agente scelto Nicosia Franco e agente Lupoli Gherardo. Cos'è successo qui? Lei sta bene? Conferma i colpi d'arma da fuoco comunicaticiti con chiamata al 113 da – occhiata al taccuino – Teresa Ghizzoni Buglioli di anni settantuno? È casa sua questa? È solo in casa? Cos'è successo?

Carlo li guida in salotto, spegne la musica, accende qualche luce.

«Sì, un attimo…».

Nemmeno il tempo di sedersi ed entrano altri due tizi. Senza divisa, questi. Cioè. Uno è in borghese. L'altro sembra uscito da un bar proibizionista della Chicago anni Trenta, con un completo gessato a doppiopetto dai risvolti enormi, un Borsalino in testa e – Carlo stenta a crederci – scarpe bicolore.

«Cos'è successo qui? Sta bene? Hanno sparato?», chiede uno.

«È casa sua qui? C'è qualcuno oltre a lei?», chiede l'altro.

Carlo si siede.

Si presentano.

«Sovrintendente Semproni», dice uno.

«Vicesovrintendente Ghezzi», fa l'altro. Quando si accorge che Carlo lo guarda come se vedesse un film su Dillinger si scusa:

«Ero sotto copertura, non ho fatto in tempo a cambiarmi».

Sapete, a farsi sparare si diventa nervosi. Carlo non lo nasconde:

«Posso cominciare o aspettiamo altri amici?».

«Un momento», dice il capo, quello in borghese.

Si rivolge ai due della volante:

«Voi chiedete ai vicini, se hanno visto qualcosa, se hanno sentito».

Poi a Carlo:

«C'è tanta gente?».

«Qui sotto una coppia anziana, quelli che vi hanno chiamato, credo. Una signora di sopra, vive con il figlio. E una specie di strega centenaria nella mansarda. Ah, naturalmente la custode, si chiama Katrina, giù nella guardiola. Se c'era qualcosa da vedere l'ha visto lei, gli altri sono completamente pazzi».

Un cenno con il mento del sovrintendente e i due agenti spariscono per le scale.

Semproni si siede su un divano. Il suo collega, quella specie di Al Capone tirato a lucido, indica il corridoio che dà sulle altre stanze e dice:

«Posso?».

Carlo annuisce.

«Allora», dice il sovrintendente Semproni.

Allora Carlo racconta. Più a se stesso che all'altro. Con calma, tutti i passaggi. Il citofono, gli occhiali, la faccia mascherata, la pistola, le parole del tipo, l'accecamento da whisky, il bicchiere lanciato, il rumore del tuono e… basta.

Li interrompono altri due tizi, arrivati ora, che guardano Semproni e dicono solo:

«Qui?».

«Lì», dice lui.

Il vicesovrintendente Ghezzi si riaffaccia in salotto:

«Bella casa».

Se gli mancano le signorine coi capelli a caschetto che ballano il charleston non lo dà a vedere.

Carlo si alza per prendere da bere. Dopo lo spavento, il rumore e l'alito del commendator Buglioli gli sembra il minimo sindacale. Gliene servirebbe una botte, altroché.

Torna dalla cucina con tre bicchieri.

«Volete?».

Semproni: «No, grazie».

Ghezzi: «Grazie, in servizio non possiamo».

Due visioni del mondo.

«È uno di questi che ha tirato addosso all'uomo?», chiede indicando i bicchieri.

«Sì».

«Bel colpo».

I due nell'ingresso stanno facendo l'autopsia a Bob Dylan.

Il proiettile che doveva colpire Carlo ha beccato lui, proprio in mezzo agli occhi. Se ne stava su un manifesto d'epoca, un concerto al Village – 1964, quando cantava che i tempi stavano cambiando, ma non era ancora cambiato niente – bello, giovane, in giacca nera, le mani incrociate sul petto, la faccia da ragazzino, praticamente a grandezza naturale, protetto dal vetro che è finito dappertutto.

Carlo guarda i due tecnici con la coda dell'occhio – povero Bob, pensa – e intanto risponde alla litania.

Nome? Cognome? Età? Nato a? Aspettava qualcuno? Vive solo? Fa un lavoro per cui qualcuno vorrebbe spararle? Che lavoro?

«Scrivo per la tivù».

Lo guardano come se avesse detto che uccide gli orsi nei parchi nazionali.

Ha dei nemici? Armi in casa? Lo sa che ha rischiato molto? Lo sa che è stato imprudente? Come mai ha aperto la porta senza far storie? Non lo sa che questa città è una giungla? Sapesse quante ne vedono loro. Cosa c'è da rubare? È ricco? Ha orari fissi? Qualcuno ha le chiavi? E oltre a questa Katrina? Moglie? Fidanzate? Questioni di corna in sospeso? Messe? Ricevute? Droga? È omosessuale? Fa politica? Ha visto qualcosa che non doveva vedere?

Intanto sono le dieci e mezza.

Il vicesovrintendente Ghezzi guarda l'orologio, un pataccone color oro grande come un cerchione di camion, e indica la bottiglia di Oban.

«Ora lo prendo», dice. «Non sono più in servizio».

Si sente il suono del cellulare nell'altra stanza. Carlo lo lascia suonare. Risuona.

Suona di nuovo.

I due poliziotti si guardano.

«Risponda, se vuole», dice il capo.

Invece Carlo si alza, torna con il telefono e lo spegne senza nemmeno guardare il display.

I due della Scientifica si sporgono sul salotto, uno si rivolge a Semproni:

«Una 22, c'è anche il bossolo. Un colpo solo, è finito nel quadro, se lui era in piedi c'è mancato proprio poco, questione di centimetri».

Semproni annuisce e i due scienziati se ne vanno.

Non c'è molto altro da dire, e infatti non dicono altro. Carlo sente un piccolo brivido.

C'è mancato poco.

Centimetri.

Il vice posa il bicchiere sul tavolino del salotto e si aggiusta la cravatta sotto quella giacca da Frank Tre Dita.

Semproni allunga a Carlo un biglietto da visita.

«Mi chiami se succede qualcosa, se le viene in mente qualcosa, qualunque cosa. Ha un posto dove andare a dormire per stanotte?».

Carlo non ci aveva pensato.

Ora immagina una telefonata, a quest'ora. La voce esitante. Scusa. Lo so. Non dovevo chiamare. È che... No, no. Cos'hai capito. È che... mi hanno sparato. Qui non è sicuro... No. Non importa. Anzi scusa. Cazzata. Non dovevo.

Si sente un completo imbecille. Pensa che quando essere patetico diventerà specialità olimpica non avrà rivali. Per una volta non vinceranno i cinesi.

«Resto qui», dice.

«Sicuro?».

«Sicuro».

«La aspettiamo domani mattina in questura, per la denuncia. Magari avremo altre domande. Via Fatebenefratelli, diciamo alle nove?».

«Diciamo alle dieci».

«Alle dieci».

«Grazie».

«Si chiuda bene».

Se ne vanno.

Non passa nemmeno un minuto.

Suonano alla porta. Ancora loro. Carlo apre con uno scatto. È nervoso.

Carlo Monterossi, l'Uomo Questione Di Centimetri.

«Sì, dite!».

Invece è Katrina.

«Pulisco vetri per terra, signor Carlo, si no si talia».

«Ma lascia stare Katrina, vai a dormire che è tardi...».

«Come dormire? Dormire con assassini in casa? Dormire con li spari? Pulisce e va via. Vai a dormire lei, signor Carlo. Io pulisce il grosso con scopa, domani sistema meglio con aspirapolvere, che se accendo adesso... uh!», e fa un cenno verso il piano di sotto.

Il giovane Dylan senza più cornice e un buco di calibro 22 tra gli occhi è appoggiato a una parete.

It's gettin' dark, too dark for me to see
*I feel like I'm knockin' on heaven's door.**

Carlo scuote la testa: non posso fare più nulla per te, Bob, amico mio. Non saprebbe dire se l'ha solo pensato o se l'ha anche detto a mezza voce.

Poi va in cucina per vedere di mangiare qualcosa, una reazione nervosa, un modo per dirsi che è ancora vivo, ma torna indietro subito, perché Katrina chiama dall'ingresso.

«Signor Carlo, questo cos'è? Dove metto?».

Gli mostra un barattolo di plastica bianca grande come un bicchiere ma con un tappo rosso. Tipo quei barattoli per gli esami delle urine.

«Era sotto mobile», dice indicando il comò dell'ingresso.

È l'oggetto che aveva il tizio nella mano sinistra mentre gli puntava addosso la pistola con la destra. Ovvio che lui guardasse la pistola, non aveva capito cosa fosse quell'affare. Non lo capisce nemmeno ora.

E, in ogni caso, complimenti alla Scientifica. Carlo sente un po' di rabbia mischiarsi alla paura. Scuote la testa: meno male che non sono arrivati gli artificieri,

* Bob Dylan, *Knockin' on heaven's door*: «Si sta facendo scuro, troppo scuro per vedere / mi sembra di bussare alle porte del paradiso».

magari potevano dimenticare una bomba. La Narcotici poteva lasciargli un cane lupo, per dire.

Katrina se ne va con due sacchetti di schegge acuminate come il pugnale di Sandokan, lui cerca il biglietto da visita di quel... Semproni, sì, eccolo.

Accende il telefono per avvertirlo della scoperta, e i numerini rossi gli fanno ciao ciao dalle iconcine colorate.

Chiamate non risposte, quarantadue.

Messaggi, cinquantotto.

Whatsapp, tredici.

Delle chiamate non risposte, sei sono di Katia Sironi. Un bombardamento simile non lo ricorda da quando si conoscono, che fa un bel po' di tempo. Sei chiamate in due ore sono una specie di record del mondo, quindi schiaccia il tasto chiamata e lei abbaia:

«Pronto!».

«Cazzo, Sironi, mi hanno sparato!».

«Puoi dirlo forte», e scoppia in una di quelle sue risate che spostano l'asse del pianeta di qualche centimetro cambiando stagioni, maree, eclissi.

E così, Carlo Monterossi comincia a incazzarsi.

Dopo che quella gli ha spiegato, si incazza ancora di più.

Dunque la prima puntata di *Crazy Love* terza stagione, il primo barile di merda senza il formidabile apporto creativo di Carlo Monterossi, andata in onda durante la gara di tirassegno in cui lui faceva il bersaglio, non era né bene né male, nella norma, senza grandi colpi di scena. Vuol dire, pensa Carlo, che nessuno si è fatto più male del previsto, nessuno ha preso ostaggi, o bevuto cianuro, o è passato alle vie di fatto, come dicono i caramba.

Ma sul finale del secondo blocco, quando l'ascolto è al suo apice e il popolo pende dalle labbra di Flora De Pisis come se fosse l'Oracolo di Delfi, lei, proprio lei, chiede la telecamera – «Mi date la uno?» – e regala al pubblico uno dei più luminosi primi piani di sempre. E non solo quello.

«Insomma, se l'hai registrato guardalo», dice la Sironi.

E poi: «Com'è 'sta cosa che ti hanno sparato?».

«Niente, niente, poi ti racconto», e chiude la telefonata.

Basta così. Ecco Carlo Monterossi in modalità relitto, colpito e affondato. Non vuole sapere delle altre chiamate, né dei messaggi, non vuole vivere, non vuole abitare su questo pianeta, non vuole sfuggire alle pallottole, la prossima volta; non vuole più mangiare, né bere, né respirare. Soprattutto non vuole vedere la registrazione del massacro.

Che è esattamente quello che fa, subito, con le mani che tremano.

Secondo il timer del videoregistratore, che ha riversato su hard disc ogni maledetto fotogramma, tutto è iniziato alle 22.34, cioè più o meno quando parlava con i due sbirri e il telefono non smetteva di suonare.

Licenziata con un abbraccio una signora di Viareggio sconvolta dopo la scoperta che il marito la tradiva col cane, ma ancora innamorata di lui, Flora De Pisis chiede la telecamera per un «appello urgente». Riempie ogni angolino dello schermo, abbagliante come una supernova durante l'esplosione. Con quelle luci, persino Picasso sul letto di morte avrebbe la pelle di un neonato.

Carlo conosce quella donna. Per questo la teme. Per questo la odia. Ora è nella sua versione «cuore in mano», la più insidiosa. Guarda in camera come una liceale può guardare negli occhi il primo amore, convinta che sarà l'unico.

«Carlo. Dico a te, Carlo Monterossi. È grazie a te che questo programma esiste. È grazie a te che milioni di italiani sanno... sanno, sì... sanno cosa può fare l'amore. E quest'anno tu non sei con noi. Con noi che hai guidato, che hai incoraggiato. Con tutti noi che sappiamo quanto sia faticoso capire... raccontare l'amore degli altri, le sue infinite sfumature, i suoi arabeschi, le sue insidie... Forse sei turbato, Carlo. Questo programma ha avuto momenti drammatici. Perché la vita delle persone ha momenti drammatici. Perché la vita stessa, Carlo, è drammatica...».

Lui segue dal grande divano bianco. Sta per vomitare.

«Carlo, noi sappiamo com'è l'amore, vero? È un fulmine, una saetta, una maledizione... così benedetta! Pensa, Carlo... Raccontare con la tua sensibilità, con il tuo tocco, l'amore degli altri, e poi... soffrire come mi dicono stai facendo. Oh, sii felice, Carlo. Quando vorrai, quando sarà, se e quando... noi siamo qui, Carlo. *Crazy Love* è la tua casa...».

A questo punto l'inquadratura si allarga, dai due lati del palco entra piano, come in punta di piedi, l'esercito dei lavoratori del programma. Redattori, redattrici, sarte, truccatrici, parrucchiere, tecnici, aiuti registi, consulenti musicali, autori senior, autori junior, aspiranti autori, assistenti di palco, produttori, viceproduttori, assistenti dei produttori e dei viceproduttori, trovarobe, autisti, fattorini.

Commossi, applaudono piano, poi più forte, poi più forte, poi si unisce all'applauso il pubblico in studio, poi...

Poi Flora De Pisis apre le braccia per fermare il tumulto, spegne la foga, placa le folle come l'imperatore che zittisce l'arena.

«Carlo, io... tutti noi... ti aspettiamo. Ma soprattutto vogliamo che tu sia felice. La nostra porta è sempre aperta, Carlo. Coraggio. Anche questo fa fare l'amore».

Perché trattenersi? Perché resistere?

Peccato per il tappeto, pensa Carlo Monterossi. Toccherà portarlo a lavare.

Dopodiché, tra il dentifricio e l'Oban single malt sceglie il secondo. Scorre l'elenco delle chiamate senza risposta. Legge fuggevolmente i messaggi di amici e conoscenti.

«Tuorna! Questa casa aspetta atté!».

«Ma che gli hai fatto a Flora?».

«Carlo! L'ammmore!!!».

Whisky, subito!

Ma la bottiglia è vuota. Si alza barcollando, va in cucina a prenderne un'altra. Sarà una notte memorabile, si dice. E anche: se qualcuno vuole entrare a uccidermi posso dargli una mano, offrirgli la nuca per il colpo di grazia.

Per un istante pensa che poteva finire tutto tre ore fa e ora sarebbe in pace da qualche parte, sciolto nell'immensità dell'universo dove nulla si crea e nulla si distrugge, dove si è solo una minuscola particella del Grande Tutto, e nessuno viene sputtanato in diretta davanti a dieci milioni di persone.

Arranca fino alla cucina.

Sul tavolo c'è quel barattolo bianco col tappo rosso.

Un souvenir del suo killer.

Senza pensarci lo apre. Contiene qualcosa che non capisce, immerso in un liquido rosato.

Guarda meglio, e non capisce lo stesso.

Allora versa tutto quel liquido sul tavolo della cucina. Rovescia senza cerimonie, senza prudenza.

È che è incazzato, triste, ferito. Si sente un coglione senza remissione. È solo. E gli hanno sparato. Ed è ridicolo davanti a se stesso e al mondo.

E allora rovescia tutto con rabbia sul marmo bianco del tavolo. Il tostapane lo guarda. I fornelli, la cappa del camino, il microonde lo guardano. Le sedie lo guardano. Le calamite colorate sul frigorifero lo guardano.

Lui invece guarda il tavolo, e sul tavolo quello che c'era nel barattolo portato dal killer.

Un dito. Un dito umano.

Eccheccazzo.

Sei

Il vecchio raffredda il thè.

Lo passa da un bicchiere all'altro con una lunga cascatella precisa. Non una goccia va perduta. Si vede che è un gesto che compie da centinaia e centinaia di anni. Da quando non c'erano roulotte, né Mercedes per trainarle, né fornelli elettrici, né fili di rame. Un gesto che sa di tende e di fuoco, di tappeti per terra, di violini, di fisarmoniche, di carri a cavalli, di fughe notturne, di spose bambine, di risse al coltello, di pianure dell'est.

Seduti sul pavimento di fronte a lui, le gambe incrociate, Hego e Clinton bevono slivovitz da piccoli bicchieri colorati.

Hego avrà quarant'anni, ma stiamo indovinando. Porta una giacca di due misure più larga, una camicia a grandi righe verticali, una cravatta che non c'entra niente. Viene da fuori, tutto è nuovo, qui, non sa ancora se gli piace. Ha figli da qualche parte, moglie da qualche parte, un milione e mezzo di cugini. Da qualche parte.

Sa fare una sola cosa. Ed è bravo, lo sa anche lui.

Clinton è giovane, muscoloso, bello di una bellezza

selvatica che non si riesce ad ammaestrare. Tiene in testa un cappello di paglia anche se sa che non si dovrebbe, davanti al vecchio. Ma Clinton sa che il vecchio sa perché lui lo tiene in testa. È una gara tra maschi. Vince sia il più forte sia chi si mostra superiore al più forte, più magnanimo.

Così vincono tutti e due.

Il vecchio si rivolge alla donna che ha portato il thè e la grappa. Dice solo un nome:

«Helver».

La donna sparisce. Nessuno parla. Il vecchio continua a passare il thè da un bicchiere all'altro.

Entra un ragazzino, timido, rispettoso, intimorito. Avrà dodici anni, forse meno. A un cenno del vecchio si siede anche lui, le gambe incrociate, orgoglioso di essere lì, terrorizzato di essere lì.

«Parla, Helver», dice il vecchio.

Helver parla:

«Io ho visto tre. Il capo era su una macchina lusso, scura, credo Bmw, ma forse era Mercedes, lunga. Forte, grosso, muscoli. È lui che ha sparato. Pistola grande, forte rinculo, quando lui spara mano è schizzata in alto. Con pistole piccole non succede».

Clinton guarda Hego e sorride.

Il bambino continua:

«Il secondo non ho visto. Ero dietro rete e c'è piante, se sporgevo... pericolo. Il terzo invece... giovane. Venti anni. Capelli chiari. Una scritta su braccio... Tatu... Ta... Non so come si dice, scritta su braccio».

«Tatuaggio», lo aiuta il vecchio.

«Ha tirato due bottiglie che gli ha dato il capo. Una, tiro. Poi altra, tiro. Tanto fuoco. Il capo le prendeva da baule di macchina grande, accendeva miccia e dava lui per lancio. Poi scappato su un Vespa azzurro chiaro…».

Hego trattiene il respiro. Gli occhi di Clinton sono una fessura sottile.

«Io preso targa di Vespa», dice il ragazzino, e abbassa gli occhi.

«Forse non tutta targa…», affranto, spaventato.

Mostra un foglietto bisunto con qualche numero.

Clinton lo prende, lo passa a Hego, il foglietto sparisce in una tasca della giacca troppo larga.

Ora Clinton guarda il piccolo Helver, dritto negli occhi, come una lama, più a lungo di quanto si dovrebbe. Helver ha un piccolo tremito, ma lo controlla. Clinton gli mette davanti alle ginocchia piegate il suo bicchiere di slivovitz.

È un gesto semplice che contiene secoli di persecuzioni, pogrom, roghi, stragi, stupri, crocefissioni, fughe, deportazioni, torture, fosse comuni, forni crematori.

Helver non può saperlo, ma lo sa.

Come sa che deve bere tutto d'un fiato.

Come sa che non deve tossire.

Il vecchio gli dà uno scappellotto sulla nuca, sui capelli lunghi e sporchi.

«But chave, but zore»,* dice.

* Proverbio zingaro. «Tanti figli, tanta forza».

Helver esce a capo chino dalla tenda, la tenda che fa da veranda alla roulotte più lunga del campo.

Gli gira la testa. Accende una sigaretta.

Mirsada lo guarda con occhi grandi così. Ha undici anni, Mirsada, ed è bellissima.

Helver attraversa il campo e sparisce nel buio.

Sette

Un colpo sul tavolo. Fortissimo, a mano aperta. Che fa sobbalzare le penne, i fogli, la bottiglia di minerale, lo schermo di un computer, probabilmente di epoca precristiana, una cornice d'argento con dentro moglie e figli, e naturalmente gli astanti che si sforzano di tenere gli occhi bassi, su un linoleum lercio che per datarlo servirebbe il carbonio 14.

«Ma insomma, lei non si rende conto! Questo è occultamento di prove! Intralcio alla giustizia! È… È…», boccheggia, «… è ostacolo al lavoro delle forze dell'ordine!».

Personaggi e interpreti.

Il commissario di polizia Antonio Gregori, quello della manata, quello che boccheggia urlando come un ultras dell'Atalanta. Il sovrintendente Semproni con la faccia che dice ovunque, ovunque ma non qui, il suo vice Ghezzi che tenta di confondersi con la tappezzeria. Sarà difficile, perché è vestito come John Lennon sulle scale del Dakota Building, con un giubbotto in pelle che copre a malapena una camicia a fiori, gli occhialini tondi e persino una parrucca di capelli lunghi. Sotto copertura dove? Infiltrato a una reunion dei Beatles?

E poi c'è l'ospite d'onore, Carlo Monterossi, che ancora non ha detto una parola e si gode la scena Law and Order.

Pressione arteriosa, glicemia, ritmo cardiaco, un bel respiro, dica trentatré, e Gregori è pronto a continuare:

«Una prova importante! Addirittura un reperto umano! E lei ce lo porta così, alle dieci del mattino, senza avvertire, senza urgenza! Cosa crede che stiamo a fare, qui, i comodi suoi?».

È un uomo massiccio, poderoso, anche da seduto la sua stazza è imponente. Ha una dotazione di capelli folti e abbondanti, con appena qualche filo bianco. Se avesse anche barba e basette sembrerebbe un casco integrale. Un tipo mai domo, si direbbe. E infatti:

«Un dito! Mi porta un dito! Come venisse a rinnovare il passaporto! Ma si rende conto?».

Semproni tace. Ghezzi gioca al camaleonte con lo sfondo, sperando di diventare invisibile, anche se lì dentro spicca come un hara krishna.

Quindi tocca a Monterossi:

«Commissario, non mi ringrazi, faccio solo il mio dovere di cittadino. Come lei sa, ieri sera un tizio ha tentato di uccidermi, quindi è mio dovere incoraggiare e agevolare le indagini. Siccome i vostri scienziati della Scientifica non hanno ritenuto importante questo minuscolo indizio, o non l'hanno trovato dopo l'attentissimo esame di ben due, forse tre metri quadrati di pavimento, ve l'ho portato io. Non avevo la carta giusta, se no vi facevo un pacchettino».

A dirla tutta gli sta montando un po' di rabbia. Sarà l'accumulo. Tra l'appello accorato di Flora De Pisis, le prese per il culo, i messaggi, le telefonate, la sparatoria, il dito sul tavolo della cucina, il vomito, il mal di testa, la paura che gli ha tenuto compagnia tutta la notte, ora gli tocca la ramanzina.

Indossa il suo sorriso «stronzo 2», quello delle grandi occasioni, fa la faccia innocente e dice:

«C'è una ricompensa?».

Persino lui si prenderebbe a schiaffi.

Semproni tace ancora. Ghezzi pare stia scavando per seppellirsi, tra un po' trova il petrolio.

Il commissario fissa negli occhi questo simpaticone della tivù e pigia un bottone nero di un aggeggio sulla scrivania, non distoglie il suo sguardo minaccioso – che quello sostiene come Mata Hari davanti al plotone d'esecuzione – fino a quando entra un'agente in divisa. Biondina, bassina, larghina.

«Dica, commissario».

«Senesi, mi faccia un controllo su questo…», guarda un foglio posato davanti a lui, «… Carlo Monterossi».

Lo indica col mento, come dire: «È questo qua». E aggiunge, a voce: «Precedenti, pendenze, denunce, tutto, pettine fino, in fretta, subito! Via!».

L'agente larghina fa per andarsene, poi si volta di

colpo, come un cane che si è dimenticato la catena e strappa di brutto. Guarda Carlo. Lo fissa come se prendesse la mira. Gli punta addosso un indice tozzo. Poi spara:

«Lei! È lei! Perché non torna da Flora, eh? Cosa le ha fatto!».

E lascia la stanza.

Semproni tace sempre, ma questa volta c'è un barlume di vita nei suoi occhi. Ghezzi alza la testa come se nella stanza fosse entrata Yoko Ono. Il commissario Gregori è il primo a riaversi, mica si diventa commissari per caso, dico, non scordiamoci che siamo nel paese del merito:

«Cosa? Cos'ha detto? Chi è questa Flora?».

Monterossi sospira pensando da quale lato prenderla, studia come dare una spiegazione stringata ed esauriente che gli eviti un'altra dozzina di domande.

Fortunatamente per lui si apre la porta ed entra un tizio. Sovrintendente e vicesovrintendente si alzano come un sol uomo, deferenti.

Gregori, invece, alza il culo di qualche millimetro, un gesto provato per anni, riprovato, raffinato, collaudato, portato alla perfezione. Un gesto che affonda le sue radici in secoli e secoli di pubblica amministrazione, di graduatorie statali, di sua eccellenza, di vossignoria, di servo vostro, di dica dottore. Un gesto che è insieme l'accettazione delle regole e una piccola ribellione.

Un gesto che vuol dire: «Ok, mi sono alzato, ma fino a un certo punto; rispetto sì, gerarchia va bene, ma non stiamo qui a baciarci il culo».

Poi fa le presentazioni:

«Il sostituto procuratore, dottor Marco Ghioni. Noi ci conosce tutti. Lui», indica sempre col mento, «è Carlo Monterossi, la vittima… presunta vittima».

Questo Ghioni sarebbe dunque il magistrato inquirente. Un bel salto da ieri sera. Due autisti di volante. Poi Semproni e il suo vice en travesti. I Gianni e Pinotto della Scientifica. Poi, il commissario, e ora addirittura un magistrato.

Chissà, se il nostro eroe porta altre dita avrà il piacere di conoscere il capo della polizia, forse il ministro.

Ora nella stanza c'è un altro boss, si dice Carlo, un nuovo sceriffo in città. E infatti Gregori sembra abbassare la cresta, impercettibilmente come ha alzato il culo, ma insomma, si nota.

Semproni fa per offrire la poltroncina su cui è seduto, ma quello, il Ghioni, modesto, prende una sedia e si accomoda con un gesto che dice: «State, state…».

È alto, magro, sui quaranta, con la barba appena accennata. Pantaloni di velluto, giacca di velluto, gilet di velluto, occhiali di velluto, mezzo toscano spento di velluto, orecchie di velluto, una ventiquattr'ore di velluto e Clarks beige ai piedi. Se i magistrati vogliono smettere di farsi dare dei comunisti sarà meglio che comincino a vestirsi in un altro modo.

«Possiamo iniziare», dice l'uomo di velluto.

Gregori non se lo fa dire due volte. Da sotto il fascio di fogli sulla scrivania prende una foto e la spinge sul piano di legno, finché arriva sotto gli occhi di Monterossi. Lui guarda. È il primo piano di una donna, né giovane né vecchia, sulla quarantina portata male, sulla cinquantina portata bene, se ne ha trenta, invece, ha vissuto in povertà alla periferia di Bucarest.

I capelli più cotonati che Carlo abbia mai visto, una camicetta rosa, lineamenti regolari, faccia anonima. Se qualcuno le ha detto «come sei carina», ha smesso dopo la prima comunione.

«Conosce questa donna?».

Nemmeno un secondo di esitazione:

«No».

«Sicuro?».

«Sicurissimo. Mai vista. Chi è?».

Il commissario allunga un'altra stampa sul tavolo:

«Forse in quest'altra foto la riconosce».

È sempre lei, stavolta in bianco e nero, senza architetture futuriste nei capelli, la pelle sul grigiastro, gli occhi chiusi, forse un ematoma su quello destro. E un piccolo buco rotondo, perfettamente regolare, al centro della fronte.

Monterossi deglutisce, forse anche rumorosamente, perché non è un estimatore del genere cadaveri, e non lo nasconde.

«No».

E siccome gli sembra di esser troppo telegrafico, aggiunge:

«Posso sapere cosa sta succedendo? Vi porto un dito e mi fate vedere un morto?».

Pensa se vi portavo un braccio, vorrebbe dire, ma non è il momento di fare lo spiritoso. E se anche fosse il momento, quella foto gli ha levato la voglia.

Ora parla Semproni. È la prima volta:

«Dottor Monterossi, possiamo chiederle dov'era la sera di lunedì? Diciamo... da ora di cena a mezzanotte?».

Carlo piega la testa di lato come uno che fa due conti veloci. Poi risponde:

«Lunedì sera ho fatto un po' tardi, sono stato alla presentazione di un libro, ho cenato nella trattoria sotto casa, saranno state le nove e mezza, poi sono salito e rimasto da solo... sarò andato a dormire... verso l'una? Più o meno... Se può servire, ho ricevuto un paio di telefonate, ho usato il computer e la rete... Ah! Sì! Ho visto un telefilm, tipo CSI, sa, quelli dove la Scientifica non dimentica in giro dita amputate?».

La stessa rabbia di prima. Ha capito bene? Gli hanno chiesto un alibi?

«Però», aggiunge, «per ieri sera sono in una botte di ferro, facevo la sagoma del tiro al bersaglio, e poi ho passato un'oretta con questi due signori... sempre se questa specie di John Lennon di oggi», indica Ghezzi con un cenno del capo, «è lo stesso che ieri sembrava evaso dal set del Padrino... ehi! Ricordatevelo se qualche collega viene a chiedervelo».

Semproni fa una smorfia.

Gregori, invece, gli sparerebbe volentieri. Probabilmente lo frenano gli sguardi della famiglia nella foto incorniciata – papà non farlo, pensa a me – e la presenza di un magistrato.

Il quale si decide a parlare:

«Forse abbiamo cominciato con il piede sbagliato», dice, a tutti e a nessuno.

E a Monterossi, invece:

«Dunque lei non sa chi sia questa signora. Lodovica Répici, o Repìci. Il nome almeno le dice qualcosa?».

«No. Mai vista, mai sentita. Dico sul serio».

Ancora l'uomo di velluto:

«La signora Répici è stata uccisa nella sua casa di corso di Porta Romana, con un colpo di calibro 22 in fronte la sera di lunedì scorso, tra le nove e mezzanotte. Forse è stata un po'... interrogata, diciamo. Ma insomma. L'ha trovata la domestica la mattina dopo. Seduta su un divano, morta da una decina di ore e... senza l'indice della mano sinistra, segato, si direbbe, all'altezza della terza falange, post mortem».

«E sarebbe il dito che vi ho portato io? Cioè, quello che aveva il mio killer?».

«Probabile».

Interviene Gregori:

«Probabile, come dice il dottore». Intende il giudice. «Stiamo controllando. Certo, ce lo avesse portato stanotte sembrerebbe ancora un dito, non uno stronzo di cane!».

Carlo sta per ribattere, ma suona il telefono sulla scrivania del commissario. È un bigrigio del primo periodo Sip, forse addirittura dell'era tardo-Stipel, mesozoico superiore, con la rotella per i numeri, un reperto meraviglioso.

Gregori grugnisce nella cornetta e la butta giù con malagrazia. Guarda i due sottoposti:

«Andate su, hanno qualcosa».

I due scattano verso la porta, quasi travolgono l'agente larghina che sta entrando.

Lei si avvicina al commissario e gli bisbiglia qualcosa da molto vicino, gli passa un foglio con poche righe e se ne va.

Carlo sogghigna perché ha capito.

Pulito come un bebè dopo il bagnetto, questo Monterossi. Lindo, casto e verginello. Precedenti zero, denunce zero, pendenze manco a parlarne. Nemmeno una canna, che risulti. Niente violenza, risse, schiamazzi, furto di bestiame, reati sessuali, terrorismo, ricettazione, usura, sfruttamento della prostituzione, combattimenti di cani, galli, porto abusivo d'arma, occultamento di cadavere. Niente.

Da giovane? Un santo.

Oggi? Santo e martire.

Carlo Monterossi, l'Uomo Senza Macchia.

Gregori pare deluso, ma incassa senza dire nulla. Ghioni, che forse ha capito, lo trafigge con un'occhiata di velluto che insieme vuol dire: «Intimidiamo i testimoni? Siamo matti?». E anche: «Capisco. L'avrei fatto anch'io».

La larghina esce dopo un'altra occhiata a Carlo, il tizio della tivù, quello che ha fatto quelle brutte cose a Flora De Pisis. Lo guarda come se fosse il Pacciani, risorto e venuto a costituirsi.

Tutto tace. Nessuno dice niente.

Carlo non riesce a togliere gli occhi dalla foto della signora Répici, o Repìci, quella in cui non le ha dato fastidio il flash, per capirci.

Finché tornano il sovrintendente e il suo vice.

Semproni e Ghezzi hanno la faccia perplessa. Un foglio in mano, dev'essere una tradizione della ditta non presentarsi mai a mani vuote. Restano in piedi, uno accanto alla scrivania, l'altro vicino alla porta, pulisce gli occhialini tondi con una sciarpa di seta a disegni psichedelici. Gregori legge in silenzio finché il sostituto procuratore lancia un piccolo colpo di tosse che gli fa alzare il volume.

«Sul barattolo due serie di impronte... le sue», indica vagamente Monterossi, «e...».

«Forse quelle di Katrina, l'ha trovato lei... la mia domestica», spiega Carlo a beneficio del magistrato.

Gregori continua:

«Il barattolo è di quelli che si trovano in ogni farmacia, quelli per le urine. Possiamo fare qualche ricerca ma ci credo poco. E...».

Ha il senso della suspense, se la gode un po', ma non ci casca nessuno. Così continua:

«... e il dito non è della signora. È un dito maschile. Abbiamo le impronte, per quanto un po' compromesse... e un'identificazione...».

Lo guardano tutti.

«Marino Righi, nato a Verbania nel 1968, residente...», si sporge sul foglio, «Milano, via Vigevano 27».

«È ai Navigli», dice John Lennon Ghezzi.

«Andiamo», dice Gregori.

«Semproni, due macchine subito, io vado col dottore, voi in fretta con la sirena. Portate un agente, pure due se li trovate. Ci vediamo lì».

Di colpo, Carlo Monterossi ha la sensazione di essere trasparente, inesistente, sparito. Ma si sbaglia di grosso, perché l'uomo di velluto, già sulla porta, si gira e lo guarda fisso:

«E questo Righi lo conosce?».

E lui:

«Sì».

«Resti qui finché torniamo, avremo qualche domanda. Un bel po' di domande, veramente».

Carlo pensa. Marino Righi.

Cazzo!

Otto

Hego sta seduto al sole del mattino, davanti alla roulotte più lunga del campo, su una vecchia sedia da cucina in fòrmica azzurra con le gambe cromate venate di ruggine.

Ha la sua giacca larga e la sua cravatta che non c'entra niente.

Di tutto il campo è l'unica cosa immobile, questo lo rende misterioso.

Intorno, è un viavai tranquillo, vociante ma come attutito.

Hego sente l'odore della legna umida dei primi fuochi, respira il fumo acre. Gli piace.

Ha visto centinaia di campi come quello, li ha visti svegliarsi. Come qui. Ha visto i bambini ritrovarsi per qualche incombenza o missione. Come qui ora. Qualcuno addirittura con lo zainetto per la scuola, l'aria strafottente e felice di chi è l'ultimo della classe per definizione, per storia, per tradizione, per forza, e lo sarà per tutta la vita.

È un bel campo. È grande. Ha visto di peggio. Ogni roulotte ha spazio intorno. Lui la sua la piazzerebbe là, dove ci sono due alberi rachitici ma pur sempre alberi. Il posto è occupato, ma Hego sa che per lui sarebbe libero.

Da tanto tempo non ha una roulotte in un campo.

È più zingaro dei suoi zingari.

Due ragazzine sciacquano svogliatamente alcuni contenitori di plastica, detersivi per panni o pavimenti recuperati dai cassonetti dell'immondizia. Ne esce un'acqua con le bolle che versano in un grande catino. Con quella riempiono delle bottiglie. Altre donne e ragazze passano, raccolgono una bottiglia con quell'acqua verdina, quell'avanzo diluito di chimica, e si avviano verso l'uscita del campo. Servizio lavavetri.

Semafori, scappamenti, code nervose, un euro, mezzo euro, vaffanculo, zingara!

La donna del vecchio gli offre una tazza di caffè. Nero, fortissimo, amaro. Hego ringrazia con un'occhiata, più di quanto quella si aspettasse.

Un'altra donna, più giovane, stende malamente dei panni su un filo teso tra una roulotte e una rete, al confine del campo. Non si capisce l'età. È incinta, grossa, caracolla sulla terra battuta.

Tre uomini scaricano da un furgone bianco molto malmesso dei rottami di rame. Fasci di cavi, pezzi di motori, dinamo, chissà cos'altro, il lavoro della notte. Il vecchio parla con loro. Discutono piano. Continuano a svuotare il furgone, che ha l'aria stremata.

Poi, Hego risponde al cellulare. Non dice niente, nemmeno pronto. Ascolta, chiude gli occhi. Ascolta con attenzione e rimette il telefonino in tasca.

Clinton arriva a passo lento, con il suo cappello in testa – non lo leva mai – e il ragazzino, quell'Helver, che gli trotta accanto. Il ragazzino è felice, eccitato. Tiene in mano un coltello con il manico d'osso, la lama luccica nel sole del mattino. Cambia presa velocemente sul manico, spostando il pollice tra la fine dell'impugnatura e l'inizio dell'acciaio, a seconda che mimi un attacco o una difesa. Ogni tanto Clinton gli corregge il movimento del braccio, la posizione delle dita, gli mostra uno scatto del polso. Più fluido, più veloce.

«Más rapido!», dice. E annuisce.

Il ragazzino impara in fretta.

Hego sorride.

Hego dice:

«Andiamo».

Salgono sul furgone bianco. Clinton alla guida, Hego al suo fianco, un gomito fuori dal finestrino. Il ragazzino sale dietro, dove prima stavano i rottami di rame, scompare dietro il portellone ammaccato.

Lasciano il campo con una scia di fumo nero.

Nove

Indro Montanelli non suonava nei Rockets. Peccato. Però gli hanno fatto una statua come se.

Di bronzo chiaro, lucida, risplendente nel sole, di lui che scrive, la piccola Olivetti appoggiata sulle ginocchia. Forse l'idea era quella del grande corrispondente di guerra, ma sembra più un profugo del ventesimo secolo.

O un precario del ventunesimo, quelli da otto euro al pezzo, che non hanno la scrivania.

O uno di quei cadaveri dei film di 007, quelli che Goldfinger pitturava con la vernice d'oro.

Ecco.

Se partite da quel Montanelli tirato a lucido col Sidol, attraversate in diagonale i giardini di Porta Venezia, sopravvivete all'incrocio dei bastioni, evitate il casino di corso Buenos Aires e prendete invece la parallela alla vostra sinistra, potrete farvi un'idea di cos'è il Marais parigino preso, impacchettato e portato a Milano.

Via Tadino è lunga e stretta, come sono lunghe e strette le vie che la trapassano ad angolo retto. Casati,

Castaldi, San Gregorio. Era il Lazzaretto, una volta, dove i monatti portavano i cadaveri degli appestati nel Seicento, il Manzoni lo raccontava nell'Ottocento, un metroquadro costava l'equivalente di cinque-seimila euro già negli ultimi anni del Novecento, e oggi vi si svolge una guerra senza quartiere.

L'infighettimento di via Tadino e dintorni parte come un'onda da piazza Oberdan, vicino ai giardini dove luccica Montanelli, il sesto Rockets. E combatte la sua battaglia contro una Resistenza agguerrita, indomita, invincibile.

Per ogni piccola boutique che apre, abbastanza snob da farsi chiamare «atelier», tiene tignosamente la posizione un barbiere maghrebino. Per un gelataio artigianale dove un cono monogusto costa come un grammo di cocaina – ma pesa meno – punta i piedi un takeaway cinese.

Una battaglia metro per metro.

C'è la galleria d'arte moderna e il discount per poveri. La cucina fusion e la pizza al trancio. Siete al Village a fare shopping, e poi a Mumbai in cerca di cibo, e dopo due metri dall'antiquario viennese, e poi da un rigattiere alla periferia di Shanghai.

Ci sono tanti di quei pugliesi che sembra di stare a Milano.

E i turchi per il kebab. I cinesi travestiti da giapponesi per il sushi. Portinaie calabresi implacabili, milanesi abbienti che hanno comprato lì perché «è così caratteristico», o che stanno lì da sempre, forse dalla peste, forse da prima, sanno gli angoli, i trucchi, i passaggi, i misteri dei cortili.

E poi uffici, alberghi a una, due, tre, quattro stelle, monolocali per le puttane degli annunci – novità brasiliana completissima preliminari da urlo –, famiglie, scuole elementari, artigiani del legno, del ferro, della plastica, del giunco, del lapislazulo, del prosciutto e dei telefonini.

Nei portoni l'effluvio delle signore milanesi – Mitsouko? Chanel? Balenciaga? – che trottano verso la Smart parcheggiata di taglio si avvita alla potenza del curry, all'idrocarburo della miscela troppo grassa dei motorini, al fritto stantìo. Ci sono modelle col book sottobraccio, muratori albanesi che ristrutturano, zoppi, pensionati che vanno al bar-dopolavoro della Cisl e librerie di tendenza.

Al numero 27, secondo piano, c'è la Snap Srl.

Una normale porta blindata con una targa in ottone. Aperta quella, un'altra porta, più massiccia, acciaio grigio, con una serratura a combinazione. Dentro, i tre locali della ditta: piccolo ingresso, due stanze, un ripostiglio-archivio.

Si chiama Snap perché bisognava mettere un nome sulla porta, gli uffici anonimi fanno fare domande, e gli è venuto in mente quello.

Il rumore che fa lo scovolino in gomma quando esce dalla canna della pistola eliminando grasso, residui combusti, polvere.

Snap. Pulizia. Manutenzione. Servizi rapidi e efficienti.

Snap!
Il biondo con il ghigno sulla faccia lavora di olio e,
appunto, scovolino. Ha una polo blu, jeans neri e
vecchie Nike ai piedi. Sulla scrivania c'è un quotidiano
del giorno prima, aperto sulle pagine dello sport, per
non sporcare. E una Sig-Sauer P226 Tactical mezza
smontata, che lui sta pulendo con cura.

La gente pensa alla Svizzera e non sa andare oltre il
cioccolato e gli orologi. Toh, al massimo le banche.
Ma anche sulle semiautomatiche la sanno lunga, quelli
lassù.

Passa uno straccio bianco su ogni parte esterna. Gli
piace così, pulita ma non lucida.

L'altro uomo prende una sedia e gli si piazza di
fronte. Il biondo non alza nemmeno gli occhi:
«Sentiamo».
«Prima il committente».
«Giusto. Non ha gradito il gatto», dice il biondo
accentuando il suo ghigno.
«Candido Cafiero, settantadue anni. È il boss di
questa... Terfim Spa. È la società che ha comprato il
terreno del campo rom. Da un ente, pare».
«Mazzette».
«Può darsi. Sei ettari e mezzo, buona posizione, case
intorno, popolari quasi tutte, casermoni. Un quartiere
un po' migliore poco lontano, villette, palazzine».

«Sento già il profumo del centro commerciale».

«Minimo».

L'uomo si alza e si toglie la giacca, la appende allo schienale della sedia, si liscia la cravatta azzurra e riprende i fogli.

«Ti risparmio gli intrecci di società, partecipazioni, soci... se ci servirà ho tutto qui, ma insomma, comanda lui. Villa a Cisliano, roba grossa, piscina e tutto. La macchina del gatto, tra l'altro, era una Maserati Quattroporte GTS... La sede della società è vicino a corso Vercelli... via... Belfiore. Ho fatto un salto, tutto piuttosto ordinato. Il garage è controllato abbastanza bene, se vuoi evitare le telecamere ci riesci, ma devi studiare un po'. Una almeno è nascosta bene. Cancello elettrico, non si può scavalcare. Telecomando o un aggeggio a frequenze».

«Stai dicendo che il nostro uomo è in gamba?».

«Sto dicendo che sa aprire un cancello elettrico senza avere la chiave. E sa catturare un gatto».

«Capirai».

Track, track! Due mosse, pochi secondi, un giro di polso rapido. La Sig-Sauer è montata, oliata, pulita, pronta. Sul tavolo.

L'uomo con la cravatta sorride, pensa che il biondo sembra fatto per quello, che sono una squadra, che come sempre all'inizio di un incarico le cose sembrano lente e pigre. Poi si correrà.

Toglie un revolver da una fondina alla caviglia. È una piccola Smith & Wesson modello 360, calibro 38, canna corta, fusto in lega leggera, guancette d'appoggio per il mignolo. La tieni in un palmo di mano, ma fa dei buchi così, se incontra il tizio che se lo merita.

La mette sul giornale aperto già un po' screziato d'olio.

«Fai anche questa, ti spiace? Io vado avanti...».

Il biondo prende la pistola scuotendo la testa, apre il tamburo, sorride. Se incontri un cattivo molto cattivo a più di dieci metri di distanza, con questa gli fai più male a tirargliela in testa. Ma non ha mai visto il suo socio a più di dieci metri dall'obiettivo. Gli piace guardarli in faccia.

L'altro si schiarisce la gola, una tosse secca, da fumatore, o ex:

«Veniamo alle cose serie, il nostro amico».

«Sentiamo».

«Foto, abbiamo solo quella. Il primo piano, l'altra è inutile. Sergio De Magistris, trentotto anni, nato a Verona, a Milano da sempre. Orfano di madre, da poco, due anni. Il padre non si sa. Abitazione, tre locali di ringhiera, via Padova, vicino al parco Trotter... vediamo... via Angelo Mosso... 11. Non ci va da qualche mese, nessuno sa niente, vicini molto silenziosi».

«Paura?».

«Forse. Forse non gliene frega un cazzo».

«Avanti».

«Lavoretti qui e là, non si capisce bene. Forse qualche cosetta commerciale, dicono di pacchi e consegne, niente di illegale, corrieri normali, Bartolini, Traco, cose così. Tutto fermo da qualche mese. Ultradestra, anzi direi proprio nazi. Tra le informazioni che ci ha dato il cliente ci sono un paio di gruppetti di esaltati, tipo... Nuovo Reich e Gruppo 88, gente che critica Hitler, ma da destra. Dicono che non ha finito il lavoro... Ma lui non frequenta, pare che sia una specie di lupo solitario, uno che fa di testa sua, una scheggia impazzita».

«Un coglione».

«Su questo nessun dubbio».

«Precedenti?».

«Quanti ne vuoi. Rissa, anche allo stadio. Cocaina, quasi mezzo etto, ma è riuscito a sostenere la dose personale. Segnalato. Alla disintossicazione non si è mai presentato. Fermato un'altra volta, in macchina, ma hanno ingabbiato quella che stava con lui».

«Macchina?».

L'uomo sfoglia i suoi appunti.

«Golf nera, GT, vecchiotta. Targa BH347DE. È parcheggiata sotto casa, ferma da mesi».

«Scusa. Avanti».

«Cose politiche un paio, aveva un'ascia in casa, mazze da baseball con scritte naziste. Trovate dopo una rissa allo stadio. Denuncia a piede libero. Nel 2009 ha accoltellato uno, uno di un centro sociale...».

«Altro coglione».

«... gli hanno dato tentato omicidio, poi diventato aggressione aggravata, poi aggressione. Si è fatto un mese e mezzo dentro, a Opera, poi indulto eccetera...».

«Ha un buon avvocato».

«Ci arrivo. Amici e frequentazioni. Fino a un po' di tempo fa lo vedevano in un bar di Affori... via Cialdini. Bigliardo, macchinette, qualche troia, forse poker, ma non si sa. Una specie di socio, o di compagno di bagordi, anzi due. Uno è morto un anno fa. Roberto Nicalzi, trentun anni, incidente stradale, era fatto come un ciclista. L'altro sta in galera, a Vercelli, tentato omicidio della moglie, che peraltro mandava a battere».

«Bell'ambientino».

«Avvocato. Ferdinando De Rosa, uno che difende quelli lì, nazisti e compagnia. Dicono uno tosto, ex militare, una specie di Rambo però avvocato. Li tira fuori, paga per il ritiro delle denunce, olia le ruote. Molti amici caramba o poliziotti, gente di estrema destra, quelli che scrivono rissa invece di aggressione, lesioni invece di ferite da taglio, camerati in divisa...».

Il biondo soffia forte in una scanalatura, chiude il tamburo, passa lo straccio bianco sul calcio della Smith & Wesson e la appoggia sul tavolo vicino alla Sig.

Belline. Sorelline.

Mette via gli stracci, il flacone di Ballistol – Cleans! Lubricates! Protects! –, gli altri aggeggi e le scatole dei proiettili.

Ancora non alza lo sguardo:

«Insomma, non abbiamo un cazzo. Donne?».

«Quella fermata con lui per la coca. Si è fatta qualche

mese... Marzia Senzapane... bel nome... sarà incazzata come una vipera, se l'ha incastrata lui».

«Tossica».

«Sicuro».

Il biondo fa una smorfia:

«Comincerei col nostro Rambo degli avvocati».

«Sì, abbiamo quindici giorni».

Per la prima volta il biondo alza la testa e guarda il suo socio.

È poco. Perché? Il figurino non ci ha dato scadenze. Anzi, sarebbe persino meglio aspettare che lo stronzo chieda altri soldi, e glieli portiamo noi...

E poi il biondo lo sa. Niente fretta è meglio. Quando lo hai trovato comincia il bello. Seguirlo, conoscerlo, aspettare il momento. Niente fretta, niente rischi. Pulizia, manutenzione, servizi rapidi ed efficienti. Ma più efficienti che rapidi, checcazzo.

Non alza la voce, ma scandisce meglio:

«Perché così in fretta?».

«Marta ha prenotato in montagna per fine mese. Dice che non andiamo via da una vita, che lavoro troppo, che lei è stufa, i ragazzi...».

«Ma cazzo!».

«Ma cazzo lo dico io!».

«Ma dillo a lei, però!».

Silenzio.

Poi l'uomo si alza, prende il piccolo revolver e lo infila nella fondina alla caviglia. Rimette la giacca.

Prende i fogli che ha letto e sparisce nella stanza accanto. Torna in pochi secondi.

«Allora? L'avvocato?».

«L'avvocato. Ridimmi il nome».

«Ferdinando De Rosa».

«Mi sta già sul cazzo».

«Qui alle nove».

«Alle nove».

«Facciamo alle otto e aperitivo?».

«Aperitivo ad Affori?».

«Bel posto».

«Alle otto».

Dieci

L'agente larghina si chiama Olga. Olga Senesi. Agente scelto distaccato alla segreteria del commissario Gregori, ventotto anni, sei di servizio, diploma scientifico, poi Giurisprudenza mollata lì, poi due anni in pattuglia, poi nella squadra della Omicidi insieme al capo burbero, al Ghezzi, al Semproni.

«Che è il più bravo», dice lei, e le brillano un po' gli occhi. Flora De Pisis ci vedrebbe già un romanzo.

Carlo ha bevuto due caffè della macchinetta, schifosi.

Carlo Monterossi, l'Uomo Che Aspetta.

Ha sfogliato assurde riviste intitolate *Polizia*, *Ordine Pubblico*, *Servitori dello Stato*, *Sicurezza e Libertà*, *Spariamogli per bene* e *Manganello oggi*. Ha chiacchierato con quella Olga larghina.

Le ha detto che adora i nomi russi. Che può farle avere un biglietto per *Crazy Love*, nel senso di un posto tra il pubblico, magari dove la inquadrano. Che le farà avere un autografo di Flora su una sua foto, abbagliata dall'apoteosi della luce antirughe. Che non è cattivo e insensibile come sembra solo perché ha lasciato un programma che peraltro aveva inventato lui e che, senza tentare la fuga o darsi alla latitanza, intende andare a mangiare un panino al bar di fronte alla questura.

Permesso accordato.

Invece, appena fuori, fa due passi fino a via Solferino. Ha visto abbastanza sbirri per oggi e tra poco gli tocca una razione doppia, quindi meglio un bar senza divise.

Una fetta di torta e un altro caffè. Bevibile, stavolta.

E due telefonate.

Prima Nadia, per forza.

Nadia Federici, il suo campione, il suo reparto ricerche&sviluppo.

Ventotto anni, occhi verdi che diventano grigi quand'è incazzata. Quindi grigi, perlopiù. Scontrosa. Difficile. Capace di fare qualunque cosa bene, in poco tempo, facendoti sentire un cretino, tanto le è venuta facile.

Se c'è qualcosa da trovare lei lo trova. Il prezzo del burro a Tokyo. L'elenco dei concessionari Honda in Thailandia. Il sistema pensionistico del Belgio. Le persone sparite. Quelle ricomparse. Dov'è sepolto Garrincha. La dichiarazione dei redditi di chiunque. Processi. Ricoveri.

Nativa digitale.

Nativa precaria.

Carlo le ha trovato molti lavori. Lui fa un figurone dicendo: «Ti trovo io una brava», e lei lavora come una schiava per sei euro all'ora in redazioni gremite di casi umani che non saprebbero trovare la macchina in un parcheggio deserto.

Probabilmente lo odia.

Probabilmente lo ama.

Ma non c'è da pensar male. È esperta in arti marziali, mena come un fabbro, pensa che le creature di sesso maschile non avrebbero mai dovuto uscire dalla scuola materna, gira solo in bici, ama solo il suo Mac ed è piuttosto lesbica.

Risponde al terzo squillo.

«Sì, badrone!».

«Ciao, zio Tom».

E poi smettono di dire cazzate. Parla lei:

«Non ti chiederò niente di Flora De Pisis, della sceneggiata di ieri sera, della figura di merda che hai fatto, dello schifo che ti sei inventato e della televisione... Per cui se stai cercando una spalla per piangere cercala da qualche altra parte».

«Ottimo. Assunta».

Ride:

«Che cazzo vuoi?».

«Stai lavorando?».

«Poca roba. Traduzioni. Consegno domani».

«Lavori per me?».

«Per te per te o... per qualche programma per casi umani, tipo *Cellulite addio*, in quelle carceri di deprivazione sensoriale piene di deficienti a cui mi consegni ogni tanto?».

«Per me».

«Cosa?».

«Ricerche».

«Il colloquio di assunzione costa una cena. Poi voglio un mese intero, diciamo duemila. Mille subito».

«Tremila. Mille subito. Le spese se ce ne sono. E cena tradizionale milanese questa sera. Sushi, sashimi, uramaki, quella roba lì».

«Alle nove da Miyako».

«Nove e mezza, sono occupato».

«Che palle. Nove e mezza».

«Ah, Nadia...».

«Sentiamo la fregatura».

«Ti do due nomi, comincia a guardare un po' in gi-ro».

«Sei proprio una merda».

«Hai da scrivere?».

«No, ma aspetta, mi taglio una vena e scrivo col sangue... Dai, dimmi!».

«Lodovica Répici o Repìci...».

«Répici».

«La conosci?».

«No, conosco l'italiano».

«È morta lunedì sera. E poi... Marino Righi».

«Alle nove e mezza».

«Gra...».

Ha messo giù.

La seconda telefonata è più rapida.

Oscar Falcone. Traffichino, trovarobe, giornalista d'inchiesta, topo d'archivi, avventuriero, precario della conoscenza, infiltrato speciale, esperto di periferie, devianze, emarginazione, bevitore di aperitivi, cascamorto, bugiardo e maledettamente abile a far tutto quello che si può fare ai margini del codice penale.

Una volta Carlo gli ha fatto un favore.

Da allora quello gliene ha fatti un migliaio.

Uno squillo.

«Oh, Carlo! Ma che hai fatto alla regina Flora?».

«Lascia stare, sei libero?».

«Dopo le otto».

«Alle nove e mezza da Miyako».

«Sei nei guai?».

«Può darsi».

«Bene!».

Tu pensa che razza di stronzo.

Undici

Hanno trovato Marino Righi.

Morto stecchito, in casa sua, seduto in poltrona. Con un buco di calibro 22 nella fronte. Sta diventando un classico

E con un dito nel culo.

Carino, eh?

Il dito – lo diranno le analisi, ma sono quasi sicuri – della signora Lodovica Répici, uccisa lunedì sera.

Martedì sera è toccato al Righi.

Lui era programmato per mercoledì.

Carlo Monterossi, l'Uomo Scampato Alla Morte.

Parla il sovrintendente Semproni. Il lavoro sul campo deve fargli un gran bene, perché ora sembra vivo e vegeto, non come prima che giocava alla mummia di Similaun.

«Quindi la nostra arguta deduzione è che il dito indice di Marino Righi doveva finire nel culo suo».

Con un grugnito, il commissario Gregori caccia Semproni e Ghezzi, che è vestito da infermiere, zoccoli bianchi e tutto, nessuno sembra farci caso, solo Carlo lo guarda come voi guardereste Lady Gaga in bikini in una moschea di Teheran.

Escono senza salutare, probabilmente vanno a capire chi è questo Righi. A scavare nella vita del morto prima che qualcuno scavi per seppellirlo.

Restano Carlo, Gregori, il sostituto procuratore di velluto e Olga larghina, che prende posto dietro una scrivania più piccola, vicino alla finestra, e accende un computer monumentale, che si avvia con spaventosi gemiti in circa quaranta minuti. Probabilmente il sistema operativo è quello che usavano gli egizi. In effetti, con i papiri o le tavolette di cera farebbe prima.

«Cominciamo?», dice Carlo. «Ho un impegno verso le nove».

«Lei ha impegni quando lo diciamo noi!», ringhia Gregori.

Questa volta non è un colloquio.

Questa volta è un interrogatorio.

Chi è questo Righi? Come l'ha conosciuto? Quando? Affari in comune? Donne? Soldi? Perché il dito nel culo?

Carlo Monterossi risponde come può, non che non ci abbia pensato, prima, quando sfogliava interessatissimo la pubblicistica sbirresca.

Gregori lo guarda come se fosse il Boia di Riga. Ghioni, invece, fa l'amico:

«Dica tutto quello che ricorda o le viene in mente. Poi passiamo ai dettagli».

Ed ecco che parte:

«Per quello che ne so io, 'sto Righi era una specie di traffichino. Intorno alla tivù ce ne sono molti. Credo che si presentasse come organizzatore di eventi, produttore, non so».

La larghina scrive.

«L'ho conosciuto... saranno un paio d'anni, credo a un cocktail, la presentazione dei palinsesti, un'occasione così. Mi chiese se potevo caldeggiare la presenza di Flora De Pisis a una manifestazione di solidarietà e/o carità e/o beneficenza in Puglia. Da lui promossa, organizzata, ripresa e trasmessa poi da un pugno di emittenti locali, perché ogni tanto anche le aste di materassi e tappeti sono troppo appassionanti e la gente vuole annoiarsi».

«Senesi, tagli le cazzate», geme il commissario Gregori.

Carlo va avanti:

«Non chiesi nemmeno, alla De Pisis... diciamo che non è il suo genere, non è che Cristiano Ronaldo va a giocare nella Ternana... Quella è gente che si muove con contratti, agenti, soldi... Allora passò a tampinarmi su nomi meno noti, gli serviva qualcuno che si fosse almeno una volta affacciato a una tivù vera per poter andare dal popolo bue delle sagre paesane a dire: "Vi porto i divi della tivù". Da quello che ne so era una specie di millantatore, un traffichino, appunto...».

«Poi?», dice Gregori.

«Poi che? Poi basta... Ah! Sì, invece. C'è un'altra cosa. Una cosa che mi ha un po' stupito, che ho detto... ma questo è pazzo!».

Si fanno attenti.

«Un giorno mi ha chiesto se sarei stato disposto a testimoniare in una causa di lavoro. Non ricordo i dettagli... parliamo di qualche mese fa... boh... febbraio? Inizio marzo? La storia era più o meno questa: probabilmente aveva dato il tormento a molta gente, e... sapete com'è. Bisogna saper dire no. Invece certi traccheggiano, prendono tempo, dicono: vediamo... Magari qualcuno per levarselo di torno gli avrà pure detto... sì, tranquillo, ci vengo in culo al mondo a fare un programma di beneficenza che vedranno ventisei persone, sempre se non si alzano dalla poltrona per cambiare il catetere... Insomma, mi fece una lista di nomi... qualche cantante... qualche attore di seconda e terza fila... Non ho indagato, anzi, pensando che fosse pazzo non gli ho dato corda. L'idea che mi ero fatto ai tempi è che qualche sindaco avesse creduto alle sue millanterie, o qualche piccola emittente gli avesse sganciato dei soldi per organizzare. Poi, le star, diciamo così, avevano fatto maramео, e lui era rimasto a piedi».

Tocca all'uomo di velluto:

«Era aggressivo? Le è sembrato... disperato? Con l'acqua alla gola?».

«No, non particolarmente... e poi erano contatti per telefono... o per mail... se vuol sapere se era implorante... direi di no. Aveva l'aria di dire... beh, io ci provo... Sembrava che per lui fosse un modo come un altro per fare un po' di soldi... ok è andata male col comune di Dovecazzostan, proviamo con l'avvocato, una cosa così...».

«Lei come rispose?».

«Gli dissi di no, naturalmente».

«Fu insistente?».

«Sì... boh... non più di tanto, due o tre telefonate... ricordo che gli risposi per mail, molto attento a non dargli del pazzo. Dissi che non me la sentivo, che una causa contro personaggi con cui magari un giorno avrei potuto lavorare... che fare il testimone è sempre una cosa seccante, che andare a un'udienza a Caserta, o Cefalù, o Siracusa per me era un impegno gravoso... Comunque...».

«Comunque?».

«Comunque era una cosa assurda, dai! Non credo ci fosse niente di scritto, nessun contratto. Per queste cose di solito si passa dalle agenzie... non si chiede direttamente agli... agli artisti, chiamiamoli così... Si può fare una causa in presenza di un contratto, che poi non serve, perché quei contratti già prevedono delle penali... Insomma, se io vi dico domenica vengo a pescare e poi non vengo, mica mi fate causa, no? Ecco, mi sembrava una cosa così, credo che sia irrilevante...».

«Tutto qui?».

«Per quanto riguarda i miei rapporti con Marino Righi tutto qui. Mai visto da solo, sempre in occasioni... mondane, diciamo così. Poi al telefono, o via mail...».

«Sa come se la passava?».

«Beh, non mi sembra benissimo, dal lavoro che faceva... Però era un tipo elegante, a suo modo, credo avesse un macchinone, sempre qualche signorina intorno, di quelle che sognano il mondo dello spettacolo...».

«Sposato?».

«Credo separato, divorziato... ma veramente non so».

«Altri che lo conoscono?».

«Come me? Mah, forse nell'ambiente un po' tutti... credo che rompesse i coglioni a largo raggio, ecco...».

La larghina smette di ticchettare sulla tastiera in bambù del Nilo, quarto secolo a.C., circa.

«Senta, Monterossi...», l'uomo di velluto unisce i polpastrelli della destra a quelli della sinistra, piega le dita, riflette e cerca le parole. «Senta... Stessa pistola. Stesso scherzo delle dita, anche se uno sembra tagliato meglio di un altro... La Répici è stata fatta parlare. Il Righi non pare. In ogni caso converrà che non sono omicidi casuali, vero?».

Carlo annuisce, cos'altro può fare?

«Quindi lei deve dirci cosa poteva legare in qualche modo... in qualsiasi modo... anche il più labile... il più assurdo... cosa poteva legare tre persone che dovevano morire nello stesso modo, con un messaggio accluso... il dito nel culo... Insomma, lei mi sembra un tipo a posto, uno che sa pensare... Lo capisce, vero, che c'è qualcosa?».

Ha ragione. E però, nonostante questo, Carlo comincia a seccarsi.

Carlo Monterossi, l'Uomo Informato Dei Fatti.

È lì da più di otto ore, dopo una notte di merda e tutto il resto.

«Ma crede che non ci abbia pensato? Non penso ad altro. Uno scambio di persona? O, come nei film, ho visto qualcosa che non dovevo vedere, senza rendermene conto? So cose che non so di sapere e loro sanno che le so?».

Gregori piomba come un falco sulla pecorella:

«Loro?».

Stavolta Carlo si incazza davvero:

«Ma sì, lui, loro... chiunque sia o siano. Non faccia 'sti giochetti con me, commissario. Le ricordo che io sarei una vittima, non vado in giro a tagliar dita e infilarle nel culo alla gente!».

Arrivano i pompieri di velluto:

«Bene, bene... capisco... Sono le sette passate... Sarà stanco, dopo tutto quello che è successo. Noi... noi le chiediamo di collaborare, dottor Monterossi. Dimentichi, la prego, l'incidente della Scientifica. Pensi che siamo qui a cercare degli assassini. Questa notte avrà una pattuglia sotto casa, così stiamo più tranquilli tutti. Anzi, no, niente volanti. Le mandiamo un uomo in borghese, auto civile...», guarda Gregori, come a chiedere un assenso che però è anche impartire un ordine. Hanno strane dinamiche, lì dentro.

Poi continua:

«Le chiediamo di non lasciare la città, di informarci se fa spostamenti... lunghi, diciamo...», si vede che non ha finito.

Infatti mette su un tono severo, che gli viene benissimo:

«Ah! Lo dico a tutti, e lei, commissario, riferisca a tutti i suoi. Non voglio vedere titoli su serial killer, dita nel culo o cose del genere. Siamo intesi? Ci mancano solo i cronisti e poi stiamo a posto! Mi raccomando!».

Tutti fanno la faccia classica del «Chi, io?». Carlo aggiunge la sfumatura offesa del «Ma con chi crede di parlare?», e l'allegra comitiva si scioglie con gelide strette di mano.

Fuori, nel sole calante né caldo né freddo di via Fatebenefratelli, Carlo raggiunge la macchina, sale, mette in moto.

Per uno strano meccanismo tecnologico che non saprebbe spiegare ma che sicuramente costa un sacco di soldi, il suo telefono e la sua macchina hanno un gran feeling. Così, quando fa il numero, gli squilli dall'altra parte si diffondono nell'abitacolo come un coro di cherubini.

Poi una voce:

«Ma va'! Il nostro spezzacuori preferito! Cos'hai fatto a quella povera Flora? Non vedi come soffre?».

«Lascia perdere, Paolo, non è il momento. Dove sei?».

«E dove vuoi che sia, al giornale!».

«Lì sotto tra dieci minuti».

«No!... cioè, cazzo, sto scrivendo...».

«Dai, che poi scrivi meglio. Arrivo».

112

Mette giù schiacciando un tastino rosso che dice alla macchina di dire al telefono di dire a Paolo che ha finito di parlare.

Ecco fatto. Chiuso con le buone maniere.

Anzi, per dirla con il vecchio Dylan:

He got no place to escape to, no place to run.
*He's the neighborhood bully.**

* Bob Dylan, *Neighborhood bully*: «Lui non ha nessun posto dove scappare, nessun posto dove correre. / È il bullo del quartiere».

Dodici

«È lui!».

Hego e Clinton si voltano di scatto verso Helver.

Il ragazzino indica con un dito, oltre il parabrezza lurido del furgone, un giovanotto biondiccio, capelli fino alle spalle, giubbotto nero su una maglietta bianca, jeans grigi, Adidas.

Si è appena tolto il casco e ha sollevato la sella di un grosso scooter grigio.

Hego pensa.

Ha cambiato moto ma non ha cambiato casa.

Si volta ancora verso il ragazzino:

«Sicuro?».

Helver sta per rispondere al volo, ma si ricorda che questa è una cosa da grandi.

Allora si sporge meglio dal retro del furgone sui sedili davanti, fin quasi alla leva del cambio. Guarda il ragazzo che estrae una catena e si abbassa per legare lo scooter.

«È lui. Sicuro».

Poi quello toglie il giubbotto e lo appoggia sulla sella. Si ravvia i capelli con un gesto lezioso. Ha qualcosa sul braccio destro, come una scritta.

Hego sorride.

Clinton chiede: «Adesso?».

Hego scuote la testa.

«No adesso. Lui entra e poi di nuovo esce. Quando lui torna. Aspettiamo».

Per la verità aspettano da ore. Quasi sempre in silenzio. Helver si è esercitato con il coltello. Clinton gli ha parlato piano, come si fa coi cuccioli.

«Mai difendere con il braccio che usa il coltello, sempre l'altro. Se tu ferisci braccio destro non puoi più colpire, manca forza».

Gli ha mostrato il suo braccio sinistro, due cicatrici viola appena sotto il gomito.

Ha riso:

«Vedi, qui... ferito ma vivo!».

Ha riso anche Helver.

Hego no.

Poi il tempo passava. Hanno sistemato il furgone in un buon posto, una decina di metri dall'ingresso del palazzo, una bella casa di viale Piave, una palazzina di tre piani.

Hanno aspettato ancora, con la fame e con la sete.

Poi Helver è uscito dal furgone, ha girato un angolo, e un altro.

È tornato con una busta di pane confezionato e tre lattine di birra.

«Supermercato», ha detto. «No guardie».

Questa volta ha sorriso anche Hego.

Il biondo è uscito, è partito con lo scooter.
«Dopo torna», ha detto Hego. «Aspettiamo».

Tredici

«La zuppa di miso no», dice Carlo Monterossi.

«Uff, noioso», dice Nadia.

È che non ha troppa fame. Non riesce a levarsi dalla testa l'immagine di se stesso su un tavolo dell'obitorio, morto stecchito con un buco in testa e un dito di Marino Righi nel culo. Ci sono modi migliori di andarsene, si dice.

E poi non riesce a smettere di pensare. Se lei sarebbe venuta al funerale. Se verrebbe. Se verrà.

Non lei Nadia.

Lei.

Nadia, invece, ordina praticamente tutto il menu, più qualche extra, qualcosa in razione doppia, e pure il sake che, Carlo deve ammettere, va giù proprio bene.

Prende le sue bacchette, le stacca una dall'altra e le posa vicino alla ciotola della soja. Poi prende quelle di Carlo e fa lo stesso.

«Bene che hai chiamato prima di pranzo», dice Nadia. «Così non ho mangiato e mi rifaccio adesso».

Nadia Federici è un'esperta di sopravvivenza urbana. E anche extraurbana, se non vi pare troppo.

Lanciatela con il paracadute a mezzogiorno su una città sconosciuta ed entro sera avrà un posto dove dormire e qualche lavoro per sopravvivere. Ha meno di trent'anni, ha una laurea, conosce quattro lingue, scrive, fa di conto, usa il computer come se non avesse fatto altro nella vita. Ed è incazzata come un cobra.

È convinta che quelli della generazione di Carlo, e in generale delle generazioni prima della sua, abbiano goduto di inenarrabili e immorali privilegi, sperperando i diritti conquistati dai padri e dai nonni, che quei diritti se li presero a colpi di schioppo, lottando e facendosi il sangue marcio. Mentre quelli lì, quei parassiti di mezza età, hanno avuto il posto fisso, i week-end, le ferie pagate, la tredicesima, la mutua, la pensione e il panettone a Natale.

Non si tratta di flussi economici, fasi storiche, dinamiche sociali, politica, pianificazione, mercati globali.

No.

È una questione personale.

Nadia sa che per anni e anni gente che valeva un decimo di lei è entrata alle nove in un ufficio di cui non gliene fregava un cazzo ed è uscita alle cinque, per tornare in una casa che poteva permettersi grazie a uno stipendio, da bambini che aveva potuto crescere grazie a uno stipendio, e commettere quei tre-quattro peccatucci piccolo-borghesi che si poteva pagare, sempre grazie a uno stipendio.

Mentre lei che sa fare quasi tutto, e quasi tutto bene, non può avere una casa se non dividendola con qualcuno – per fortuna, ora, la sua ragazza – e può pensare di saltare il pranzo per rifarsi a cena se paga qualcun altro.

Una questione personale, appunto.

Per questo Carlo non riesce a non sentirsi in colpa almeno un po', pur non avendo mai avuto un posto fisso, i week-end, le ferie pagate, la tredicesima, la mutua, la pensione e il panettone a Natale.

Per questo la guarda mangiare con piacere.

Come se mangiasse lui.

«Ma lo stronzo non arriva?», dice Nadia. «Io non voglio fare notte».

«Diamogli ancora dieci minuti», dice Carlo.

Carlo Monterossi, l'Uomo Paziente.

Che racconta. Il tizio con la pistola, il colpo mortale in mezzo agli occhi di Bob Dylan, i pasticci della Scientifica, il dito, la polizia, la povera signora Répici, il fu Marino Righi, il suo indice che doveva finire si intuisce bene dove, la fauna della questura, il vicesovrintendente Ghezzi re dei camaleonti e la Giustizia di velluto.

Lei fa una sintesi mirabile:

«Cazzo!».

Ecco, proprio così.

Poi arriva Oscar Falcone e il riassuntino glielo fa lei, che Carlo ha già dato abbastanza.

Oscar ascolta, ordina – a gesti, nessuno sa bene come fa – sashimi di salmone, non interrompe, non chiede, non fa battute. E alla fine dice:

«Cazzo!».

Ecco, sono tutti d'accordo e si può cominciare.

Nadia:

«Allora, Lodovica Répici. Nata a Trieste, quarantasei anni. Vedova di un imprenditore del mobile, una specie di falegname evoluto, fabbrichetta in Brianza e tutto il resto. Niente crisi, ha venduto tutto, ha monetizzato alla fine degli anni Novanta e ha investito nel mattone. Poi ha tolto il disturbo. Cancro ai polmoni. La vedova, quindi, ha ereditato una decina di appartamenti, tutti ben affittati, mi risulta. Nessun problema economico. Al massimo un po' di noia. Male curabile con qualche viaggetto e le riunioni al Rotary, circolo di Lecco, dove ha un appartamentino. Ah, e una piccola barca che non tocca dalla morte del marito, ma non ha mai venduto, non so, forse feticismo coniugale...».

Carlo la guarda come voi guardereste un neonato che solleva una zebra.

Lei continua:

«...Un'Alfa Romeo MiTo di un anno e mezzo, bianca, che usa abbastanza poco, credo solo per andare a Lecco, appunto. Conto alla Intesa San Paolo, agenzia quasi sotto casa. Nessuna frequentazione maschile... sai cosa intendo. Vita tranquilla e irreprensibile. Una donna invisibile, in qualche modo».

«Ma come hai fatto a...», mormora Carlo, strabiliato.

Lei non lo guarda neanche, gira le pagine sull'iPad.

«Più divertente il tuo Marino Righi...».

«Qui qualcosa so anch'io», dice Carlo.

«Anch'io», dice Oscar che mangia svogliatamente il salmone ma beve avidamente il sake.

«Tu? Che ne sai tu? Come fai...».

Oscar indica Nadia con il mento:

«Ci sentiamo, sai? Non me la dà, ma mi telefona».

Se fosse una merda di cavallo fumante su una pizza appena sfornata, Nadia lo considererebbe con più benevolenza.

Riparte:

«Marino Righi, quarantacinque anni, Verbania, poi Milano. Ok, piccoli spettacoli per tivù locali, soprattutto al Sud. Esilarante. Ti leggo dei titoli. *Sulle orme di San Cataldo Vescovo*, Brienza, provincia di Potenza. Festa di piazza dopo la processione, con Alma Sirenes, ballerina étoile della Scala, che alla Scala non hanno mai visto, ci scommetto. Gimmi – scritto così – Feluca, comico, e Ka Millo, il rapper non udente».

Oscar ride coprendosi gli occhi con una mano.

«Uh, ne ho decine!», ride anche Nadia. «*San Potito ti guarda e sa*. Ricorrenza religiosa con spettacolo a Tricarico, Matera. Con Roberto di *Amici*, cioè ha fatto le selezioni di *Amici* e lo hanno cacciato a calci. Il duo comico Chettiridi e... indovina! Ka Millo, il rapper non udente. Vado avanti? *La mano Santa*, festival canoro della Madonna di Belvedere, Carovigno, Brindisi, ti risparmio i concorrenti, ma sappi che ha vinto Fatima, che ha cantato a cappella *Alice* di Francesco De Gregori. Secondo classificato...».

«Ka Millo!», urla Oscar.

«Esatto. Con un suo pezzo, *Guardami dal cielo*, probabilmente e ruffianamente dedicato alla Madonna che però l'ha fatto arrivare solo secondo».

Nadia guarda Carlo e Oscar con un sorriso bellissimo, pieno di denti, di vita, di strafottenza e di sfida.

«Decine e decine. Di alcuni ho le locandine, arte povera è dir poco. Tutti trasmessi dalle tivù locali. Pubblicità, sponsor, donazioni per la beneficenza, piccoli stanziamenti dei consigli comunali. Non posso far calcoli, ma diciamo che un venti-trentamila a serata il Righi se li portava a casa. Fanne dieci al mese, anche cinque, toh, anche solo in primavera e estate, e ce n'è abbastanza per camparci alla grande, magari allargare il giro...».

«Beh, magari anche tenendo da parte qualcosa per gli avvocati», dice Oscar.

«Cioè?», dice Carlo. Sembra lo scemo del gruppo.

Anche Oscar estrae un iPad.

«Ho toccato solo la superficie, senza scavare troppo», dice.

E parte con la sua litania, il Marino Righi Charity Show:

«Torre Santa Susanna, Brindisi. Incasso devoluto all'Anabas, Associazione Nazionale Bambini Sieropositivi. Montemesola, Taranto, donazioni al Gasormar, Gruppo Amici Sostegno Ricerca sulle Malattie Rare. Arpaia, Benevento, incasso e proventi vendita pesca di beneficenza devoluti a Anaiv, Associazione

Nazionale Amici dell'Infanzia Violata. Ailano, Caserta...».

«Basta, basta», dice Carlo. «Una specie di santo».

«Sì, santo subito», dice Oscar.

«Ma anche santo dopo», ride Nadia.

Oscar si versa dell'altro sake:

«Oh, Carlo, sveglia! Tutta fuffa, tutto finto... Anabas, Gasormar, Anaiv... non esistono. E nemmeno Urcian, Anascip, Solis... decine di sigle fasulle. Finte. Niente. Zero! E infatti... il caro estinto Marino Righi colleziona denunce per truffa, una via l'altra, io ne ho trovate sei, ma manca quasi tutto l'ultimo anno...».

Nadia offre a Carlo il suo iPad. Sfiora lo schermo. Parte una nenia grottesca ritmata da un deficiente con un cappellino giallo, pantaloni più larghi di sei misure, camicia di jeans nera e due scarpe da basket grandi come canotti.

Lui guarda senza capire.

«Ka Millo», dice lei. «Live in Cinquefrondi, Reggio Calabria. Se vuoi te la scarico, puoi sentirla in macchina».

Si lasciano verso le undici. Ci sentiamo domani. Ciao. Ciao. Stai attento. Fai sapere. Occhio con la bici. Occhio tu. Chiama. Notte.

Carlo Monterossi posteggia nel box sotto casa e raggiunge il portone. È stremato.

C'è una Ritmo blu, senza copricerchioni, con due

sapienti ammaccature sul parafango destro, ma un'antenna flessibile con cui si può prendere forse Radio Vancouver, o dirigere la missione su Marte. O ascoltare le frequenze della Mobile. Il suo angelo custode.

Così Carlo bussa sul vetro di quell'auto d'epoca. Il tizio al volante sobbalza, posa la *Gazzetta dello Sport* e tira giù il finestrino. A manovella.

«È della questura?», chiede Carlo.

Quello raccatta dai tappetini il suo dna poliziottesco:

«Lei chi è? Che ne sa se sono della questura?».

«Abito qui, credo che lei debba vigilare che non mi sparino di nuovo... Beh, buonanotte».

Carlo Monterossi, l'Uomo Gentile.

Ma poi, mica tanto. Si gira senza aspettare risposta, trova le chiavi ed entra nel portone.

Ecco. Ora dovrebbe crollare veramente.

Eppure c'è qualcosa che non va. La casa gli pare più buia del solito. Dylan senza più cornice né vetro antiriflesso, e con un buco in fronte, se ne sta appoggiato al muro.

Il letto è sfatto da questa mattina, segno che Katrina non è passata. Non gli va nemmeno di buttarsi sotto la doccia, o nella vasca, o su un divano.

Persino la vista della bottiglia di Oban gli dà la nausea.

Si rende conto solo ora di essere stato violato, di essere stato invaso, sparato, interrogato, vilipeso, minacciato. Di essere stato nei pensieri di un tizio che è arrivato fin lì con un dito per infilarglielo nel culo, e magari per tagliare un dito anche a lui, per il culo di qualcun altro.

Di non sapere cosa sta facendo.

Di non sapere cosa sta cercando e perché.

Di essere stanco di essere solo.

Di non aver voglia di stare lì dentro.

Non adesso, non questa sera.

D'impulso, mette in un sacchetto lo spazzolino da denti e il dentifricio. Dall'altra parte della piazza, appena dopo gli alberi e il posteggio dei taxi, c'è l'Hotel Continental, un dignitoso quattro stelle dove ha sempre pensato che prima o poi avrebbe passato una notte.

Ecco, il momento è giunto.

Carlo può avvertire l'angelo custode lettore della *Gazzetta*, che nella sua macchina anteguerra all'erta sta. Non deve nemmeno spostarsi, il Continental è proprio qui di fronte, o magari l'albergo ha un parcheggio e l'angelo custode vigilerà con più agio, si dice.

Scende, è in strada, si avvicina alla Ritmo blu. Sta per bussare al vetro...

Si ferma.

Quello dorme.

Semisdraiato sul sedile, il giornale sulle ginocchia, spaginato, accartocciato, la vigile guardia che veglia sulla sicurezza e incolumità di Carlo Monterossi, l'Uomo In Pericolo, dorme come un angioletto dopo il ruttino. Come un canguretto nel marsupio della mamma. Come un sano e virile maschio adulto dopo una buona scopata.

Al Continental gli danno la 318.
Buonanotte.

Quattordici

Se c'è una cosa che hanno imparato a fare è entrare in un bar.

Non proprio insieme, non proprio separati, una questione di secondi e di centimetri. Quindi la porta del bar di Affori, via Cialdini, la spinge prima il biondo. A ruota entra il suo socio. Uno sportivo, uno in giacca e cravatta. Abbastanza da far alzare gli occhi a tutti. Non abbastanza da farli scappare verso il retro. Preciso.

Dietro il banco sta un uomo coi capelli bianchi, una cicatrice che gli taglia un labbro, una camicia chiara a maniche corte che sembra provata dalla giornata, e non si vede altro.

Metà uomo e metà bancone.

Da secoli.

In effetti, sta lì da quasi sempre, da quando Affori era un paese di suo, intorno c'erano i prati e i primi capannoni, le case alte non si vedevano ancora, la gente diceva «vado a Milano» come se partisse per un viaggio, e le puttane erano italiane.

Una questione di esperienza. Sa che non sono sbirri, ma sa anche un'altra cosa.

Rogne.

I due si guardano intorno. Tre anziani giocano a carte. Un ragazzotto messo un po' male legge *Tuttosport* con un amaro davanti, a un tavolino con la tovaglia di plastica a fiori, i cerchi dei bicchieri di chi ha letto *Tuttosport*, bevuto un amaro e sprecato la vita prima di lui.

Quattro macchinette di videopoker circondano due porte, una con scritto Toilette, l'altra con scritto Privato.

Una vecchia infila monetine senza crederci per niente. Sugli sgabelli vicino alla vetrina, con un bicchiere davanti, stanno due signorine troppo truccate.

Il biondo non le guarda nemmeno, con tutte le dilettanti che hanno voglia di divertirsi, le professioniste non gli interessano.

Il socio un'occhiata invece la butta. Le gioie del matrimonio.

«Un Negroni sbagliato», dice il biondo.

«Una birra piccola», dice quello con la cravatta.

Dalla porta con la scritta Privato esce un tizio bassetto, sui cinquanta. Vede i due al banco, gira i tacchi e riscompare dietro la porta.

Arriva da bere. Il socio con la cravatta alza il bicchiere con la birra e lo appoggia subito. Sposta col dito una vaschetta di patatine. Forse risalgono alla guerra civile americana, e i confederati non le hanno volute perché erano vecchie già allora.

Estrae una foto dalla tasca interna della giacca e la mette davanti al naso dell'oste, che un po' se lo aspettava.

«Cerchiamo questo nostro amico», dice.

Quello finge di guardare la foto per qualche secondo e fa:

«Mai visto».

Il biondo sorride. O fa il suo ghigno, questo non si capisce mai.

«Vediamo se a me va meglio».

Prende la foto dalle mani del socio, si volta un attimo verso le puttane sugli sgabelli, scocca un'occhiata delle sue, tipo come ho fatto a vivere finora senza incontrarti, poi torna a guardare l'oste.

Insieme alla foto c'è una banconota da cinquanta euro. Senza parere, come fosse un gesto spontaneo, come se si mettesse in ordine, alza di poco la maglietta sulla cintura dei pantaloni in modo che si veda – basta un secondo – il calcio della Sig-Sauer.

«Cerchiamo questo nostro amico», dice.

Il barista sospira. Prende la banconota e la fa sparire nel taschino della camicia. Ci è già passato. Riconosce il tono. Sa come funziona.

«Sergio. Sergione», dice. «Non so il cognome».

«Quello lo sappiamo noi», dice il biondo.

«Dove lo troviamo?», chiede l'altro.

«Non si vede da un bel po'… direi prima dell'estate, aprile, forse addirittura marzo».

«E quando si vedeva veniva con qualcuno? Ha qualche amico qui? Affari? Qualcuno che lo conosce?».

«Solo. Era solo, mi pare. Una volta è venuto con un biondino. Non è gente simpatica, se volete sapere questo».

«Ci chiedevamo perché uno che abita in via Padova, dove ci sono tanti bar, attraversa Milano per venire in questo localino che non è proprio il Cova, eh? Non ti sembra strano?».

Il barista allarga le braccia:

«Che cazzo ne so io dove abita?».

«Se ti secchiamo lasciamo perdere, eh? Possiamo chiedere a quelli di là», dice il biondo. E indica col mento la porta con scritto Privato.

Non è una gran minaccia, ci vuol altro.

«Che fanno di là? Poker?», chiede il socio.

«Partitelle tra amici, niente di illegale».

«Oh, sai, l'illegale, a noi...», dice il biondo.

«Veniva in macchina?».

«Sì».

«La Golf?».

«No». È contento di avere un osso da tirare ai cani.

«No e poi?».

«Una Bmw sportiva, bianca».

«Modello?».

«Modello da pirla, una Z4».

«Targa?».

«Non guardo le targhe dei clienti... poi non la posteggiava mica qui dentro», dice. Un sussulto di dignità.

«Cioè, fammi capire. Uno col macchinone da pirla lascia il centro di Milano e viene qui a farsi una birra perché tu gli stai simpatico, l'ambiente è accogliente e la figa te la tirano dietro. Giusto?».

Il barista guarda prima l'uno e poi l'altro. Ha capito che non è gente che molla facile.

«Non so, forse smazzava qualche grammo. Ma non qui dentro. Non voglio rogne di quel tipo lì, io».

«E di che tipo le vuoi?». Il biondo.

«Noi le procuriamo. È il nostro mestiere, basta chiedere». Il socio.

Il barista alza il mento con uno scatto secco. Indica le ragazze sugli sgabelli.

Tocca al biondo, ovvio.

«Signore, mi spiace disturbarvi», dice con il sorriso più Belmondo che riesce a fare.

Mette la foto tra i due gin tonic.

«È che cercavamo questo nostro amico, ci manca tanto e vorremmo sapere dov'è».

Una è bionda, con una ricrescita nera in mezzo alla testa, grassa, la faccia infelice e un vestitino leggero progettato perché potesse indossarlo vent'anni e trenta chili prima.

«Mai visto», dice.

L'altra è giovane, sui venticinque, capelli neri, trucco troppo pesante, ma due occhi profondi e una linea del viso strana, gli zigomi alti al naturale, senza ritocchi. Il biondo pensa che potesse essere persino bella, diecimila cazzi fa.

«Sergione», dice la bella.

«Non vogliamo fargli male».

«Per quello che me ne frega».

«Sai dov'è?».

«No».

«Sai qualcuno che può sapere dov'è?».

Esitazione...

«No».

«No del tutto, no un pochino, assolutamente no, oppure no perché ti sto antipatico?».

Interviene il socio, che intanto si è avvicinato. Ha la birra in mano. Sembra un party, adesso.

«Noi perdiamo tempo, voi vi rovinate l'aperitivo, qualcuno diventa nervoso e finisce che si litiga. Dove lo troviamo 'sto stronzo?».

E poi al biondo: «Così facciamo prima».

«Ma che modi!», dice il biondo.

La bella sorride. Beve un sorso di gin tonic.

«L'avrò visto due tre volte. Sempre qui. Dava via un po' di coca, credo, poca roba. Poi mi ha chiesto...».

«Non dirmelo!» cinguetta il biondo.

La bella ride. Begli occhi, bei denti. È ancora un po' viva, sui bordi.

«Mi ha chiesto se facevo battere la sua donna, cioè, se l'aiutavo a cominciare, piano, una specie di rodaggio per la piccola... Oddio, non so se era proprio la sua donna... Me l'ha portata una sera...».

«E lei?».

«Niente da fare. Piangeva. Faceva un sacco di storie».

«Beh, un po' bisogna esserci portate», dice la bionda.

La bella nemmeno la guarda, è di un'altra categoria e ci tiene a farlo notare:

«Diceva io lo amo, io lo amo, perché mi fa questo?... Se l'è portata via due sere dopo, nemmeno un cliente, solo pianti e rotture di palle».

«Poi?», chiede il socio.

«Poi niente. Mi hanno detto che è stata in galera... sempre per lui, credo, ma non è che chiedo in giro. Voci. Chi lo sa. Lei diceva battere no, battere mai. Parlava di un lavoro coi video, film, cose così, ma non sapeva bene nemmeno lei. Piuttosto quello, diceva».

«Nome della tipa?».

«No Marisa... No Michela... Marzia! Sì, Marzia, ecco».

«Certo un bel gentiluomo», dice il socio, indicando la foto.

«Se ne conosci di meglio presentameli», sorride la bella.

«E lo amava...», dice il biondo a mezza voce, come tra sé e sé.

«Eh sì», sospira lady quintale agitando la sua testa bicolore. «Come dice quella in tivù? Anche questo fa fare l'amore!».

Il socio mette venti euro sul bancone.

«I drink delle signorine».

La bionda dice a voce alta:

«Allora altri due, Augusto!».

Il biondo riprende la foto dal tavolino delle ragazze e fissa la bella.

«Nel caso ti trovo da queste parti?».

«Nel caso», dice lei.

«Allora può essere».

«Ma non per parlare di quello stronzo lì».

Lui sorride. Belmondo due, la vendetta.

«Io non parlo mai. È lui che mi costringe», dice indicando il socio con il mento.

Lei ride.

«Come ti chiami?».

«Aisha».

«Ci vediamo, Aisha».

Quindici

Olga larghina punta una pistola alla testa di Carlo Monterossi.

«Cos'hai fatto a Flora! Parla!».

Semproni è seduto sulla poltroncina nell'angolo. Le dice:

«Ma lascia perdere», poco convinto.

Poi entra il killer con gli occhiali di Califano.

«Lasciatelo a me», dice.

«Non scherziamo», fa il vicesovrintendente Ghezzi vestito da antico romano.

Carlo trema come un vetro nel temporale.

Raccoglie dal pavimento le schegge, un dito tagliato e il manifesto di Dylan in concert al Village.

Sembra che lo guardi.

Dice:

You got a lotta nerve
To say you are my friend
When I was down
*You just stood there grinning.**

---

* Bob Dylan, *Positively 4th Street*: «Hai una bella faccia tosta / A dire che mi sei amico / Quando stavo per terra / Te ne stavi in piedi a sghignazzare».

Poi sente una mano che gli accarezza il petto, lo stomaco, gli addominali, beh, insomma, quei pochi:

«Ma che dici, scemo, parli nel sonno?».

«Sei tu?».

«Sono io, sono qui. Dormo qui, va bene? Sto vicina. Tu tienimi e non può succedere niente».

«Mi hanno sparato».

«Lo so».

«E tu?».

«Io sono qui».

La mano scende ancora. Piano. Calda.

«Non ci posso credere, che mi hanno sparato».

«Dai, piantala. La gente spara e si fa sparare tutti i giorni. Stai zitto».

«È vero. Senti quante sirene».

Sirene.

Ancora sirene.

Carlo apre gli occhi di colpo, sa dov'è.

Hotel Continental, stanza 318.

E suona il telefono.

Sedici

Nessun problema.

Un attimo.

Clinton è entrato nel portone che ha aperto in meno di un minuto, chinato come se stesse cercando le chiavi.

È salito al terzo piano e si è seduto sulle scale.

Quando il ragazzo è arrivato, ha aperto la porta di casa. Allora Clinton è scattato come un gatto rognoso sul pianerottolo del secondo piano, gli ha chiuso la bocca, lo ha spinto dentro e ha richiuso la porta alle loro spalle.

Un giochetto vecchio come le foreste.

E passano dieci minuti.

Ora suona il citofono.

Clinton apre ed Hego viene a far visita come un amico di famiglia.

«Il ragazzo?», chiede Clinton.

«In furgone. Aspetta», dice Hego.

«Meglio», sorride Clinton.

Cosimo De Giorgi, il biondino, è inchiodato su una piccola poltrona di legno con la seduta e lo schienale imbottiti. I polsi sono legati ai braccioli con qualche giro di nastro adesivo. I polpacci stretti alle gambe anteriori della poltrona, allo stesso modo. Una posizione un po' sedia elettrica.

A giudicare da come trema, la poltrona potrebbe essere elettrica davvero.

Ha del nastro adesivo anche sulla bocca.

Hego e Clinton non lo guardano nemmeno. Fanno un giro per la casa, tre stanze, un bel bagno con vasca, doccia, piastrelle azzurre. Il letto è disfatto e ci sono vestiti in giro. L'altra stanza è un piccolo studio con scrivania, computer, qualche scaffale, qualche libro, dischi.

È ancora la stanza di un ragazzo, anche se la carta d'identità aperta sul tavolo della cucina – ce l'ha messa Clinton dopo averlo perquisito – dice che ha ventisei anni, un metro e settantotto, capelli biondi, occhi castani, segni particolari nessuno.

Da ridere.

Perché Cosimo De Giorgi un segno particolare ce l'ha, sul braccio destro, una scritta in caratteri gotici che parte dalla spalla e si ferma appena sopra il gomito. Quattro righe.

Solo numeri sulle prime tre:

20
04
1889

E due lettere sulla quarta:

H.H.

Hego sa cosa vuol dire: Heil Hitler.

Ora sono seduti in cucina. Il ragazzo legato alla sua piccola poltrona, Hego su una sedia, un braccio appoggiato sul tavolo.

Clinton fruga sugli scaffali, nei pensili, nel frigorifero.

Mette sul tavolo un piatto con del formaggio. Parmigiano. Apre una bottiglia di vino rosso faticando un po' con il cavatappi. Poi cerca due bicchieri.

Sanno come fare.

Sanno che ora il ragazzo è come il caffè turco.

Tutto deve depositarsi bene sul fondo. Prima lo stupore. Poi la rabbia. Poi le domande. Chi sono questi? Che cazzo vogliono? Chi potrebbe aiutarmi? Piano, piano, la polvere di caffè deve andare sul fondo. Mai avere fretta davanti a un buon caffè turco.

Deve rimanere solo il liquido, il profumo, il colore.

E la paura.

Cosimo De Giorgi ha due occhi larghi, spalancati. La paura non manca.

Clinton offre un coltello a Hego. Per il formaggio. Lui ne tira fuori un altro dalla tasca. Non è un coltello da cucina.

Il ragazzo non riesce a distogliere gli occhi da quella lama. Clinton gliela passa sotto il naso per fargliela vedere bene.

«Se non gridi, ti levo il nastro. Va bene? Capito?».

Quello annuisce vigorosamente con la testa.

Clinton esegue con uno strappo secco.

«Chi cazzo siete?».

«Gente che gira», dice Hego.

Clinton avvicina una sedia al tavolo, il piano di marmo è lucidissimo, si taglia un pezzo di formaggio, versa il vino per lui e per Hego.

«Gente che ti racconta una storia», dice Hego.

E comincia a parlare piano, con un filo di voce, ma nitidissimo. Una cascata perfetta di parole, un ritmo sincopato, lento, quasi un sussurro, ma non noioso. Viene naturale aspettare la parola dopo, la frase dopo.

È così che si dovrebbero raccontare le fiabe ai bambini.

«È una storia che parte da Rakovnìk, tu sa dov'è Rakovnìk?».

Il ragazzo fa no con la testa. Non capisce. Ha paura.

«Eh... Rakovnìk è città vicino a Praga. Boemia. Mai stato in Boemia?».

Un altro no con la testa.

«Peccato... Molto bella Boemia. Rakovnìk è vicino a Praga... eh», ride piano. «Oggi vicino a Praga. Ai tempi di questa storia non vicino, un lungo viaggio. Mio nonno era di Rakovnìk. Mia famiglia era di Rakovnìk. Un bel clan, nonni, zii, cugini, sorelle, fratelli, mio padre aveva otto. Otto fratelli. Era il più grande...».

Ride ancora piano. Clinton beve il vino a piccoli sorsi e ascolta. De Giorgi non ha ancora capito.

«... Era il capo di fratelli. Grande famiglia, tutte le nostre famiglie è grande famiglia... Era zingari ricchi. Grossi carri, cavalli forti. Girare, girare sempre. Ti ho detto, siamo gente che gira. Rakovnìk, Lubnà, Krivoklàt, Krasov, Zebrak. Tutta Boemia era una grande foresta con grandi campi e fattorie. Mia famiglia girava. Riparava pentole di rame, vendeva, anche. Comprava, faceva affari, sistemava tubi o tetti. Poi girava ancora. Fratello di mio nonno aveva un orso, faceva fiere, feste di popolo. Arrivavano zingari, sempre arrivavano zingari».

Il ragazzo non perde una parola. Clinton mangiucchia il formaggio, guarda Hego con un rispetto praticamente sacro.

«Io non c'ero, a quei tempi... Poi nostalgia fa scherzi. Tutto sembra buono, anche se non era tutto buono. Anche allora zingari era scacciati, carri bruciati, pogrom...».

De Giorgi comincia a capire. Si agita un po' sulla poltrona. Ha le mani bianche perché il nastro adesivo gli stringe i polsi. Ha la faccia del terrore, più o meno.

«... Ma quello era niente... normale... Poi invece viene tedeschi. Divise grigie, grandi carri a motore, carri armati. Popolazione boema sembra che ama tedeschi, li accoglie...», un'altra risata stanca. «Che mondo, eh? Tedeschi erano arrivati da poche settimane e sembravano padroni. Zingari erano lì da sempre ed erano il nemico.

141

Comincia catture. Prigioni...», Hego cerca una parola, «... rastrellamenti. Molti zingari scappano in foresta... Visoky tok... conosci Visoky tok? Viene uccisi quasi tutti, messi in fosse comuni. Un colpo qui...», si tocca la nuca, «anche donne, bambini. Paesi vicino sente colpi per due giorni e due notti... Altri portati a Praga, stazione di Praga. Poi sul treno. E il treno via, fino a Auschwitz. Treno scomodo, posti in piedi. Centinaia di zingari di Boemia. Migliaia di zingari di Boemia. Quarantuno solo di mia famiglia. Nonni, zii, cugini, sorelle. Mio padre con i suoi fratelli. Lui aveva tredici anni».

Ora c'è un silenzio assurdo, doloroso.

Clinton non osa parlare. Ha lo sguardo nel vuoto. L'unico rumore è l'ansimare di Cosimo De Giorgi. L'ansimare di un cane che scappa, l'alito della paura. Hego non lo guarda nemmeno. Racconta come a se stesso.

«Ah... tutti dice Auschwitz... Non è così facile. Auschwitz era tanti campi, tanti modi di morire. Zingari erano in settore Blle, Familienzigeunerlager, in Auschwitz due, Birkenau. Recintati con guardie e filo elettrico e cani pastori. Lasciati lì. Niente cibo, niente acqua. Lasciati lì due anni a morire, a bere loro piscio, a mangiare legno di baracche. Mai mangiato legno? Io sì. Non è cibo ma riempie stomaco. Mastichi tanto. Dopo arriva vomito, ma prima, per un'ora, due ore, hai pancia piena... I vivi portavano i morti ai forni. Per zingari solo fame e malattie... e camere a gas. Morti tutti. Mia famiglia, tutti. Mio padre portava ai forni suoi fratelli. È uscito che aveva sedici anni. È

142

tornato a Rakovnìk che ne aveva diciannove. Ha fatto strada a piedi…».

«Siamo gente che gira», dice Clinton.

«Quando è tornato in Boemia zingari non c'erano, così ha girato ancora. Boemia meridionale, poi Moravia, Slesia, fino in Ungheria… Ha trovato altra famiglia. Ha trovato sua donna. Ma figli non venivano… Cazzo non funzionava, non funzionava niente. Funzionavano carri, funzionavano cavalli, ma cazzo di mio padre non funzionava più. Poi…», un sorriso dolcissimo, «… poi un giorno cazzo di mio padre si alza. Aveva trentuno anni. Ah! A trentuno anni donne zingare diventa nonne! Mio padre lo chiamavano padre vecchio. Ed eccomi qua che sono nato!».

Per la prima volta Hego alza un po' la voce, come se annunciasse una festa, o una nascita, appunto. La sua.

Clinton alza il bicchiere. Lo fa anche Hego. Brindano con il rosso, stavolta a grossi sorsi.

Ora Hego smette la voce delle fiabe.

«Il giorno 25 febbraio tu hai tirato bottiglie molotov contro roulotte di campo. È molto ferite due donne e due bambini. Uno morto la settimana dopo. Due anni. Tu hai scritto sul tuo braccio data di compleanno di Hitler. Quindi la storia che ho detto ora forse sapevi già. Ora io ti faccio poche domande e tu rispondi».

«No! Non sono stato io! C'è un errore! Vi sbagliate, cazzo, vi sbagliate!».

Hego sorride.

Clinton no.

Hego parla di nuovo:

«Noi siamo zingari, sì. Ma non siamo per rubare, qui. Non facciamo male se non è necessario. Sei ferito? Hai dolore? No. Tutto è tranquillo. Tu dici a noi, noi andiamo. Tu non dici, noi restiamo. Mio amico qui, Clinton, è nervoso, ma io lo tengo. È mio amico da tanto tempo... Noi ammazziamo gente, Clinton?».

«No! Noi facciamo domande...».

«Visto? Tu parli e noi andiamo. Chi erano gli altri due?».

«Non li conos...».

Si blocca, capisce di essersi tradito. Coglione.

«Chi erano? Nomi. Indirizzo. Che macchina hanno. Dove vivono. Tutto». Stavolta ha parlato Clinton.

«Ti aiutiamo», dice Hego. «Uno era giovane come te. Forse più giovane. Stava dall'altro lato del cancello... Poi c'era il capo, quello con la macchina grossa. Con lui dobbiamo parlare, devi dirci chi è...».

«L'altro non lo conosco!»... De Giorgi sta quasi piangendo. Una macchia gli si allarga sui pantaloni, si sta pisciando addosso.

«Nome».

«Lo chiamano Stringa, non so altro... è uno magro magro, ah... sì, suona il basso. Suona il basso in una banda che si chiama... si chiama Zyklon B... è quello che suona il basso! Lo trovate così, no? Basta, vero? Come avete trovato me... vi ho aiutato, vero?».

«Zyklon B... bel nome», dice Hego.

Poi parla Clinton:
«Vedi, amico. Tu ci hai dato il nome del piccolo perché hai paura del grosso. Ma guardiamo la situazione. Tu sei legato, noi no. Io ho il coltello, tu no. Ora rispondi. Hai più paura del capo grosso che sparava con pistola nel campo o di noi?».

«Non in generale», dice Hego. «Adesso».

«Non lo so come si chiama!».

«Tu vai a ammazzare donne e bambini che dorme in loro casa e non sai con chi vai?», chiede Hego come se fosse stupito, ma disposto a credergli.

Il gatto col topo. Due gatti col topo.

Ora Clinton posa il coltello, il suo coltello, sul tavolo. Prende una sedia e si mette davanti al ragazzo.

Faccia a faccia.

«Ora ti racconto io una storia. Non interrompere che non sono bravo come Hego, io confondo le parole. Mia famiglia era di Péc. Sai dov'è Péc? È una città piccola, allora era in Serbia, ora è in Kossovo, vicino all'Albania e vicino al Montenegro. Grande sfortuna, eh!».

Hego ride piano.

«Serbi odiava albanesi, albanesi odiava serbi. Per serbi, zingari albanesi erano solo albanesi. Per albanesi, zingari serbi erano solo serbi. Capisci che scherzo? Se c'era da ammazzare non eravamo nemmeno più zingari. Peggio! Albanesi odiavano serbi e zingari, anche zingari albanesi. Serbi odiavano albanesi e zingari, anche zingari serbi. Brutto, eh! Per quello io sono andato via... Sono andato in Spagna... Bel posto... Ora ti dico cosa facevano nazionalisti serbi a zingari albanesi catturati. Come noi ora volevano nomi, indirizzi. Della resistenza, della guerriglia... loro mettevano un filo spinato in un piccolo tubicino di gomma, come canna di rubinetto, come piccolo cilindro... non duro... molle... morbido. Poi infilavano il tubicino in prigionieri, in buco del culo. Dà fastidio, ma non fa male. Un piccolo tubicino in buco del culo non fa male... A certi piace... Poi... poi tiravano via tubicino di gomma e in buco del culo restava solo il filo spinato...».

«Quello sì che fa male», dice Hego.

Cosimo De Giorgi ha un conato di vomito. Tossisce. Le lacrime gli scendono sulle guance, è sudato, i capelli biondi sulle spalle stillano gocce, si appiccicano alla nuca, stopposi, sporchi. Puzza del suo piscio.

«Si chiama Sergio. Sergio De Magistris. Non so dove sta, stava dalle parti di via Padova, forse ci sta ancora... La macchina nera era rubata, l'ha bruciata dopo aver sparato al campo. Le bottiglie con la benzina le aveva lui... Non so altro... Ha una donna... sì, una donna! Giusto! Si chiama Marzia, non so il cognome. Credo che sia in galera adesso. Lui vende cocaina ogni tanto... Ecco come potete trovarlo... vende la coca, anche da noi... per quello non ce lo vogliono nelle sedi e nei locali... però lui c'è, sta ai margini ma c'è... tipo se c'è una riunione lui non entra, ma sta in zona... ha una macchina nera... una Golf...».

«Piano, piano...», dice Hego.

«Come fai a contattarlo?», chiede Clinton.

«Mi chiama lui. Con numero segreto... Io non l'ho mai chiamato...».

«E dove l'hai conosciuto?».

«L'ho conosciuto a un concerto... sì, un concerto degli Zyklon B... cercava qualcuno per un lavoro... l'incendio al campo rom... non sapevamo che ci sarebbero stati dei morti. Ha pure ammazzato un vigile, quel coglione... Ci ha dato mille euro, a me e a quell'altro, il bassista... Diceva che bisognava solo spaventare il quartiere, così cacciavano i rom dal campo! Io non sapevo che c'erano bambini!».

Ora è isterico.

Clinton gli sventola il coltello sotto il naso:

«Shhhh!».

Quello continua in falsetto.

Piange:

«Non lo sapevo! Non lo sapevo!».

«Dove abita?».

«Ve l'ho detto! Intorno a via Padova, dove c'è il parco! Quel parco con dentro le scuole! Non so la via! Se chiedete lì lo trovate!».

Hego si alza. Composto, calmissimo. Accosta al

tavolo la sedia su cui era seduto, come se volesse mettere ordine. È un gesto che dice: abbiamo finito.

«Ora mi slegate, vero? Vi ho aiutato, no?».

Clinton prende il coltello e si china sul ragazzo. Puzza. Gli scosta un poco la maglietta fradicia e tasta la parte alta della coscia, cercando di evitare la macchia di urina sui jeans. Poi muove il polso a scatto, qualche centimetro, in su e in giù. Non bisogna tagliare tanto. Clinton l'ha fatto spesso coi capretti. Basta arrivare all'arteria femorale.

Infatti esce molto sangue, scorre sulle pieghe dei jeans, scende sulla gambe del ragazzo, sulla gamba della poltrona, fa una pozza sulle piastrelle del pavimento, nero, denso.

Il ragazzo guarda il taglio con gli occhi sbarrati.

Clinton dice: «Quattro minuti».

Hego annuisce.

Aspettano tre minuti e mezzo.

Cosimo De Giorgi è bianco come una nuvola. Ansima. Non riesce a tenere su le palpebre.

«Andiamo», dice Hego.

Clinton mette via il coltello, fa un passo verso la porta e torna indietro. Prende il formaggio dal piatto sul tavolo della cucina.

«Per Helver», dice.

Sul furgone nessuno parla. Helver ha dormito nel retro. Ora mangia il formaggio a piccoli bocconi.

Entrano al campo dal varco principale, spengono il motore. Hego non dice nulla, va verso la roulotte più lunga, a passi lenti ma decisi.

Torna dal lavoro, ha avuto una giornata lunga, ha sonno.

Clinton si stira e si sposta il cappello sulla nuca. Poi dà uno scappellotto affettuoso ai capelli di Helver.

«Bravo ragazzo», dice. «Vero zingaro».

Anche Helver cammina piano verso la sua roulotte. Sveglierà i fratelli per andare a dormire. Si sente grande, pensa a una roulotte sua. Clinton gli piace, gli ha regalato un coltello. È eccitato ma anche stanco. Era caldo, nel furgone.

Poi vede un'ombra che si avvicina, qualcuno che gli prende una mano.

Mirsada.

Lo ha aspettato lì, ai margini del campo.

Si alza sulla punta dei piedi e lo bacia sulla bocca.

Lui apre un po' le labbra, allunga timidamente la lingua che sa di sonno e di parmigiano. Lei lo stringe ancora un po', risponde al bacio.

Poi si allontana e sparisce nel buio.

Helver va alla roulotte.

È stanco, ma non dormirà per niente.

Diciassette

«Dove cazzo è finito?».

«Buongiorno, commissario, anch'io sono contento di sentirla».

Dicono i cardiologi, ma pure tutti gli altri medici e luminari, le riviste scientifiche, le trasmissioni Salute&Benessere, e forse anche vostra nonna, che un risveglio sereno è la porta migliore per entrare in una bella giornata.

Quindi sentire il commissario Gregori che gli abbaia nelle orecchie, oltretutto svegliandolo sul più bello da un sogno che tutti sappiamo dove sarebbe andato a finire, lo fa parecchio incazzare.

Ma Carlo decide di non farglielo notare, perché sotto sotto è un gentiluomo.

Così riattacca.

Carlo Monterossi, l'Uomo Maligno.

Lo shampoo del Continental è di un verde brillante color Chernobyl e ha la consistenza della pece. C'è da sperare che non arrivi nessuno con un sacco di piume come nel Far West, sarebbe seccante. Dunque shampoo, doccia, denti con una certa voluttà e senza fretta, mentre il telefono suona in continuazione.

Quando è pulito, vestito e, se lo dice da solo, abbastanza un bell'uomo, sono quasi le dieci, e si decide a rispondere.

«Desidera?».

«Dove si trova, signor Monterossi?».

«Mi trovo all'Hotel Continental, Milano, stanza 318. Glielo consiglio, ma si porti uno shampoo da casa».

Il commissario ha cambiato tono. Ora è quasi mellifluo.

«Posso chiederle cosa ci fa lì e dove si trova l'Hotel Continental?».

«Se lo fa gentilmente può chiedermi tutto, signor commissario. L'Hotel Continental si trova esattamente davanti alla mia abitazione, basta attraversare la piazza. Non mi andava di dormire a casa, ieri sera, sa, sono un tipo emotivo...».

«Le avevamo detto di avvertirci dei suoi spostamenti...».

«No. Mi avevate detto di non lasciare la città e di avvertirvi in caso di spostamenti lunghi. Credo siano sessanta metri, forse cento comprese le scale e le aiuole spartitraffico. Comunque, avendo il mio numero di telefono, spero non abbia dovuto scomodare i servizi segreti».

Diciamolo, Carlo Monterossi è uno che sa come mettere di buon umore la gente.

«Doveva avvertire comunque!».

«Ci ho provato, commissario... Ma non me la sono sentita di svegliare quel cherubino che mi avete messo di guardia. Mi ha visto entrare a casa solo perché l'ho salutato, e dieci minuti dopo, quando ho deciso di dormire in albergo, sembrava in catalessi».

Gli devono fumare le orecchie, a Gregori. Si può sentirlo deglutire fino in Groenlandia.

«Non si muova, mando qualcuno a prenderla».

Olga larghina guida un'Alfa Romeo smarmittata color merda con gesti rapidi e secchi. Sembra a suo agio, non si capisce come arrivi ai pedali, ma ha l'aria sicura di sé, per cui Carlo decide di fidarsi.

Sta sul sedile dietro, Semproni davanti, accanto alla pilota larghina che pesta sull'acceleratore come se fosse a Le Mans.

«Dove si va, al lago? Gita? Però prima prendiamo i panini!».

Carlo si chiede se può esagerare. Si risponde di sì:

«E l'amico Ghezzi non viene? Potrebbe vestirsi da palombaro».

La larghina scala le marce con rabbia. Semproni si gira appena e gli sbatte sul petto una copia di *Repubblica*.

«Complimenti», dice. «Si vede che riempire di merda la gente è il suo passatempo preferito».

Carlo tenta di fare il cocktail perfetto: due parti di stupore, una di indignazione, una scorza di come si permette, e una spruzzata di non capisco. Servire freddo, magari con una battuta:

«Che sta dicendo, Semproni? Avrò un sacco di difetti, ma non scrivo su *Repubblica*!».

Poi apre il giornale e controlla se è vero quello che sa per certo.

Cioè che Paolo è un campione.

SERIAL KILLER, AMPUTAZIONI, MACABRI MESSAGGI
LA POLIZIA APRE LA CACCIA AL MOSTRO DI MILANO

DUE VITTIME SENZA APPARENTI LEGAMI, ENTRAMBE UCCISE CON UN COLPO IN TESTA E CON UN DITO AMPUTATO. NO COMMENT DALLA QUESTURA: «NESSUNA PISTA VERRÀ TRASCURATA». IL SOSTITUTO GHIONI: «VICINI ALLA SOLUZIONE».

«State diventando famosi», dice.

«Teste di cazzo», sibila Semproni. Carlo non sa se dice a lui, a Paolo, alla prestigiosa categoria dei giornalisti, al suo commissario, al mondo, ai pedoni che riescono a sfuggire alle ruote della nostra macchina o al magistrato inquirente «vicino alla soluzione». Probabilmente mette tutti nel mazzo.

Nonostante Olga guidi come Nuvolari alla Mille Miglia, Carlo riesce a leggere il pezzo senza vomitare. Peccato, avrebbe dato il suo contributo alla tappezzeria dei sedili, che sembrano una tela di Pollock.

Milano. Due cadaveri, due dita mozzate, due colpi di calibro 22 e un mistero. Questo, da ieri, il piatto indigesto della questura centrale milanese, che indaga su un giallo dai contorni ancora da definire.

Prima di tutto le vittime. Lodovica Répici, irrepren-

sibile vedova milanese di 46 anni, trovata morta nel suo appartamento in corso di Porta Romana 22. L'uccisione risale probabilmente a lunedì notte. La Répici è forse stata malmenata – ancora si attendono i risultati dell'autopsia – ma di certo è stata uccisa con un colpo alla testa. L'indice sinistro le è stato mozzato post mortem. Un macabro avvertimento? Un segnale per qualcuno? È quello che pensano gli inquirenti. Il giorno dopo, martedì, una parte del mistero si svela, ma il quadro generale si complica ancor di più e si tinge di grottesco. Marino Righi, 45 anni, imprenditore dello spettacolo, viene trovato morto nella sua casa di Porta Genova, un bell'attico di via Vigevano 27. Stessa tecnica, un colpo di calibro 22 in testa. E il dito della prima vittima, la signora Répici, lasciato sul posto, anzi peggio: inserito nell'ano del Righi, al quale a sua volta l'assassino, o gli assassini, hanno amputato un dito indice. Particolari, questi, che la questura avrebbe preferito tenere segreti.

Una macabra catena di dita mozzate e cadaveri vilipesi? L'inizio di una tragica serie di uccisioni? La polizia, seccata per la fuga di notizie, non rilascia dichiarazioni. Il commissario Gregori se la cava con un «no comment» che segnala tutto l'imbarazzo della questura milanese per un caso su cui, in mancanza di informazioni, ogni illazione è lecita. Cosa accomunava le due vittime? E, soprattutto, c'è da attendersene altre? Raggiunto da Repubblica, *il sostituto procuratore dottor Marco Ghioni, incaricato delle indagini, non si sbottona: «Posso dire che siamo vicini alla soluzione, ma è chiaro che ogni fuga di notizie*

renderà più difficile il nostro lavoro». Tradotto dal gergo
degli inquirenti significa più o meno: lasciateci lavorare
in pace...

Impeccabile. Seguono altre fantasiose ipotesi, la domanda retorica su dove possa essere finito il dito indice
di Marino Righi, la città turbata dagli eventi e la parola
«macabro» ripetuta svariate volte a sostegno del fatto
che non è una cronaca qualunque, ma il giallo del momento, forse dell'anno.

E – sottinteso – lo leggete solo qui, visto che tutti
gli altri giornaloni, compreso il *Corriere*, hanno preso
il buco.

Carlo trattiene a malapena un sorrisetto di soddisfa-
zione.

«È stato lei?».

«A fare che?».

«A parlare con questo stronzo».

Adesso deve fingere di indignarsi davvero. E non
gli viene nemmeno difficile.

«Senta Semproni, io glielo dico. No. Non sono stato
io. E chiudiamola qui, perché se mi metto io, a parlare
coi giornalisti, tra la Scientifica che pare Mister Magoo
e la vostra sentinella addormentata di questa notte,
viene giù il teatro. Quindi non si permetta, e cerchi
tra i suoi, che non mi sembrano esattamente, sia detto
tra noi, esempi da manuale, a meno che non parliamo
delle Giovani Marmotte».

Silenzio.

«Ah», aggiunge, «visto che io sarei un cittadino incensurato e libero, fino a prova contraria, gradirei sapere dove mi state portando».

Olga larghina parcheggia in un grande cortile con una derapata spaventosa.

«Qui», dice Semproni.

«Istituto di medicina legale» dice lei. «Obitorio, se preferisce».

Sono davvero incazzati. Tra il commissario e l'uomo di velluto, devono aver subito una ramanzina epica, un cazziatone di prima categoria. Insomma, c'è una certa tensione.

«Ah, e chi andiamo a trovare?», dice Carlo per sdrammatizzare. «A saperlo portavo i fiori».

«Andiamo a vedere se conosce due tizi», risponde il sovrintendente, gelido.

Avete presente quello che avete letto sugli obitori? Il freddo, la puzza di disinfettante, l'odore dolciastro che non si sa bene cosa sia – la verità è che si preferisce non saperlo – e tutto il resto? Beh, è tutto vero.

Li aspettano Gregori e l'uomo di velluto, oggi in versione verde bottiglia, una bella botta di vita, rispetto al marron di ieri.

Nessuno dice niente e Carlo è un po' stufo di giochetti, così li segue in silenzio.

Lo piazzano dietro un vetro oscurato da una veneziana grigia. Quando dall'altra parte del vetro qualcuno alza la veneziana, tipo sipario, comincia lo spettacolo.

Vede due tavoli di acciaio con sopra due salme coperte da un lenzuolo.

«È pronto?», chiede Gregori.

Intende: sei pronto a guardare due morti mentre noi due che siamo vivi guardiamo te?

Carlo annuisce.

Un inserviente che sta di là del vetro scosta un lenzuolo e scopre una faccia larga, le labbra carnose, capelli neri corti. Da quel che si vede è un tipo bassetto e massiccio, non si può dire altro, perché il lenzuolo lo copre ancora dal petto in giù. Ha un colore grigiastro e sembra addormentato, sempre se uno si può addormentare con un buco in faccia che gli prende tutta la parte superiore del cranio, un occhio, mezzo naso. Insomma, uno di quei trucchi da film dell'orrore che sembrano troppo finti. Solo che questo è vero.

Carlo Monterossi gira la testa per non vedere oltre.

«Lo riconosce?», chiede Ghioni. Gregori fa la stessa domanda, però solo con gli occhi.

«No».

Un cenno di Gregori all'inserviente al di là del vetro.

Quello alza l'altro lenzuolo e compare un altro zombie.

«E questo?».

«No».

«Ci pensi bene».

«Non c'è molto da pensare».

«Secondo noi uno dei due è il suo killer».

Carlo guarda meglio il secondo cadavere. Le dimensioni ci siamo, il colore dei capelli, forse anche, ma da quel cappuccio da bravo di Don Rodrigo ne sarà uscita sì e no mezza ciocca, quindi non è facile dire. Tra gli occhiali e il collo del maglione tirato su a mezza faccia, lui gli ha visto solo gli zigomi, e in più guardava la pistola e non può dire niente con certezza. E poi qui di zigomo ce n'è uno solo, perché il tizio è conciato come il suo amico. Proprio una bella coppia: morto e più morto.

«Potrebbe», dice Carlo. «La statura c'è... dovrei vederlo in piedi... Forse anche i lineamenti. Ma aveva occhiali enormi e questo qui... beh, non gli servono più».

«Andiamo», dice Gregori.

A differenza del British Museum, del Louvre e della tribuna vip del Santiago Bernabeu, l'obitorio dell'Istituto di medicina legale di Milano non ha una caffetteria. Per cui si spostano in un bar di Città Studi, che è un quartiere che a Carlo è sempre piaciuto, fino ad oggi, quando ha saputo che ci portano i morti sparati.

Una cinese di età indefinibile, tra i venti e i settant'anni, serve caffè, acqua minerale, chiede se va tutto bene, fa un piccolo inchino e se ne va.

«Mi sono perso qualcosa?», chiede Carlo.

«Prego, Gregori», dice il vellutato.

Il commissario parte:

«Trovati stanotte. Nel parcheggio dello stadio Meazza, dentro una Peugeot grigia, una 308 station-wagon, intestata al piccoletto. Tutti e due sui sedili davanti, chi ha sparato stava dietro. Lui, il più basso, si chiama

Franco Rivetti, 56 anni, artigiano, una specie di elettricista. L'altro, quello alto, crediamo sia quello che è
venuto a trovarla l'altra sera, è... era... Sebastiano
Saputo, odontotecnico... non dentista... un meccanico
dei denti, insomma, 48 anni. Tutti e due residenti a
Milano. Tutti e due incensurati. Puliti, nessun precedente, niente denunce, niente di niente. Nel cassetto
del cruscotto abbiamo trovato la pistola, la 22 che ha
sparato a lei, a Righi e alla...».

«Répici», lo aiuta mister velvet.

«Ecco, sì. Più una busta di cellophane con cotone,
garze e un bisturi affilato, ancora sporco. Stiamo controllando, ma insomma, non è che abbiamo tanti dubbi».

«Li conosceva? I nomi le dicono qualcosa? Immagina
perché e percome siano venuti a farla fuori?... E anche
le altre due vittime, ovvio», chiede Ghioni.

Questa volta Carlo non deve fingere stupore. Gli
viene spontaneo.

«Mai visti, mai sentiti».

Il sostituto procuratore a coste unisce i polpastrelli,
una mano contro l'altra, e flette le dita.

«Signor Monterossi...», comincia.

«Sì, lo so, me lo ha già detto ieri. Ci dev'essere un
legame da qualche parte, anche se non me lo immagino,
anche se non lo so. Eccetera eccetera. Ma la risposta
è no. Non mi è venuto in mente nulla, e questi due
qui, conciati così, non aggiungono un bel niente. È
deplorevole, ma è così. Tra parentesi non avrei nessun
interesse a nascondere qualcosa...».

«Questo non si può mai dire», ringhia Gregori.

«Posso chiedere come... Sì, insomma, si vede che non sono morti d'infarto, però...».

Si guardano come per valutare se parlare o no. Poi Gregori si decide.

«Colpo alla nuca, in rapida successione, prima uno e poi l'altro. Pum, pum. Tutto finito. Tra le dieci e le undici di ieri sera. Con un grosso calibro, come minimo un nove parabellum, da come sono messi direi anche proiettili speciali, punta cava. Roba che non si trova dal droghiere sotto casa».

Vellutoman sta pensando a qualcosa, ha un dubbio, ha un tarlo. Dirlo? Non dirlo? Poi si scuote e parla:

«Per dimostrarle la mia fiducia le dico un'altra cosa. Non solo sono proiettili inusuali, ma sono anche antichi. Roba davvero rara, tipo residui della guerra, massimo degli anni Cinquanta. Questo ce l'hanno detto alla balistica e non sappiamo niente di più, se non che non abbiamo trovato i bossoli e che i proiettili erano rovinati, uno finito nel cruscotto, molto deformato. L'altro ha forato il parabrezza e ha beccato un palo della luce».

«Lo sappiamo noi tre», dice Gregori, minaccioso. «Così vediamo se domani lo sa anche *Repubblica*».

«Di questo ho già parlato con Semproni, commissario, non guardi me».

«Questa faccenda dei proiettili rari le dice qualcosa? Le fa scattare qualche campanello?», chiede Ghioni, senza crederci nemmeno lui.

«A me? Non ho mai toccato una pistola in vita mia. A parte che si schiaccia un grilletto perché l'ho visto al cinema non saprei nemmeno dove infilarli, dei proiettili».

Il che è vero.

Però è anche vero che gli viene un'idea.

«La riaccompagniamo», dice Gregori.

«Grazie», dice Carlo.

E sfrecciano verso casa sua sgommando nel sole di piazza Leonardo, tra viali alberati, villette basse di un liberty un po' bastardo, costeggiando il Politecnico da cui si riversano in strada allo stato brado branchi di futuri architetti e ingegneri disoccupati.

Diciotto

La casa è avvolta da una penombra amica, soffice.

Katrina è passata, perché tutto è lindo, pulito e profumato. Altro indizio decisivo, sul tavolo della cucina c'è un biglietto in italo-moldavo che dice: «Fatto spesa messo in frigo. Mangia, per favore. Stirato camicie. Lascio questo. Ci pensa, signor Carlo!».

«Questo», è un dépliant sui pellegrinaggi a Medjugorje, 230 euro in pullman, quattro giorni, pensione completa, un rosario in regalo. In vera plastica, pensa Carlo...

Lo attacca al frigo con una calamita rotonda con l'immagine di Super Pippo.

Ecco, superpoteri a confronto.

Poi si butta sul divano, zebrato dalle strisce di luce che le tapparelle lasciano filtrare.

Si sfrega gli occhi con le dita, tira un lungo respiro e si dice: riassumiamo. Dunque.

Un tizio mi spara mettendomi nel mazzo con altri tizi con cui non ho nulla a che fare. Poi lo trovano morto insieme al suo socio, o complice, o amico, o non so. Dunque, primo: supponiamo che io fossi l'errore della sua equazione, uno scambio di persona o cose così, dovrei essere abbastanza al sicuro. Secondo, c'è sempre un cattivo in giro, che fa secco il mio killer e quell'altro. Perché? Saranno cazzi suoi, magari vendetta, magari li cercava da prima, e le dita mozzate, i due morti e il mio tentato omicidio non c'entrano niente. Oppure c'entrano. E allora questo killer nuovo è più avanti della polizia. Non che ci voglia molto, magari ha computer di questo secolo e telefoni coi tasti.

Come se la cava? Sta andando bene? Per essere Maigret gli manca solo la pipa? Vogliamo portargli un bicchiere di Muscadet?

Mah, dovesse dirla tutta, si sente abbastanza cretino. E ha una paura fottuta, anche.

Carlo Monterossi, l'Uomo Che Indaga.

Suona il telefono. Il display dice: Katia Sironi.

Ecco, bentornato sulla terra.

«Notizie», ruggisce nell'orecchio destro di Carlo l'agente da una tonnellata.

«Ciao, Katia. Dimmi».

«Uh, che umore! Se vuoi ti richiamo dopo il funerale. Se non ti fai cremare, ovvio!».

Ride col rumore del crollo di una diga.

«Sentiamo».

«Allora, arrivano a ventotto, ventottomila. Sai cosa vuol dire, no? Che con un po' di tira e molla si può arrivare a trenta. Poi basta, però... mi hanno fatto capire che sì, gli manchi, ma non sei nemmeno Maradona col cervello di Einstein, quindi...».

«Perché lo fanno?... Sono un sacco di soldi...».

Carlo sa come vanno queste cose. Già vede la produzione convocare le sartine, i truccatori, la redazione, il lumpenproletariat della Grande Fabbrica della Merda riunito per comunicazioni a cuore aperto... sapete... la crisi, abbiamo spese impreviste... vi chiediamo uno sforzo... dobbiamo ridurre un po'... ma solo un po'... Insomma, tutti impegnati a rubare ai poveri per dare al ricco, che sarebbe lui, a quel punto.

Katia: «Vuoi i fatti o la mia geniale lettura?».

Lui: «Tutt'e due».

«I fatti sono che mercoledì, mentre tu perdevi tempo a farti sparare, hanno fatto il ventisei e otto, che è un ascolto della madonna, ma non gli basta».

«Beh, per la prima puntata avrei firmato col sangue...».

«Loro no. Il battage, l'attesa, le polemiche... insomma, speravano di più... Poi c'è il fatto che le storie... ma tu l'hai vista la puntata?».

«No, solo l'accorato appello di Flora, il mio sputtanamento imperiale».

«Beh, quello è il picco, ovvio, trentadue e sette...».

«Grazie, Katia, lo prendo freddo, il cianuro... agitato, non shakerato...».

Lei ride ancora, a Carlo pare di sentire la gente che si riversa in strada pensando al terremoto.

«Beh... ti dico questo, ne ho anche parlato un po' con loro... Le storie c'erano, sì... ma troppo pulitine, troppo pettinate. Non come le pettini tu che lasci qualche cosa al caso... tutto troppo... sì, troppo pulitino...».

«Non capiranno mai che la verità è meglio di come la sistemano loro...».

«Beh, quello è il tuo tocco, loro lo sanno...».

Capito, gente? Il tocco magico di Carlo Monterossi sarebbe lasciare un po' di merda attaccata alle vite di merda che vanno a denudarsi in tivù. Loro, i loro amori, i sentimenti, le lacrime, i mariti cretini, o fedifraghi, o puttanieri, le mogli in cerca di affetto, o svago, o innamorate del panettiere, le ragazze dalle passioni impossibili, il salto di classe, l'upgrade culturale... Ecco, lui gli lascia addosso qualcosa che somiglia alla verità, mentre loro, gli altri pettinatori di vite umane, limano e piallano finché è tutto uguale.

È una questione di sfumature, perché tanto, dice sempre Carlo, quando sei davanti a una telecamera, la verità è morta, sepolta, e quando vai al funerale ti dicono... ma era ieri!

«Vabbè, dimmi le tue strabilianti dietrologie», taglia corto.

«Semplice. Flora ti voleva prima e ti vuole ancora di più adesso. Non per te, non farti illusioni. È che è convinta che se una come lei si mette davanti alla telecamera e ti implora di tornare, non è concepibile che tu non torni...».

«Ferita all'ego della signora».

«Sempre se si può ferire l'Everest... ma di più. L'appello in diretta è stata un'idea sua. Se non funziona, le ferite all'ego sono due: tu che non la caghi, e quelli intorno, quelli che la sconsigliavano, che cominciano a metter su l'arietta dell'avevamo ragione noi...».

«Che palle».

«Proposta».

«No».

«Fammi parlare, non fare il mulo. Io prendo ancora tempo, diciamo due, tre puntate... gli racconto che stai lavorando a qualcosa... diciamo che li tengo in sospeso con un po' di acquolina in bocca...».

«Boh, se vuoi...».

«Tu cosa stai facendo?».

«Sto lavorando a qualcosa».

«Cretino».

«Senti, Katia, fai come vuoi...».

«Vediamo come va mercoledì... se salgono con lo share magari si agitano un po' meno, ma se scendono sotto il venticinque...».

«Ok, vediamo».

«Ehi, Carlo...».

«Sì?».

«Sei uno stronzo».

Dov'era rimasto?

Ah, sì. Questo nuovo tizio che fa buchi più grossi e usa pallottole vintage, chi sarà? Potrebbe avercela con lui? Non saprebbe spiegare questa sensazione, ma questo cattivo qui gli fa più paura di quegli altri. Perché poi?

Ora chiama lui. La maga Nadia.

«Oh, mi corazón, luz de mi vida! Se stai lavorando ancora sui due morti di ieri, sappi che abbiamo morti di giornata!».

«Dimmi, Carlo», tira su col naso.

Non è da lei. È successo qualcosa. Solo ora lo colpisce un pensiero assurdo. Così ovvio che l'assurdità vera è che non gli sia venuto in mente prima. Se lui era nel mirino di qualche pazzo, e se lo è in qualche modo ancora, non starà mettendo in pericolo gente che non c'entra niente? Di Oscar non si preoccupa, è uno che se la cava. Ma Nadia...

«Ehi, è successo qualcosa?».

«No, Carlo, dimmi».

Così le dice i nomi dei nuovi clienti dell'obitorio, una specie di fotocopia verbale di quello che gli hanno rivelato Gregori e il magistrato, anche il dettaglio delle pallottole d'annata. Sente che scrive.

«Va bene, dammi qualche ora».

«Ehi... sicura, tutto bene?».

«Ciao, Carlo».

Ragazze.

Dov'era? Ah sì, come al solito, da nessuna parte. Quando la maga Nadia avrà qualcosa potrà aggiungere qualche pezzettino al puzzle, che per ora non ha né forma né colore, sulla scatola non c'è scritto quanti pezzi sono e il tipo che sta cercando di metterlo insieme è cieco come Ray Charles, ma senza le mani.

Però si ricorda dell'idea che gli è venuta al bar, mentre parlava con la Legge e la Giustizia.

«Paolo?».

«Ah! Sei tu! Visto il botto? La Serrini del *Corriere* stamattina sembrava la sua statua di cera!».

«Bravo, se ti danno l'aumento mi offri un caffè».

Carlo gli fa il riassuntino delle ultime puntate, ma stavolta senza nomi e senza dettagli.

«Corta, come carriera, 'sti killer», dice Paolo.

Poi gli spiega cosa vuole da lui. Con un giro di parole, qualche allusione, un po' di aumma-aumma, sottili metafore, allegorie, similitudini ardite e altri trucchi che se li intercettano, tanto, capiscono subito.

«Due cose», dice Paolo.

«Sentiamo», dice Carlo.

«Uno. Mi sembra una cazzata. Due. Ti faccio sapere».

Quando si dice la sintesi.

A questo punto, di nuovo afflosciato sul divano, dovrebbe dire un'altra volta... «Dov'ero arrivato?».

Ma di colpo non ha più voglia di arrivare da nessuna parte. Carlo Monterossi rivuole la sua vita di prima, con o senza Flora De Pisis, meglio senza, potendo scegliere. Poi una notte di sonno lungo e senza sogni, o anche con qualche sogno ben fatto, ma come dice lui. E poi...

Il telefono.

Paolo gli dice un posto, un'ora e un nome. Chiedere di. Lo aspettano.

Poi aggiunge:

«Mi ero dimenticato il punto tre».

«Dai, dimmi».

«È una cazzata».

«Non era il punto uno?».

«Eh, sai le ripetizioni... è meglio dire due volte neve che la bianca visitatrice».

Carlo ride.

Paolo no.

Diciannove

Il biondo guida fluido, non c'è traffico e non c'è fretta. Sono le otto e mezza, Milano è già scura ma non ancora buia, c'è stato un piccolo temporale e quindi le luci sembrano moltiplicate per due, tutto è terso e nitido.

«Di Z4 bianche non ce ne saranno tantissime», dice.

«L'ha presa usata. Ho inquadrato il tipo. Vorrei ma non posso. Non ci perderei tempo», dice il socio.

«La donna o l'avvocato?», chiede il biondo.

L'altro fa una smorfia.

«I tossici non mi piacciono, non puoi mai fidarti... le tossiche peggio ancora».

«Gli avvocati, invece...», ghigna il biondo.

Filano verso il centro. Dallo stereo esce la voce di Adele. *Skyfall.* Uno 007 stanco e stropicciato.

Come me, pensa quello con la cravatta.

Il biondo mugola seguendo la melodia.

Il socio risponde al telefono.

Tace. Ascolta.

«Senti...», tenta di dire.

Ascolta ancora. Scuote la testa.

«Senti, sto lavorando... non è il momento... poi... poi, che ci posso fare io?... Ma sì che ci parlo! Io ci parlo! Non ci sono mai perché lavoro, cazzo!».

Ascolta ancora. Fa per ribattere ma ci ripensa. Mette giù, nel senso che schiaccia un tasto.

Silenzio. Adele. *Let the sky fall...*

Il biondo non farebbe domande nemmeno con un coltello alla gola. Allora parla lui.

«Il grande», dice. «È difficile da tenere, un puledro sveglio di sedici anni».

Il biondo sorride.

«Tanto l'avvocato stasera non lo beccavamo. Io vedo di capire come trovarlo domani. Cerco anche la donna. Ti porto a casa».

L'altro non risponde. Chiude gli occhi.

Let the sky fall...

Venti

Via Civitali è dalle parti dello stadio e dell'ippodromo, quello del galoppo. Quando giocano in notturna, o le sere che qualcuno si rovina coi cavalli, guardando in fondo alla via, si vede una specie di aurora boreale, ma sono solo i riflettori, quelli che fanno la magia di dare quattro ombre ai calciatori.

La via è lunga, a due corsie, con uno spartitraffico in mezzo che serve da parcheggio. Venendo dalla circonvallazione e da viale Aretusa e andando verso la Scala del calcio, a sinistra invecchiano malamente palazzi alti degli anni Settanta, piastrellati in klinker, con portoni in alluminio anodizzato fuori e ceto impiegatizio dentro, anodizzato anche lui.

A destra, invece, piccoli blocchi in cemento color cemento con minuscoli cortili in comune, balconcini bassi, mono-bi-trilocali di edilizia popolare. Tipo periferia di Beirut sfuggita alle bombe, ed era meglio se non sfuggiva.

Vanno e vengono giovanotti in motorino, vecchie con la sporta della spesa, donne velate, tipi mediorientali. I milanesi qui ci vengono solo per la partita. E stasera non gioca nessuno.

Il bar Derby – chi l'avrebbe detto, eh? – espone maglie dell'Inter e del Milan incorniciate dietro il banco, una barista che vorrebbe essere a letto da ore anche se sono solo le otto, e un uomo dietro la cassa che non farebbe lo scontrino nemmeno a un generale della Finanza.

Chi è il tizio che entra in un buco nel muro ed esce dall'altra parte nel 1963? Ah, sì, un personaggio di Stephen King. Ecco, così: Carlo Monterossi che spinge la porta a vetri del bar Derby. È vero, i nomi sulle maglie sono quelli dei giocatori nuovi, ma ci fossero il dieci di Rivera o il sette di Jair sarebbe tutto come un tempo, forse sono d'annata anche le mosche che girano intorno alle lampade verdi sopra il bigliardo.

Il resto è il solito rosario della chiesa della madonna dei suburbi: due vecchi grattano senza vincere, un nero annoiatissimo staziona davanti alle macchinette del videopoker e un tavolo d'angolo ospita tre professionisti del tresette che sono stati giovani ai tempi di Bava Beccaris, muti e immobili tranne quando gettano le carte sul tavolo. Un bel presepe, alla fine, completato da un tizio in piedi vicino al bancone, con una birra davanti.

Dico davvero, se volete qualche chilo di nostalgia venite qui. Sarà per i vetri luridi e l'odore di caffè corretto, o forse per le facce che sembrano venute fuori dal boom economico, dopo aver scoperto che non era poi 'sta gran cosa. Dite che vi mando io.

Carlo, invece, chi lo manda non lo dice.

Si rivolge all'uomo della cassa e ordina un caffè. Poi fa:

«Cerco il vecchio».

L'uomo alla cassa muove il mento verso quello con la birra davanti, che però è giovane.

Monterossi si avvicina al tipo e fa per ripetere, ma quello annuisce, finisce la birra ed esce dal bar. Così Carlo il caffè non lo beve – ma se aveste visto la tazzina non l'avreste bevuto nemmeno voi – e gli va dietro.

Il tizio cammina né piano né forte e non si volta mai per vedere se l'altro lo segue. Entra in un cortile e lo attraversa, poi entra in un portone e scende delle scale. Accende una luce. Le cantine. C'è puzza di umido e di piscio. Attraversa corridoi e svolta angoli, poi risale le scale e sbuca in un altro cortile. Carlo, dietro.

Altro portone. Stavolta le scale le sale. Bussa piano a una porta del secondo piano, si volta e sparisce giù per dove sono venuti.

Apre un signore mingherlino. Questo è vecchio davvero, anche se è tutto nero, baffi neri, capelli nerissimi, sopracciglia nere. O è così di natura o ha una fabbrica di lucido da scarpe.

«Mi manda Paolo».

«Lo so».

Carlo aspetta in una cucina minuscola, quello sparisce nell'altra stanza. Tutto è modestissimo, ma abbastanza pulito. Torna con una scatola.

«Mi ha detto che sei un fighetto, te ne ho presa una da fighetto».

Vedi com'è quando la fama ti precede?

«È una Glock 17, robusta ma leggera, facile da usare, adesso vogliono tutti questa».

Sembra che voglia vendergli un iPod ultimo modello.

«La matricola non c'è. Non limata, tirata via con l'acido...».

Lo dice come se fosse un optional importante.

«... Quindi non si può sapere da dove viene. Non ha la sicura, cioè... vedi questo doppio grilletto? Se li tiri tutti e due si sblocca il percussore. Quando rilasci, se li rilasci tutti e due si riattiva la sicura, se molli solo quello più grosso puoi sparare di nuovo...».

Ora Carlo Monterossi ha la faccia di quello che incontra Saddam Hussein sul tram, ma il vecchio non se ne accorge perché sta guardando la pistola.

«... Il mio consiglio è di non rilasciare la sicura. Quando hai fatto un buco, tanto vale farne due, per sicurezza».

Poi gli mostra altre faccende. Il caricatore. Mettere il colpo in canna, toglierlo. Non darla in mano ai bambini. Non tenerla sotto il cuscino. Pulirla e oliarla come si deve, usare il Ballistol e uno straccio di cotone. Non per fregole estetiche o manie salutiste, ma perché non gli esploda in mano.

Che in fondo è una mania salutista pure quella.

Carlo annuisce come se sapesse di cosa sta parlando.

«Sono millecinquecento, ma tu sei amico di Paolo e facciamo milletré».

Carlo conta i biglietti sul tavolo. Prende il pacchetto e si alza. Gli fa paura già dentro la scatola. Ma quello lo toglie dall'imbarazzo:

«La scatola resta qua. Tu tienila così».

Lo volta con un gesto brusco e gliela infila nei pantaloni, dietro, con il calcio appena fuori dalla cintura, coperto dalla giacca. Carlo capisce che con la mano destra la prenderebbe in modo veloce. Fa la mossa. Il vecchio tutto nero annuisce.

Carlo ringrazia e va verso la porta.

«Uè, fighetto!», lo chiama il tipo. «Se la usi come fermacarte va bene così. Se no, ti servono queste», mette sul tavolo una scatola di cartucce.

Calibro 9 Parabellum, c'è scritto.

Carlo mette la scatola nella tasca della giacca. Ci sta a malapena, pensa che forse è meglio non andare in giro con una scatola di pallottole in mano. Per quanto, in questa zona...

«Queste costano duecento», dice l'ometto.

Carlo conta altri biglietti. Pensa: siamo in due, qua dentro. Uno ha la pistola, e l'altro è il rapinatore. E se ne va.

Sbuca in una via che non riconosce, così capisce l'odissea nelle cantine: anche volendo, il vecchio non lo saprebbe ritrovare. Per arrivare alla macchina cammina rigido e impettito come uno che ha una scopa nel culo. O una Glock 17 appoggiata all'osso sacro.

Sale in macchina, mette il cannone nel cassetto del

cruscotto ed esce dal Bronx guidando piano come se trasportasse un neonato.

Carlo Monterossi, l'Uomo Che Si Fa Paura Da Solo.

Poi il telefono dice alla macchina di dirgli che qualcuno lo sta chiamando.

«Pronto».

«Nadia», ha la voce triste.

«Dimmi tutto, trovato qualcosa?».

«Posso venire da te?».

«Sarò a casa tra mezz'ora. Hai mangiato?».

«Non mi va».

«Cazzo, allora è grave», cerca di scherzare.

«Tra mezz'ora», dice.

«Ehi!».

«Sì».

«Non prendere la bici di notte, non mi va».

«Figo! Mi regali una macchina?».

«No, ti pago un taxi».

«Mezz'ora».

Ventuno

Hego è seduto sulla seggiola azzurra davanti alla roulotte più lunga. È il suo posto, gli piace. Da lì vede tutto il campo. Da qualche giorno gli torna in mente quella cosa di una roulotte sua, di fermarsi. Strana voglia per un nomade. Non qui, comunque, e non adesso.

Il temporale è venuto ed è andato. La terra lo ha accolto, le pozzanghere creano percorsi nuovi nel campo, i piccoli giocano. Giocano fino a quando vogliono dimostrare di non essere più piccoli, allora non giocano più.

Lui sa la fretta di questo popolo, diventare grandi presto, fare figli presto, sposarsi presto. Ha visto gli occhi con cui quella piccola, come si chiama… Mirsada, guarda il giovane Helver. Quanti anni avrà? Undici? E lui? Tredici? Nemmeno. Tra due o tre anni avranno dei figli. È un popolo così. Non hai l'esercito, non fai la guerra, cresci più in fretta.

È la stessa fretta che ha Clinton. Prende una sedia di legno e gli si siede accanto.

«Allora?», chiede.

«Niente».

Clinton sbuffa.

Hego sa che deve placarlo. La fretta fa fare errori. Gli errori si pagano. Peggio, gli errori non ti fanno finire il lavoro. Per Hego, quel lavoro è tutto.

«Vedi, Clinton, è come l'eco».

C'è un tramonto rosso giù in fondo, dietro i casermoni bianchi che si vedono oltre gli ultimi alberi del campo. Gli avevano detto che era una città grigia. Che ne sanno? Le città grigie che ha visto lui erano grigie sul serio...

«L'eco, Clinton. Tu gridi la tua voce e la montagna te la rimanda indietro. Passa un po' di tempo. Anche tanto tempo. Anche smetti di aspettare. Ma tua voce sempre torna indietro. Noi abbiamo lanciato la voce. Voce tornerà».

Una giovane donna di nome Marzia, per qualche mese nel carcere di Opera per detenzione e spaccio di stupefacenti. Il tam tam è partito, la voce è stata lanciata. La montagna renderà qualcosa. Come l'eco.

«Il nostro è un grande popolo e ogni tanto finisce in prigione. In prigione si parla tanto, non c'è nient'altro da fare», ride piano. «Le nostre donne si riposano qualche giorno, lì... Quando escono sono più belle di prima. Qualcuno ci dirà. Qualcuno saprà...».

Il furgone bianco, quello esausto e rugginoso, lascia il campo. Sono in tre, questa notte. Tornerà pieno di rame, o altro.

Hego si fa più vivace. Deve calmare Clinton e deve farlo bene. Hego fa tutto per bene.

«Ti ricordi Losterzeel?».

Clinton sorride. Si ricorda eccome.

«Ci siamo stati un mese».

«Situazione difficile».

«Sì».

A Losterzeel, poco a nord di Bruxelles, si erano dovuti occupare del borgomastro e di due consiglieri dell'assemblea cittadina. Morti, purtroppo, in circostanze misteriose, dopo alcuni casi di violenze sessuali su bambine rom. Piccole bambine rom. Quel campo non piaceva né a Hego né a Clinton. Era ordinato, baracche in fila, grandi camerate, letti a castello, famiglie con altre famiglie. Non andava bene.

E poi quella cosa delle bambine.

E poi dicono che questa città è grigia.

Clinton sorride al ricordo. Losterzeel. Ci sarebbe stato anche un anno, anche dieci, per finire quel lavoro.

Hego sa che adesso Clinton ha capito.

«Amico mio, il temporale è passato, il tramonto anche è passato. Chi siamo noi due poveri zingari senza un bicchierino?».

Clinton ride. Si butta il cappello indietro, sulla nuca, fa qualche passo e bussa alla porta della roulotte lunga, anche se è aperta. Torna alle sedie con due bicchierini colorati e una bottiglia di slivovitz. Pensa che vuole bene a Hego.

Che lui combatte le battaglie, ma Hego fa la guerra. Quella lunga. Quella che non finisce mai.

Versa la grappa mentre Hego tiene il telefono all'orecchio. Non parla, ascolta soltanto.

Poi riattacca, e il telefono sparisce in una tasca della giacca troppo larga.

«L'eco, Clinton. L'eco è tornata… visto?».

Ventidue

Ma che sorpresa!

Sotto casa di Carlo Monterossi è posteggiata un'Alfa Romeo grigia. Sembra addirittura di questo secolo, chissà, magari le forze dell'ordine hanno vinto all'Enalotto.

Dentro, il finestrino aperto, la sigaretta che brilla nel buio, c'è il vicesovrintendente Ghezzi che si annoia con grande impegno. È buio e Carlo non riesce ad essere troppo preciso, ma riconosce una maglietta del Barcellona, quando ne vede una. E Ghezzi è vestito proprio così, in blaugrana, con tanto di nome sulla schiena: Messi.

«Copertura», dice Ghezzi con voce stanca, come per prevenire battute e sarcasmi. È una parola di nove lettere, ma contiene tutta la sua vita, e in questo momento vuol dire più o meno: faccio una bella vita di merda, caro amico, non come lei che sguazza coi divi della tivù.

Carlo cerca nelle tasche qualcosa di spiritoso da dire, poi si ricorda che ha una pistola che gli preme sulla schiena e lascia perdere. Visto? Le armi uccidono la conversazione. Insomma, anche la conversazione. Così si limita.

«Buonasera, agente Ghezzi. Scusi... vicesovrintendente», gli dice.

Il centravanti Ghezzi fa un gesto con la mano come per dire, lasciamo stare le qualifiche, siamo tra amici. Ma poi, tra amici mica tanto:

«Monterossi, non mi faccia puttanate, stasera. Al mio collega di ieri gli hanno fatto un culo a capanna. Io non dormo mai, ma se dovesse capitare non vorrei essere svegliato da Gregori quando è incazzato».

«Mi spiace per il suo collega, Ghezzi. Sveglio o addormentato non mi sembrava una gran protezione... Niente di personale, se il suo commissario non mi avesse aggredito, stamattina, me ne sarei scordato alla grande».

Non apre bocca, ma la faccia dice che non gliene frega niente, né del collega, né di Gregori.

«Adesso se ne va a casa e se ne sta buonino, vero?».

«Per la verità sto aspettando un'amica», dice Carlo. «Ma starò buonino, sì, con quella lì non c'è niente da fare...».

Complicità tra uomini. Ideali gomitate al bar. Occhiate alle tette di passaggio. Mediocri prestazioni da gregario vendute come performance epiche da fuoriclasse.

Uomini.

Carlo si fa schifo, ma gli hanno detto che si fa così. Gli altri uomini se l'aspettano.

E proprio ora si ferma un taxi. Nadia scende, Carlo si avvicina al finestrino e paga la corsa. Ha un vestito leggero e un cardigan rosso, scarpe basse e gli occhi lucidi. L'immancabile zaino con il Mac e le sue diavolerie elettroniche. La prende sotto braccio e la guida al portone. Saluta con un cenno il vicesovrintendente Ghezzi a strisce rosse e blu.

«Buonino», gli dice Carlo.

«Peccato», dice quello.

Nadia si leva il golf e le scarpe. Appoggia lo zaino e guarda il Dylan con il buco in fronte appoggiato al muro.

«Che ti è successo, Bob, qualcuno ha sentito *Shot of love*?», dice.

Voi non la capirete, ma per i dylaniani di tutto il mondo è una buona battuta.

Carlo ride:

«Spiritosa! Beh, mi sembri meglio di oggi».

Ma a questo punto Nadia fa una cosa che nessuno si aspetta.

Né Carlo, né lei, né nessun altro al mondo che pensi di conoscerla almeno un pochino. Scoppia in un pianto dirotto, disperato, inconsolabile. Appoggia la fronte al petto di Carlo e piange. Batte coi pugni e piange. Si scioglie, si slega, si arrende, si svuota. Si sgonfia come lo Zeppelin durante l'incendio. E piange.

«È andata via, cazzo. È andata via e non me l'ha nemmeno detto. Mi ha lasciato un biglietto. Un bigliettino del cazzo con due frasette banali, non ci ha nemmeno perso tempo, non si è nemmeno con-

184

centrata per dire siamo state bene, è stato bello, mi dispiace».

Piange e grida e ulula alla luna, e sputa le parole, e ansima e singhiozza e si contorce dal dolore. Ma dentro, perché fuori sta immobile con la fronte appoggiata al petto di Carlo.

Ecco, ci sono momenti in cui non puoi dire niente. Non che non ci siano cose da dire, o belle frasi, o citazioni importanti, o consolazioni eleganti fatte con le parole dei poeti, o dei cantanti. Solo, sembra tutto così scemo, di colpo.

Quindi Carlo non dice niente. La stringe.

Nadia alza gli occhi. Adesso sì, sono verdi, non grigi. Bagnati.

«È andata via con un uomo», dice.

È come se dicesse, sai, è andata sotto il treno. Si è buttata dal Duomo. Si è fatta esplodere in un mercato rionale, pensa, era di Al Quaeda e io non lo sapevo. Una cosa enorme, inconcepibile.

Poi si spiaggiano sui divani bianchi come delfini stanchi di vivere. Lasciano che si posi il silenzio.

Lei va in bagno. Carlo traffica in cucina, tra il freezer e il microonde. Come Katrina ha una devozione per la Madonna di Medjugorje, lui ha una venerazione per Katrina. È grazie a lei che il frigo sembra la dispensa di un ristorante.

Porta in salotto un piatto di insalata di pollo, due arancini che dicono mangiami subito, come Edwige

Fenech nei film con Lino Banfi, quei cetrioli enormi che solo i popoli dell'Est schiantati dal socialismo reale sanno dove comprare a Milano, acqua minerale e una bottiglia di vodka con il vetro smerigliato dal gelo.

Mangiano, bevono, ridono piano e con la giusta amarezza. Potrei dire piangono, anche se Carlo no, ovviamente. Ma come se.

«Mi mancherà, vero?», dice Nadia.

«Tantissimo».

Carlo Monterossi, l'Uomo Che Non Fa Sconti.

Poi Carlo sgombra i resti della cena, torna con il suo amico Oban e due bicchieri.

Nadia ha acceso il Mac e sistemato l'iPad, un po' di fogli, una penna. Gli occhi sono di nuovo grigi.

Comincia:

«Sebastiano Saputo, nato a Cosenza, 1965. Studi a Napoli, poi a Milano dal '92. Odontotecnico. Ha lavorato per due o tre studi dentistici, anche grossi, poi ha aperto un laboratorio suo, non conosco il settore ma credo che sia un salto, in quel ramo lì. Non sposato, niente figli. Casa in via Meda, di proprietà, piccola per una famiglia, grande per un single... ma conosci i miei standard e quindi fai tu la tara... Niente macchina, anche se aveva la patente. Non mi risultano... non risultano a Oscar, volevo dire... precedenti penali o cose simili...».

«Lo so, me l'hanno detto oggi».

«Bene. In sostanza niente da segnalare. Ah... niente porto d'armi. Se era il tuo uomo, niente occhiali, era solo un travestimento. Secondo i vicini... quelli che Oscar ha beccato oggi... un tipo tranquillissimo, gentile nella media, senza debiti, senza vizi. Una ragazza, anzi una donna, che lo andava a trovare ogni tanto. Non dormiva lì, pare, ma ovviamente non si può mai dire. Niente schiamazzi, niente di niente. Noia mortale».

«Mortale è la parola giusta».

Pausa. Bevono un po'. Carlo abbassa le luci e mette la musica.

La sua dotazione di Dylan prevede tutti i dischi in vinile, tutti i dischi in cd e una playlist su un notebook collegato allo stereo con dentro tutto quanto, compresi live, bootleg, rarità, versioni bislacche, canzoni rare, nenie, cantilene, nastri rubati, registrazioni in cantina ai tempi dell'incidente in moto, duetti, tributi e ballate che nemmeno Bob sa di aver scritto, o suonato, o cantato, e a volte – fidatevi – è meglio così.

Parte una di quelle versioni di *Girl from the North Country* che farebbero intenerire Kim Il-Sung, se fosse vivo.

«Un po' meglio quell'altro», dice Nadia.

Intende che c'è qualcosa da raccontare. Non c'è cosa più irritante, per uno che cerca, di scoprire che non c'era niente da cercare.

«Franco Rivetti, nato a Pavia nel '57... tra l'altro ieri era il suo compleanno...».

«Auguri!», dice Carlo, ma si pente subito.

«... A Milano da dopo le scuole, elettrotecnico con la passione degli aggeggi sofisticati. Ha avuto un periodo d'oro alla fine dei Settanta, quando ha inventato una specie di... boh, segnalatore di frequenze... calcola che non esisteva il Gps... non so, se vuoi studio un po'...».

«Non mi sembra essenziale», dice Carlo.

Lei comunque batte sulla tastiera e aggiunge un punto interrogativo accanto a una riga di testo. Una specie di maniaca.

«Non ci ha fatto i soldi, comunque, questione di brevetti... Di fatto faceva l'elettricista. Borsa in spalla e via. Poi, siamo negli anni Novanta, si mette nel ramo antifurti, e pare sia molto bravo. Apre una piccola Srl, si chiama FraMar. Fa impianti per appartamenti, ma anche ville e aziende, le cose girano, lo pagano bene. Cambia casa, stava all'Isola, si sposta di poco, via Farini, appartamento grande, duecento metri con terrazzo, dentro ci tiene una specie di ufficio... forse per la contabilità, forse non è un contribuente modello...».

Scuote la testa e si scusa:

«Illazioni mie», come se dicesse: la giuria non ne tenga conto. Oppure: obiezione vostro onore.

Il giorno che il cinema americano se ne andrà dalle nostre anime, allora sì che saremo orfani sul serio.

«Tipo solitario, ma nel 2001, colpo di scena, si sposa. Lei si chiama Margherita Colorni, milanese, nata nel '63... cioè quando si sposano lui ha quarantaquattro anni e lei trentotto, quegli amori non adolescenti, diciamo... Niente figli. Tutto bene, fino a...», si sporge sullo schermo del Mac per leggere meglio. «Fino al... 25 febbraio di quest'anno... Intorno alla mezzanotte... quindi tecnicamente potrebbe essere il 26...», prende un altro appunto battendo sulla tastiera.

Carlo la guarda, aspetta il seguito.

«Insomma, 25 o 26... lei ha un incidente. Sta tornando a casa in motorino... cioè uno scooter, Yamaha 125... in viale Tibaldi angolo via Brioschi... Viale Tibaldi è una specie di autostrada, lei ha la precedenza, magari il semaforo lampeggiava, non lo so, ma insomma... Una macchina che esce sparata da via Brioschi la prende in pieno, morta sul colpo. Ho il rapporto dei vigili, se serve. Niente testimoni, il pirata scappa e non lo prendono più...».

Silenzio.

Come diceva Kurt Vonnegut? Non c'è niente di intelligente da dire a proposito di un massacro.

Nadia sospira.

«... Il nostro Franco Rivetti accusa il colpo. Chiude bottega, quindi alla Camera di Commercio la FraMar...».

«FraMar... Franco, Margherita...», dice Carlo a mezza voce.

Nadia lo guarda. Annuisce. Non ci aveva pensato. Carlo sa che è infantile, ma si sente come quello che segna un punto quando sta perdendo mille a zero.

«... la FraMar non risulta più».

«Fine della corsa», dice Carlo. «Ne sappiamo come prima».

«Sì», dice lei. «Però...».

«Però?».

«Però 'sto Rivetti chiude tutto e liquida tutto, smette di lavorare, vende anche una casetta in Valtellina che aveva comprato solo da tre anni, insomma liquidazione totale e giù la serranda, ma...».

«Ma?».

«Ma si tiene un piccolo laboratorio in affitto, o un deposito, o una tana del lupo, o un segreto, non saprei... via Cusio, vicino a casa, un seminterrato pieno di roba».

«Come sai che è pieno di roba?».

«Quando ho scoperto che aveva 'sto posto, che non risulta da nessuna parte... cioè... solo alla Camera di Commercio, dove però la pratica è chiusa... Insomma, Oscar ha contattato il padrone... il... come si dice... il locatore... Gli ha fatto tutta una pippa che conosce 'sto Rivetti e che è d'accordo con lui, che deve vedere i locali per subentrare, anche con congruo aumento dell'affitto, ovvio, e Rivetti era via per qualche giorno e se poteva dargli le chiavi...».

«Non mi dire che quello c'è cascato», dice Carlo.

«Con tutte le scarpe. Pare che il nostro amico morto non fosse un mostro di puntualità nei pagamenti, e la maggior preoccupazione del padrone del posto è di dover pagare lui lo sgombero dei locali da tutta la robaccia – ha detto così – che c'è dentro. Oscar, naturalmente, ha fatto il grande. Non si preoccupi, se lo prendo faccio tutto io. Non chiedo niente. Pago bene. Mi saluti la signora. Insomma, lo conosci, è uno stronzo, ma ci sa fare».

«A proposito, dov'è?».

«Mi ha detto di dirti che sta via due giorni, ma torna presto e veglia su di noi... Intanto...», fruga in una tasca dello zaino, «... ecco qui».

Nadia mette sul tavolino un piccolo mazzo di chiavi.

«Il covo segreto del signor Franco Rivetti buona-nima. Da rendere in due giorni, ma visto che domani è sabato, da rendere lunedì. La scusa è che una gio-vane architetta, che sarei io, deve prendere delle misure per capire se il locale è adatto alle nostre esi-genze...».

Carlo Monterossi, l'Uomo Che Esulta.
Pensa: il Mossad ci fa una pippa. La Cia? Dilettanti.
Guarda Nadia dritto negli occhi e le dice:
«Pazzesco! In un pomeriggio!».
«E che pomeriggio...», dice lei.

E poi, finita la distrazione del lavoro, la realtà le ripiomba sulla schiena come una tonnellata di tondino di ferro, cemento, laterizio da costruzione, travi in legno, mattoni forati. Come dopo un crollo, come la piccola Nadia sotto le macerie, che arrivano i pompieri e lei grida: aiuto! E il telegiornale dice che si sentono dei lamenti sotto le macerie e poi il cronista chiede a una che passa: signora, cosa si prova in questo momento?

Ecco, così.

E se ne stanno in silenzio, mentre Dylan sta cantando proprio per lei. Non per voi, o per Carlo, non per qualcuno a Toronto, o a Bangalore, non per qualche freak californiano, e nemmeno per i ragazzini della sua ultima band, o per i vecchi amori, né per i contadini poveri del Midwest. Proprio per lei, Nadia Federici, anni ventotto, sola e abbandonata:

Please see for me if her hair hangs long,
If it rolls and flows all down her breast.
Please see for me if her hair hangs long,
That's the way I remember her best. *

Dopodiché non c'è molto da fare.

Senza che si dicano niente, Carlo le mostra la stanza degli ospiti, che ha un suo piccolo bagno e tutto quello che può servire. Le offre una maglietta per la notte, la promessa di un caffè domani mattina, e l'inaudito optional di un vicesovrintendente della polizia vestito come il più grande puntero del Barcelona Futbol Club che veglia sulla loro solitudine, sulle loro delusioni, sui loro lutti, sui loro amori lontani, su questa merda

* Bob Dylan, *Girl from the North Country*: «Ti prego, guarda per me se i suoi capelli sono ancora lunghi, / se fluiscono e si spargono lungo il suo seno. / Ti prego, guarda per me se la sua chioma è ancora lunga, / perché è così che io la ricordo meglio».

delle loro vite, sulla bottiglia di Oban mezza vuota, su quella di vodka mezza piena, sul dito che Dylan sta ancora girando nella piaga.

Che comunque, pensa Carlo, è sempre meglio che nel culo.

Ventitré

Quando Carlo riprende conoscenza, dopo un sonno da grizzly in letargo, Nadia se n'è andata.

Però c'è Katrina, che pulisce cose già pulitissime, sgombra l'immensa cucina, spazza lo studio e altre camere vuote che nessuno usa mai, fa il suo giro del sabato mattina per vedere se «signor Carlo tutto a posto».

Sentendosi responsabile della sua felicità, oltreché della sua alimentazione, del suo decoro personale e di molte altre cose che sa solo lei, si rallegra che una donna abbia dormito lì. Però si rabbuia quando vede che la camera degli ospiti è stata abitata. Insomma, un piccolo passo per l'umanità, un grande passo per Carlo Monterossi, ma già che c'era poteva farlo un po' più lungo. Mah.

Katrina si rallegra di nuovo quando vede che la Madonna di Medjugorje non è finita nel bidone della carta – raccolta differenziata – ma li benedice entrambi, azzurra e bianca come un ultras della Lazio, sostenuta da Super Pippo.

«Faccio caffè?», chiede.

«No, Katrina, lo bevo giù al bar, così prendo i giornali».

«Allora faccio per me, così finisco qui».

«Brava».

Poi uno sguardo che indaga, scruta, infilza esche sugli ami e le getta in mare:

«Cambio lenzuoli di stanza piccola o signorina torna?».

«Non so che dirti, Katrina...», risponde Carlo.

Ma vede che Nadia ha lasciato qualcosa, non il suo amato Mac, ovvio, ma...

E allora:

«No, non cambiarle...».

Quella fa un risolino italo-moldavo che contiene tutto quello che le donne della sua età sanno, o credono di sapere, da qui ai Carpazi, e anche oltre.

Paolo l'ha presa larga, ma è un altro capolavoro. Tanto che parte in prima pagina, e invece della solita cronaca è un accorato corsivo, di quelli «dove andremo a finire», misto a «benvenuti a Gotham City», con una minuscola spruzzata di «la polizia brancola nel buio».

CINQUE OMICIDI IN SOLI CINQUE GIORNI
UN'ONDATA DI CRIMINE SCUOTE MILANO

LA QUESTURA TACE, GLI INQUIRENTI SI MOSTRANO OTTIMISTI, MA LA CITTÀ È SCOSSA DA MISTERIOSE UCCISIONI. I DUE CADAVERI RITROVATI IERI A SAN SIRO SONO I KILLER DELLE DITA MOZZATE. MORTO UN ESPONENTE DELL'ULTRADESTRA, FAIDA INTERNA O DELITTO POLITICO?

Milano. Una matrioska di morte, dove un mistero ne contiene un altro. I killer di Lodovica Répici e Marino Righi, i due insospettabili cittadini uccisi tra lunedì e martedì (ne abbiamo scritto diffusamente ieri, n.d.r), avrebbero già terminato la loro carriera. Trovati morti a loro volta in una vettura abbandonata nell'immenso parcheggio deserto dello stadio nella notte di giovedì. Secondo indiscrezioni, non confermate dalla questura che non ha ancora rintracciato i parenti dei due uomini, si tratterebbe di S. S. e F. R., anche loro, come le altre due vittime, incensurati.

Il delitto ha tutta l'aria di un'esecuzione – colpo alla nuca – e nella vettura, una Peugeot 308 station-wagon, sarebbero state rinvenute prove decisive per collegare i due cadaveri agli omicidi di lunedì e martedì. Forse la pistola, forse gli strumenti con cui sono state amputate le dita delle vittime. Lo scenario che si para di fronte agli inquirenti è dunque tragico e misterioso: due normali cittadini uccisi barbaramente con contorno di macabra messinscena, e altri due normali cittadini probabilmente colpevoli di quei delitti e a loro volta trucidati. Né il commissario Gregori, da noi raggiunto telefonicamente, né il sostituto procuratore Ghioni, incaricato dell'indagine, hanno accettato di rilasciare dichiarazioni, anche se il magistrato si è lasciato sfuggire qualche parola di debole ottimismo.

Ma se il giallo delle dita mozzate sembra complicarsi, altro sangue impaurisce la città e dimostra la ritrovata arroganza del crimine. Cosimo De Giorgi, 26 anni, esponente della destra più radicale di ispirazione – addirittura – hitleriana, è stato trovato morto nella sua

*abitazione di viale Piave. Il De Giorgi, con precedenti
per violenza politica, aggressioni e piccolo spaccio, era
legato a una sedia, morto pare per dissanguamento in
seguito a un preciso taglio all'arteria femorale. Incaricato
delle indagini è il sostituto procuratore Cesare Livalli,
che non ha voluto parlare con la stampa, ma ha rilasciato
un breve comunicato secondo cui si seguono tutte le
piste con particolare riferimento alla zona grigia in cui
convivono estremismo di destra, spaccio e piccola de-
linquenza. Un regolamento di conti, insomma, come
farebbe pensare anche la modalità dell'omicidio, ma
forse – ed è questo che più si teme – un ritorno della
violenza politica...*

Seguono considerazioni sulla sicurezza dei cittadini,
il dubbio su una pista che porti alla criminalità organizzata – troppi incensurati coinvolti – e un accenno ad altri due delitti milanesi irrisolti degli
ultimi mesi. Cioè le vittime dell'assalto al campo
rom al confine tra Milano e Rozzano del 25 febbraio,
dove morì un vigile urbano in missione all'accampa-
mento, Natale Gilardoni, 39 anni, moglie e una
figlia, e un bambino rom di due anni gravemente
ustionato, ed altri feriti.

Il nome del bambino rom non c'è. Anche nelle migliori intenzioni, se guardate bene, in filigrana, con-
troluce, c'è una complicanza etnica, una questione
razziale.

Carlo pensa che dovrà dirlo a Paolo, questo. È un
tipo che a queste cose ci tiene.

Nel complesso, una bella lenzuolata di crimine e morte, preoccupazione, indignazione moderata, fiducia nelle forze dell'ordine ma senza fare sconti, timore ma non panico. Un'impostazione che corrisponde, oltre che all'abilità di Paolo, alla natura del giornale, democratico e senza strilli, responsabile ma severo.

Una delle poche istituzioni solide del Paese.

Carlo si rallegra che la questura non abbia reso noti i nomi dei due nella Peugeot. Così anche se per caso il padrone del laboratorio dell'elettrotecnico Rivetti, da poco vedovo e killer a tempo perso, legge i giornali, ci vorrà qualche giorno per farlo correre da Gregori a dire che dei tizi gli hanno chiesto le chiavi.

Paga caffè e brioche – uno di quegli affari surgelati e poi rianimati dal forno elettrico che a Milano chiamano brioches – ripiega i giornali, sistema la Glock tra l'osso sacro e la cintura dei pantaloni e fa per chiamare Nadia.

Che invece chiama lei.

È eccitata e veloce, quasi in affanno:

«So tutto».

«Tutto che?».

«Tutto, Carlo, una cosa pazzesca, non puoi nemmeno... dai, vediamoci subito, mangiamo un panino e ti dico... cazzo, che storia!».

«Dove sei?».

«Via Cusio, al 13, al laboratorio del Rivetti, quanto ci metti?».

«Dieci minuti se non devo cercare parcheggio».

«Chiudo e ti aspetto fuori. Tanto poi devo tornare qui a mettere in ordine delle cose...».

«Tu come stai?».

Nadia esita.

«Boh... così... ho fame».

«Allora niente panini, trattiamoci bene, non ci corre dietro nessuno...».

«No, non ci corre dietro più nessuno...».

Ventiquattro

Clinton gira per cercare parcheggio.

Un giro, due giri, tre giri tra viale Monza e via dei Transiti. Ci sono bei palazzi e catapecchie. È una periferia che negli anni si è affacciata sul centro, su piazzale Loreto, che è una porta della città. Se vai dal Duomo verso fuori, corso Venezia e poi Buenos Aires, nelle giornate azzurre come questa, in fondo a viale Monza vedi delle nuvole bianche che invece sono montagne.

Hego ha il gomito fuori dal finestrino e guarda intorno. Non che gli interessi, ma si impara sempre qualcosa. Una macchina sta per uscire dal parcheggio e Clinton aspetta in seconda fila di poter parcheggiare al suo posto. Dietro suonano il clacson.

Il palazzo è vecchio, le scale puzzano di fritto.

Hego e Clinton si sono dati una ripulita, che significa che Hego è come sempre, con la giacca larga e la cravatta che non c'entra niente. Clinton ha una maglietta di bucato, gialla, che gli disegna i muscoli del petto e gli stringe sui bicipiti.

E il cappello, ovvio.

Niente campanello. Bussano.

«Chi è?», una voce sottile, timorosa.

«Amici di Sergione».

«Non c'è».

Hego guarda Clinton. Ne hanno parlato prima: niente maniere forti, lei non c'entra, semmai è un'altra vittima. Parla lui, allora.

«Lo sappiamo, signorina Marzia. Per questo siamo qui. Vogliamo parlare con lei. È importante, almeno ci ascolti, poi ce ne andiamo».

Una voce tranquilla, che non mette fretta, non quei verbi secchi e violenti della polizia... «Aprire! Subito!».

«Un momento», dice.

Poi si apre la porta.

Hego e Clinton vedono lo stupore sulla faccia della ragazza. Certo non si aspettava due zingari.

Clinton si toglie il cappello, pare imbarazzato, le porge una mano e lei la stringe, senza pensarci. Quando lo fa con Hego, quello fa la mossa di baciargliela piano, come i gentiluomini veri, che non baciano veramente la mano, no, la sfiorano e basta con un angolo della bocca. Ma questo, Marzia, come fa a saperlo?

La casa non è una casa.

Hego sorride perché sembra una roulotte. Un letto, un tavolo con due sedie, una macchina per cucire, un frigorifero basso, un lavello, una piccola cucina a gas con due fuochi che è più un fornello da campeggio. Tutto in una manciata di metri quadrati. La finestra, una, è aperta. Una porta di plastica a soffietto, forse il bagno, è chiusa.

In certe prigioni sono stato più largo, pensa Clinton.

Ora che si è ripresa non sembra più tanto intimidita. «Cosa volete?».

Non è molto alta, ma nemmeno bassa. Ben fatta, tutte le cose a posto. È sciupata certo, chiunque chiuso lì dentro lo sarebbe, e poi sanno che è stata in galera, che non è in una bella situazione, che... Eppure l'aria dura che ha sulla faccia non sembra sua, pare piuttosto una che avrebbe bisogno di protezione, di cure, ma siccome nessuno le dà niente di simile, nemmeno lontanamente, si indurisce. Le labbra piegate un po' verso il basso, gli occhi semichiusi.

Sospettosa.

«Le portiamo i saluti della nostra cugina Miriana», dice Hego, sempre gentilissimo, con un piccolo inchino.

Per un istante, i tratti di Marzia si allentano, diventa... non bella... non ancora, ma...

«Sì, Miriana mi ha aiutato. È una brava ragazza... come sta? Come stanno i bambini? Piangeva tanto per i suoi bambini...».

«Sta bene, signorina Marzia», dice Clinton. «Anche i bambini. È lei che ci ha detto dove trovarla».

«Cerchiamo Sergio», dice Hego.

«Bravi, se lo trovate fatemi un fischio, che devo dirgli un paio di cose», sibila, incattivita.

Ma poi vede che quelli sono ancora in piedi – non che ci sia abbondanza di posti per mettersi comodi –

e allora si affretta a liberare le due sedie da vestiti e cianfrusaglie.

«Sedetevi, prego».

Lei si siede sul letto mezzo sfatto.

Non devono interrogarla, non devono fare domande. Ma lei deve parlare, e loro ascoltare.

«Vede, signorina Marzia, Sergio non è uno bene per lei. Lei è bella e giovane, e merita meglio. Ma questi», si affretta a dire Hego prima che quella ribatta, «è fatti di voi e noi non ci permette...».

«È che abbiamo degli affari in sospeso e vorremmo almeno andare in pari», dice Clinton.

«Non diciamo guadagnarci...», dice Hego.

Sono l'immagine stessa dell'onestà commerciale, due brave persone che cercano un poco di buono, un fara-butto che probabilmente li ha fregati, uno stronzo fatto e finito. Chiunque tiferebbe per loro.

Figurarsi lei.

Che infatti parla. È tanto tempo che non lo fa con nessuno.

«Io lo amavo tanto... lo amo, forse, chissà... È da quando avevo diciassette anni che lo conosco, che ci prendiamo e ci molliamo, che ci perdiamo di vista e ci ritroviamo. Mi ha picchiata, ha cercato di farmi battere il marciapiede, anche i filmini zozzi ha tentato di farmi fare...», fa una faccia schifata che persino Clinton si chiede quanto fossero zozzi i filmini. «Poi ci hanno fermato i caramba una sera... una sera che lui doveva fare una consegna. Sono andata con lui perché mi aveva detto che era una cosa veloce, e poi saremmo andati a cena, al cinema, sapete... come la gente normale... Io non faccio molte cose che fa la gente normale...».

Tiene le mani in grembo, come certe vecchie quando raccontano.

Loro, zitti.

«Insomma ci fermano i caramba, in via Ripamonti. E lui come un gatto... mi mette questo pacchetto nella borsa. Quando quelli lo trovano lui comincia a urlare... non la conosco! Le ho dato un passaggio! Troia maledetta, mi vuoi mettere nei guai! Io non sapevo cosa dire, ho retto il gioco, anche se dopo la prima notte in fermo... si dice così, no?... Dopo la prima notte in fermo ho pensato: ora dico tutto...».

Loro, zitti.

«Ma la mattina dopo, prima di parlare con chiunque, è arrivato questo tipo, l'avvocato... De Rosa, sì... De Rosa. Mi ha detto che se io confermavo che la roba era mia mi facevo due mesi, al massimo tre o quattro, mentre se veniva fuori che era sua, con i precedenti e tutto il resto, poteva farsi anche cinque anni... E questo con le buone... E poi un po' più a muso duro che se invece parlavo, ecco, Sergione fuori aveva tanti amici che... E poi di nuovo con le buone, che dopo i miei due mesi dentro, ma forse anche meno, sarei uscita con tutti gli onori e un po' di soldi e magari, perché no, anche un lavoro. Lui conosceva uno che cercava una commessa, per esempio... cosa doveva dirgli?».

«Quanto si è fatta dentro?».
Una risata amara, come un piccolo soffio dal naso:
«Cinque mesi e mezzo».

Hego si guarda le mani come se cercasse un punto da cui cominciare, come se quelle nocche di corteccia di faggio, foreste boeme, carri a cavalli potessero aiutarlo.

«Dobbiamo trovarlo», dice. «Lei sa sicuramente che giri frequenta, se ha degli amici stretti, se ha degli affari».

«Degli affari di Sergione non mi occupo più!», scatta, cattiva.

Clinton capisce. Cinque mesi e mezzo sono più che sufficienti.

«A casa sua non c'è... l'ho cercato, sapete? I numeri che avevo non funzionano più. La sua macchina è ferma lì sotto piena di multe... Amici... non aveva tanti amici, sapete? Anche i suoi della politica, quelli lì con le teste rasate, che io non li sopporto... anche quelli lo tenevano alla larga... ma sì, se c'era da comprare un grammo Sergione andava bene, ma se no... imbarazzante, ecco», è contenta di aver trovato la parola, «pensano che è uno imbarazzante».

«Qualcuno...», il tono di Hego è un'implorazione che non ha niente della preghiera. È come un ordine gentile.

«Che io sappia di amici amici ne aveva due. Uno un biondino di buona famiglia, casa in centro, vestiti fighetti, non so se mi spiego... De Carli... De Giorgi... non mi ricordo. Un tipo cattivo, comunque...».

Clinton fa un sorriso storto.

«L'altro... uno che suona la chitarra... ma non la chitarra... quella con quattro corde... il basso! Sì, ecco, il basso! Lo chiamano Stringa, perché è lungo lungo...».

Cose che sanno già.

«Non avrebbe qualche foto da farci vedere?», Hego sa che è un rischio. Che potrebbe chiudersi.

Infatti quella esita.

Poi si alza e apre un cassetto della cucina. Tira fuori un quaderno con la copertina rosa, dei cuoricini disegnati col pennarello, un po' sbavati... Sfoglia piano quello che c'è dentro.

«Qui eravamo a Sirmione... quest'anno... prima della galera...».

Nella foto lei ha i capelli corti, un sorriso vero, carina.

Lui massiccio, ma di muscoli, non di grasso, l'aria strafottente, i capelli a spazzola e gli occhiali da sole.

«Questa qui l'abbiamo fatta a un concerto... a me non piace quella musica lì... io sento Eros e Vasco... Ah! Guardate, qui c'è anche Stringa!», e passa a Hego una stampa a colori un po' scura, ma le facce si vedono.

«E questo... Stringa dove lo troviamo?», chiede Clinton.

«Ma è facile, questo! Fa il barista!».

Ora sembra che stia giocando con loro. A cosa? Alle spie, ai buoni e ai cattivi, agli indiani. Nessuno l'ascolta mai, la Marzia... questi due qui, invece...

«Lo sapete dov'è la Triennale? Il palazzo che sta nel parco Sempione, il museo. Dentro c'è un bar elegante... anche una libreria, e le mostre... Lui sta al bar... se ci sta ancora, ma diceva che era un buon posto, non l'avrà mollato. È per quello che non si concia come gli altri, coi tatuaggi, le svastiche, quelle cose lì... deve sembrare pulito. Non è cattivo come quell'altro...».

Clinton fa una smorfia.

Di solito chi è cattivo lo decide lui.

Hego si alza, e quindi Clinton fa lo stesso.

«Grazie, signorina Marzia. E ci scusi il disturbo... Lo so, noi siamo solo poveri zingari, non facciamo affari grossi, pochi soldi. Ma ci servono proprio perché sono pochi...», dice Hego, che di colpo sembra un derelitto.

Si è messo in tasca la foto del concerto, lei non se n'è accorta. Mestiere.

«E se lo troviamo, Sergione, vuole che gli diciamo qualcosa... ha un messaggio da dargli?», dice Clinton.

Lei esita per un istante. Gli occhi si fanno lucidi, le trema un po' il labbro inferiore, ma solo un poco.

«No, non diteglì niente», dice con un soffio.

Risalgono sul furgone. Clinton fa manovra per uscire

dal parcheggio, stretto com'è tra la macchina davanti e quella dietro, ma si blocca per un istante.

«Guida tu, ti spiace? Parti quando salgo».

Scende dal furgone mentre Hego si mette alla guida, si sporge nel retro e prende un grosso tronchese, lascia aperto il portellone laterale, quello da cui gli uomini al campo scaricano il rame e i rottami.

Fa due passi senza guardarsi intorno, senza esitare. Con un colpo secco di tronchese taglia la catena che fissa un motorino un po' male in arnese, anzi macilento, a un palo della luce.

Un colpo. Un rumore metallico che non c'è già più, perso negli altri rumori della città. Poi solleva il motorino come fosse una bicicletta da bambini, senza sforzo, e lo mette nel furgone. Chiude il portello e sale.

Partono.

Viale Monza, Loreto, a sinistra in viale Abruzzi.

Poi è tutta dritta, gli alberi della circonvallazione fanno ombra.

Clinton dice: «Ora posso guidare io».

Ma Hego sorride: «No, mi diverto».

Sta pensando a una casa che sembra una roulotte, a cinque mesi e mezzo di galera e alle cose che fa fare l'amore.

Venticinque

La ferita di coltello che divide il quartiere Isola dal centro di Milano è una ferrovia. Quindi per andare in via Farini bisogna fare un ponte, ma prima si deve attraversare una specie di giungla di grattacieli piazzati a presidio della modernità ai tempi della crisi.

Così tra la Milano novecentesco-griffata-che-sniffa di corso Como e la Milano novecentesco-proletaria-che-lavora dell'Isola, sorge un'escrescenza in vetro e cemento che potrebbe stare a Dallas, a Seattle, a Shanghai, o in qualunque altro posto al mondo, isole comprese.

Naturalmente a nessuno servono tutti quegli uffici e metri quadri e finestroni, e ascensori. Vengono costruiti per farsi dare credito dalle banche, credito che si usa per costruire altri uffici che resteranno vuoti, che serviranno a farsi dare altri soldi dalle banche, che serviranno per... ora potreste abbattermi con un fucile da elefanti, ma non è che con questo cambiereste la situazione...

Quando Carlo arriva finalmente in via Cusio, scopre che è un senso unico e che era meglio fare l'altro giro. Nadia lo aspetta senza zaino, solo con il Mac in mano e l'aria impaziente.

«Ce ne hai messo!», si lamenta.

«Ora mi faccio perdonare», dice lui.

Guida veloce verso il loro pranzo, lei è impaziente ma non parla. Dice che devono brindare e che non aprirà bocca prima di aver bevuto un bicchiere di bianco freddo.

Arrivato in via Cadore, Carlo comincia l'odissea del parcheggio. Un giro, due giri. Al terzo giro si libera un posto nelle strisce gialle, riservate ai residenti. Si infila.

«È per i residenti», dice Nadia.

«Non siamo tutti residenti di questo grande mondo?», dice lui.

Poi lei capisce dove la sta portando.

«Qui?».

«Non dobbiamo festeggiare?».

«Perché non mi paghi due mesi d'affitto e mangiamo un panino? Così risparmi», ride.

Il Porticciolo è uno di quei posti dove il pesce è più fresco di quello che sta ancora nuotando nel golfo del Tigullio. Dicono.

Loro due vogliono la pasta con le vongole. Il cameriere, che poi è anche il titolare, dice che va bene, però hanno i ricci arrivati due ore fa. Vogliono i ricci. Spaghetti, no, linguine, no spaghetti, sapete com'è, andare a pranzo con le ragazze...

«Fai tu», le dice Carlo.

E al maître:

«E un Pigato, bello freddo».

Nadia lo ferma:

«No... ce l'avete una Ribolla gialla?».

«Certo», dice quello. Figurarsi.

Carlo riconosce un ricordo amoroso, quando ne vede uno, e capisce che lei vuole quel vino lì per questioni con cui i ricci, le linguine, il mare, il cibo, il loro brindisi, e forse anche il mondo intero non c'entrano niente.

Ogni tanto le cade un piccolo velo sugli occhi. È quando passa un ricordo, un piccolo fantasma, un angelo, quando affiora una rimembranza... Carlo lo sa com'è, basta un niente e si sente una spina, che diventa una lama di coltello, che diventa...

«Dai, dimmi tutto, sono curioso e...».

«Grazie per ieri sera», dice Nadia.

Carlo fa una faccia che vorrebbe dire: non ringraziarmi, mi casa es tu casa, non mettiamoci in imbarazzo, vieni quando vuoi e figurati, capisco il problema, ti voglio bene. Un po' troppo per una faccia sola.

E allora dice:

«Hai messo strane idee nella testa moldava di Katrina, credo che preghi per me una delle sue numerose madonne, preghiere tipo: fa che signor Carlo trova brava ragazza...».

Nadia ride ma si interrompe subito. Le viene in mente che lei una brava ragazza l'aveva trovata... Insomma, stanno camminando sulle uova.

Per fortuna arriva l'antipasto di crudo più maestoso che si sia mai visto.

«Con ordine, se no mi perdo», dice Nadia.

Carlo, con il mare in bocca, non intende interromperla.

«Allora. La storia è davvero pazzesca. Il posto è un deposito, ha ragione il padrone a dire che non saprebbe come levare quella roba. Migliaia di aggeggi, cavi, apparecchi, strumenti. Roba vecchia e impolverata che sta lì da chissà quando, praticamente inutilizzabile, dalle vecchie calcolatrici Olivetti, sai quelle con la manovella a... tutto, insomma», taglia corto. «E poi, quasi scavato tra quella roba, un tavolo perfettamente lindo e sgombro, con un computer, tre cassetti e nient'altro».

Carlo ascolta e mangia piano. Non ricorda esattamente il giorno in cui Dio ha creato i gamberoni, prima dell'uomo ma dopo le stelle, crede, gli pare, beh, doveva essere in gran forma.

Annuisce per dirle di continuare.

«Ho guardato prima il pc, naturalmente. Niente password. Strano per uno che installava antifurti».

«Forse le pippe sulla sicurezza le tengono da parte per i clienti».

«Vabbè, la posta, molte mail di quell'altro socio, il biondo, come si chiama... il Saputo, il tuo killer, e del Rivetti a lui... Poi appunti difficili da comprendere, cioè, dovrei fare un backup e studiare tutto... Ma forse non ce ne sarà bisogno, perché nel primo cassetto ho trovato un quaderno, e dentro il quaderno c'è tutta la storia. E la storia parte da un filmato. Questo qui che ora ci vediamo», Nadia mette platealmente il suo Mac sul tavolo. «Sono 190 secondi, ma vale la pena e mi evita un sacco di spiegazioni».

Accende e clicca play.

La camera è fissa, chiaramente una telecamera di sorveglianza che prende tutta la strada.

Buio.

«Viale Tibaldi», dice lei.

La data è sull'angolo in basso a destra dell'inquadratura: 26.02.13 – 00.21.

Niente per un po'. Nebbia, immagini sgranate.

Poi una piccola luce rossa che è il fanale posteriore di una moto, o un motorino, o uno scooter.

«Margherita Colorni», dice Nadia indicando la lucina rossa sullo schermo con il coltello da pesce.

Lo scooter procede dritto per il vialone. Una luce bianca, forte, veloce, che viene da destra. Il motorino ha il semaforo verde, le luci bianche bruciano un rosso a velocità elevata, girando su viale Tibaldi.

Questione di nanosecondi. Il motorino viene sparato a qualche metro di distanza, la sagoma scura che ci stava a cavallo vola letteralmente via come uno straccio bagnato, un manichino che cade da un camion, un pupazzo di peluche sbatacchiato da un bambino nervoso. Un volo di una ventina di metri. Si vede il casco bianco che va da una parte, e la testa che dovrebbe indossarlo, insieme al corpo disarticolato, che va da un'altra.

Una cosa che blocca il respiro.

La macchina assassina, una Bmw scura, berlina, molto lunga, si ferma. Altre due auto arrivano da dietro, percorrevano il viale pochi metri dietro il motorino, hanno dovuto frenare per forza. Una è una Alfa Romeo MiTo bianca, la targa è inquadrata bene, ma non si legge, si ferma subito dietro la Bmw, con le doppie frecce. Subito arriva un'altra macchina e si ferma anche lei, una sportiva, Carlo non riconosce la marca, ma anche lì la targa è in favore di telecamera.

Nadia gli legge nel pensiero:

«Sì, le targhe si leggono, basta ingrandire, la definizione è abbastanza buona».

Dalla MiTo scende una sagoma con un soprabito bianco. Nadia la indica, sempre con la punta del coltello.

«La signora Répici», dice.

Dall'altra macchina scendono due tizi. Uno attraversa viale Tibaldi e si avvia nella nebbia, a piedi, come se avesse fretta di scomparire. L'altro va verso la Bmw.

«Marino Righi», dice Nadia.

I due, la Répici e Righi, camminano svelti verso il macchinone che ha fatto il disastro, da cui scende uno grande e grosso. Parlottano tra loro. Sembra una discussione, impossibile capire cosa si dicono, ovvio, ma l'assassino della Bmw sembra concitato, minaccioso. Risale in macchina e sgomma via. Dietro arrivano altre macchine e si fermano. La Répici riparte e se ne va, piano piano, poi accelerando, poi via di corsa. Righi esita un po' accanto alla portiera mentre altra gente scende dalle macchine dietro di lui, e poi fa lo stesso, mette in moto e parte.

Nessuno ha nemmeno attraversato la strada per dare un'occhiata a Margherita Colorni o a quello che ne resta, sbattuta tra il viale e la carreggiata centrale, la corsia degli autobus. Lo fanno ora i nuovi arrivati, chi con le mani nei capelli, chi chinandosi sul corpo, chi allargando le braccia, o scuotendo la testa, o indicando il semaforo.

Ora è una piccola folla sconvolta.

E lo schermo diventa nero.

Tre minuti e dieci secondi che certificano un omicidio.

I gamberoni non sono più così buoni, le linguine coi ricci di mare freschissimi non sanno di niente, il vino sembra caldo, l'acqua sgasata. Sa tutto di amaro.

Restano in silenzio per un po', il tempo di far posare sul fondo lo spavento e l'orrore. Il tempo di far emergere le domande.

«Ma...», tenta di dire Carlo.

«Aspetta. Ti dico tutto. Il filmato era nel pc sul tavolo, non l'avrei trovato facilmente se non fosse stato citato nel quaderno... Il quaderno l'ho lasciato là... cioè, non sapevo se potevo portarlo via... furto, occultamento di prove... volevo parlarne con te, prima. Comunque abbiamo le chiavi e ci dobbiamo ripassare, ho lasciato anche roba mia, lo zaino, l'iPad... sei pronto a sentire la storia?».

Carlo riempie i bicchieri.

Carlo Monterossi, l'Uomo Turbato.

«Vai», le dice.

«Franco Rivetti riceve la notizia della morte della moglie a notte fonda, verso le tre e mezza. I vigili sono arrivati sul posto, per i rilevamenti, molto in ritardo... più di mezz'ora dopo l'incidente. Perché pare che prima dello scontro, invece, verso mezzanotte, ci sia stata una sparatoria con incendio in un campo rom poco lontano, dove tra l'altro è morto uno dei loro, puoi immaginare il casino, l'affanno, i nervi... Comunque, dinamica chiara, la frenata lo dice, i vetri per terra... ma niente testimoni».

Vogliono qualcos'altro?

Boh, dicono distratti, intanto due caffè. Anzi, due sorbetti, i caffè dopo.

Nadia continua:

«Autopsia e tutto il resto. Il giorno del funerale, dopo le esequie, quindi all'uscita del crematorio del cimitero di Segrate, gli si presenta un uomo in lacrime. Sebastiano Saputo. Chiede se gli può parlare. Vanno nella macchina del Rivetti, la Peugeot, perché fa freddo e piove. Questo Saputo dice di essere stato l'amante di Margherita, che era da lui quella sera, che infatti abita in via Meda, il percorso ci sta, ho controllato. Dice che non può stare con questo peso, che doveva dirglielo, che però Margherita lo amava, però amava anche lui... insomma, non si sarebbe

216

decisa tra i due, non aveva motivo di decidersi. Ma ora che è morta...».

«E tutto questo lo dice il Rivetti?», chiede Carlo, incredulo.

«Nel diario, sì», conferma Nadia.

E continua.

«Non è un grande scrittore, 'sto Rivetti, però, insomma, racconta un po'. Prima la rabbia, la delusione... Margherita con l'amante, lui non aveva mai sospettato... poi lo scoramento, la depressione. Poi ancora la rabbia per l'assassino con la Bmw. Poi ancora sconforto. Ma intanto il Saputo si fa vivo, si incontrano al cimitero, in qualche modo si accettano. Li unisce la rabbia per quell'atto bastardo. Non solo l'incidente, ma la fuga. Non passa giorno che uno non vada dai vigili a chiedere notizie, o che non ci vada l'altro. Non posso dire che diventano amici, ma... insomma... la mancanza di Margherita li ferisce tutti e due. Con lei viva sarebbero stati rivali, con lei morta...».

Nadia mangia a piccole cucchiaiate il suo sorbetto che si sta sciogliendo. Sta parlando della perdita di un amore che non è quello che ha perso lei. Se ne ricorda, se ne accorge. Gli occhi le diventano un po' liquidi. Ma si riprende subito. Raddrizza la schiena, si schiarisce la voce.

«L'idea di cercare una telecamera che avesse ripreso tutto viene al Saputo, che abita in zona. Il Rivetti approva in pieno. Sono già complici, anche se non sanno ancora dove arriveranno. Quando mettono le mani sul nastro, da un colorificio che ha avuto parecchie rapine e si è attrezzato tipo Fort Knox, hanno la certezza che i testimoni ci sono».

«Perché non hanno portato il filmato alla polizia?», chiede Carlo.

«Ma lo hanno fatto! Ai vigili… come si chiama… polizia locale. Ma qualche giorno dopo quelli hanno comunicato di aver parlato, sì, con la Répici e con il Righi, ma che entrambi hanno detto di non aver visto, di non aver preso la targa della Bmw perché erano sotto choc, di non ricordare… A dar retta a quello che scrive lui, non è che i vigili si siano sbattuti più di tanto…».

«Allora hanno fatto da soli».

«Sì. Prima con le buone. Il diario spiega di come siano andati dalla Répici e dal Righi in coppia, e poi anche singolarmente, e persino con le foto di Margherita, persino quelle del matrimonio… implorando, impietosendo, chiedendo per favore. Quelli niente. A un certo punto del diario, il Rivetti dice che la Répici gli ha riso in faccia. Gli ha detto: caro mio, quello era un delinquente coi fiocchi, e testimoniare contro un delinquente è sempre un bel dito nel culo! E per cosa, poi? La vostra Margherita non ve la rende mica il tribunale!».

«Hai capito, la vedova irreprensibile! Che razza di stronza».

«Eh, già… Il Righi, invece, che forse era un po' meno stronzo, ha confessato di essere stato minacciato, né più né meno, nel corso di quei tre minuti del filmato. Qualcosa come: se parlate siete morti, cose così. Insomma, paura. Lo ha detto prima all'amante e poi al marito, e poi a tutti e due insieme, quando quelli sono andati a trovarlo più a brutto muso».

Un semaforo bruciato. Un delinquente al volante. Un cazzo di balordo fuori di testa che ammazza una tizia e intimidisce due testimoni, che peraltro si fanno intimidire senza fare troppe storie.

Carlo pensa velocemente. Mette in fila le cose. E quello che pensa esattamente è: «Bene, ma io? Io cosa c'entro?».

Lui non era in viale Tibaldi alle 00.21 del 26 febbraio, questo è poco ma sicuro.

Nadia lo guarda e scuote la testa.

Di nuovo l'oste. Sì, adesso i caffè, grazie, dicono i due.

Poi Nadia riparte:
«Il diario non lo spiega diffusamente, fa qualche accenno. Ma insomma, si può capire la rabbia, la frustrazione, l'odio, sì, l'odio, verso quell'assassino sul macchinone, ma anche verso quei due pavidi schifosi che non vogliono rendere giustizia a una donna innocente, che se ne tornava a casa sul suo scooter. Giustizia, rabbia, odio. Per arrivare alla vendetta ci vuole poco. E ormai i due si frequentano, si tengono su uno con l'altro, il Rivetti smette di lavorare, chiude tutto,

vende quello che ha. L'altro non va quasi più nel suo laboratorio di odontotecnico, lascia tutto in mano a un socio. Sono tutti e due come pazzi».

«E prende forma il piano».

«Sì. Passa qualche mese, arriviamo alla settimana scorsa. Dalla Répici ci va il Saputo. L'altro aspetta di sotto, in macchina. Dovrebbe entrare e sparare, come ha fatto con te. Invece perde la calma. La malmena un po', si fa raccontare di quella sera. Lei gli dice che insieme al Righi c'era un altro tizio che se n'è andato a piedi. Lui lo sa, perché si vede nel filmato. Lei dice che il Righi l'ha chiamato. Carlo! Ehi, Carlo! Ma quello niente. La Répici dice di aver ricevuto altre minacce da quello della Bmw. Telefonate di notte. Troia, puttana, dì qualcosa e ti faccio a pezzi. Naturalmente il Saputo non si fa impietosire. È accecato dall'odio, come del resto il suo socio, direi anzi che se lo alimentano a vicenda. Le spara in testa, la 22 l'aveva lui, non dichiarata, ereditata da una zia facoltosa e paranoica. Poi le taglia un dito, con una certa perizia perché è comunque nel ramo medico e simili. Oppure perché è molto incazzato e non esita quando c'è da usare un bisturi».

«Scusa, Nadia, tutto questo è scritto nero su bianco?». Carlo ancora non se ne capacita. La pazzia è un conto. La pazzia scritta, descritta e raccontata…

«Non sto aggiungendo niente. Tutto scritto sul diario, con la biro, in stampatello».

«Bisogna portarlo a Ghioni, a Gregori…».

«Sei tu il capo. Io racconto, tu decidi».

«Ok, vai avanti».

Il pinguino del ristorante, impeccabile, cerca di far capire a quei due perdigiorno che di solito a quest'ora lui si fa una pennica. Che per avere il pesce fresco come l'hanno mangiato loro, lui si alza all'alba, mica come loro che fanno la bella vita. Che alle tre e mezza il ristorante dovrebbe essere sgombro e i tavoli rigovernati. Non dice niente, naturalmente, e anzi fa un segno da amicone, no, no, non c'è problema, che in realtà vuol dire: vi levate dai coglioni, sì o no?

Carlo paga ed escono.

Nadia vede il conto e ride. Ha l'aria di una risata isterica che contiene senso dell'assurdo, la conferma che Carlo è un cretino, una maledizione verso le creature del mare, tutte, e verso chi le serve in tavola, e un barlume di cara, vecchia lotta di classe. Per una cifra così, di solito, deve lavorare due settimane.

«Sei un coglione», gli dice. «Comunque grazie».

Lui le mostra la ricevuta mettendo l'unghia del pollice sotto la voce «vino», la sua Ribolla gialla. Colpita e affondata.

Nadia abbassa gli occhi:

«Scusa, ma quel vino era... una specie di funerale».

«L'avevo capito», dice Carlo. «Ma non un funerale... Un brindisi di addio».

Poi passeggiano piano verso la macchina.

Carlo vuole sapere.

«Vabbè, comunque, non per fare la star, ma io quando arrivo sulla scena?».

Nadia ride.

«Tu sei l'errore della sceneggiatura», dice. E continua. «La sera dopo, dal Righi va il Rivetti. Non so perché si siano dati il cambio nelle esecuzioni».

«Per essere complici fino in fondo», dice Carlo.

«Può darsi, lui non lo spiega. Insomma. Lui teorizza che non bisogna perdere tempo, non bisogna fare come nei film che si chiacchiera, si chiacchiera, e poi la vittima sfugge all'assassino. Così entra e gli spara subito, a quel Carlo che se n'è andato all'inglese ci hanno rinunciato. Fa il suo lavoro delle dita. Prende quello della Répici e lo infila nel culo al cadavere, poi taglia quello del Righi e lo mette nel barattolo. Dice di aver preso del ghiaccio nel freezer perché quello che aveva portato lui era quasi sciolto».

«Roba da pazzi».

«Poi, quando il morto è morto, dà un'occhiata in giro. Non una perquisizione, giusto un'occhiata. Trova una cartellina azzurra e dei fogli dentro. Leggiucchia qui e là, finché non gli casca l'occhio sulla stampata di una mail…».

E a questo punto, Nadia tira fuori dalla tasca del vestitino leggero un foglio piegato in quattro.

Carlo legge:

Caro Righi,
le dico ancora una volta: non intendo in nessun modo testimoniare. Quelle cause lì le conosco bene, sono solo

immense seccature, tempo buttato, e poi, nel caso, vendette
e rappresaglie. E farebbe bene anche lei a lasciar perdere,
non ha niente da guadagnare, come le ho già detto.
Per me la questione finisce qui e non ne parliamo più.
Saluti.
Carlo Monterossi.

Volete il fermo immagine? Ecco Carlo Monterossi
pietrificato sul marciapiede di corso XXII marzo. Immobile come un setter che vede una quaglia e fa la
punta. Ghiacciato, frozen, sottovuoto.

Non si ricordava di avere usato quel tono, col povero Righi. Ovvio che quella non sarà stata l'unica
mail. Prima l'avrà detto con le buone, poi un po'
spazientito. Questa che Carlo tiene in mano – una
mano che trema un po', a dirla tutta – era evidentemente l'ultima fermata della via crucis, quella in cui
lui stesso comunicava, con rispetto parlando, che
quel Righi gli aveva proprio rotto i coglioni, e di la-
sciarlo in pace.

«Porca puttana!», dice.

«Sì, giusto. Che causa era?».

«Ma una follia!... sai quelle belle sagre con Ka Millo,
il rapper non udente? Ecco, 'sto Righi si sbatteva per
invitare gente della tivù. Qualcuno gli aveva detto,
ma sì, va bene, ci vengo a Vaffanculo di Sotto a fare
il tuo spettacolino, probabilmente per levarselo di
torno, ma poi figurati se ci andavano veramente. Lui
si era messo in testa di far causa a 'sti deficienti, e io
avrei dovuto testimoniare... l'avrà chiesto anche ad

altri... questa mail in particolare non me la ricordavo, ma dev'essere l'ultima di una serie, perché mi sembrava di esser stato... ehm... più gentile? Meno esplicito? Fai tu».

«Ma lo vedi che storia?», dice lei. «... E comunque hanno fatto due più due. Un Carlo che si allontana a piedi dal luogo del delitto, un Carlo che dice io non testimonierò mai, tra l'altro con nome e cognome...».

«Bingo!».

«Ecco!», ride Nadia. «E se ti dicessi che non è finita?».

«Cioè?».

«Cioè i due sanno chi è il pirata».

«E come?».

«Ci arrivo».

Oh, no! Ancora due riprese! E perché il gong non suona?

Carlo si sente così. Troppe botte in un colpo solo. Troppe cose a cui stare attento.

Ma Nadia va avanti come un treno:

«Quando il Saputo scappa da casa tua con gli occhi che bruciano e una ferita al sopracciglio, i due litigano di brutto. C'è tutto, nel diario. Sai quelle sfide tra complici, ho fatto di più io, no, ho fatto di più io, tu hai fallito, l'idea è stata mia... cose così... ecco, il Saputo sbrocca e dice: io lo so chi è, lo so, chi è il porco, l'assassino della nostra Margherita. Perché mi ha contattato. Mi ha detto di non rompere più il cazzo con 'sta storia... Insomma, quando l'assassino della

Bmw lo chiama per intimidire anche lui, lui che è pazzo di dolore e forse è anche pazzo e basta, lo sfida. Gli dice: i testimoni non sono più un problema, e adesso tocca a te. Allora quello fa un altro gioco. Gli offre dei soldi. Forse pensa che la scomparsa dei testimoni faccia gioco anche a lui, o forse vuole solo tendergli una trappola. Fatto sta che si presenta, nome e cognome, e questo è abbastanza incomprensibile. E gli dà un appuntamento».

Carlo ha come la sensazione che qualcuno abbia sciolto dell'acido negli acquedotti, ma anche che se lo siano bevuto tutto quei due. Ne ha visti di matti da legare, ma questi qui...

«E...?», chiede.

«E allora decidono di incontrarsi. Forse i due pensano di farlo fuori, ma quello è più bravo, più furbo, e soprattutto non è un dilettante».

L'Ok Corral nel parcheggio di San Siro, di notte...

«Quando due uomini con una pistoletta grossa così incontrano un uomo con un cannone che ti apre la testa come un melone...».

«Esatto», dice Nadia, «ha vinto lui. Due a zero».

«Cazzo che storia», dice Carlo. Non è che ambisca al premio per la battuta più arguta, intendiamoci. Ma per ora dovrete accontentarvi, gli viene solo questa.

«Sergio De Magistris», dice lei.

«Eh?».

«Lui, il nome. Il killer della Bmw, e a questo punto

anche il... come dicono i giornali? Il killer di San Siro.
Insomma, il porco grosso».

Restano in silenzio per un po'. Carlo guida piano
per raccogliere le idee.

Poi prende una decisione:

«Va bene, torniamo in via Cusio, prendiamo tutto
e lo portiamo in questura. Magari è la volta che faccio
pace con le istituzioni senza macchia e senza paura,
quelli che proteggono il cittadino addormentandosi
sotto casa sua».

«Devo venire anch'io?», chiede Nadia. Ne ha voglia
come un gatto ha voglia di fare il bagno.

«Direi di sì... ti pago, no?».

«Che stronzo!».

«Dai, Nadia, hai risolto un caso in un giorno...
quelli ci metterebbero due tre anni... vieni a fare un
po' la figa, tipo Miss Marple ma giovane... ti presento
una poliziotta...».

«Ora non esagerare», dice lei. Non sta scherzando
affatto.

Carlo posteggia miracolosamente al primo giro e attra-
versano il cortile verso il laboratorio del fu Franco Rivetti,
buonanima, ma anche no, anche bel pezzo di merda.

Solo che la porta è aperta.

«L'avevi chiusa?».

«Sì».

«Sicura?».

«Ma vaffanculo!».

Ecco, così impara a far domande importune alle ragazze.

Scendono di corsa i pochi gradini che immettono in quell'immondezzaio elettrotecnico e capiscono subito che qualcuno ha frugato dappertutto. I cassetti della scrivania sono stati divelti, estratti, il contenuto sparpagliato ovunque. Il quaderno-diario con la confessione-ricostruzione del Rivetti non c'è più. Il computer è sventrato, lo schermo frantumato, il disco fisso scardinato dalla dock station e scomparso anche lui.

In più, Nadia geme come una primipara in sala parto.

«Il mio iPad!», dice.

Oh, tranquilli, dice anche altre cose. Come per esempio:

«Cazzo, cazzo, cazzo, il mio iPad, porca puttana, bastardo assassino del cazzo, pezzo di merda, il mio iPad!...».

Poi apre il Mac che ha portato con sé sotto il braccio tutto il tempo, lo accende e attiva un programma.

Una lucina blu compare sulla pianta di Milano. Corre veloce sulla cartina, sorpassa piazzale Maciachini, poi prende via Fermi, poi si ferma, forse un semaforo rosso... Poi scompare.

«L'ha spento! L'ha spento, lo stronzo!».

Gli occhi di Nadia non sono più verdi, non sono più grigi. Sono due fessure di odio e rancore che non promettono niente di buono.

«Vieni», le dice Carlo, «dobbiamo calmarci, andare alla polizia».

Lei: «Avevo delle foto, là dentro». Piange di rabbia.

Carlo Monterossi, l'Uomo Delicato, capisce il problema, eh, non è che vuole sembrare insensibile. Sa tutto, intendiamoci, e soprattutto sa cosa fa fare l'amore, come dice Flora De Pisis.

Fa stringere alleanze tra il marito e l'amante della moglie, trasforma brave persone in pazzi assassini, fa gemere wonder woman al pensiero di perdere la foto dell'amata, che tra l'altro è stata persa pure lei, sì, l'amata che è andata via con un uomo, nientemeno...

Insomma, tutto molto bello, e istruttivo, e in qualche modo romantico.

Però, ecco, pensa Carlo: cerchiamo di restare lucidi. «Andiamo», dice.

Ormai sono le cinque passate, per cui i due chilometri in linea d'aria che li separano da via Fatebenefratelli possono diventare una tappa della Parigi-Dakar a passo d'uomo. Così Carlo fa il giro largo, prende la circonvallazione interna, gira intorno alla Stazione Centrale, poi via Vittor Pisani, poi...

Poi il lunotto posteriore della macchina esplode, la coda di una cometa fatta di quadratini di vetro comincia a volare dappertutto, il retrovisore interno decolla e rotea nell'aria come un boomerang, insieme alla scatoletta grigia del Telepass, che si disintegra. Il parabrezza non ci sta a fare la figura di quello che passa di lì per caso, e va in mille pezzi anche lui. Altre schegge, altro vetro che vola. Nadia si piega con il busto sulle gambe come una che fa gli addominali in palestra, le mani sulla testa. Carlo si butta su di lei, perché avendo davanti il volante non può fare la stessa mossa. La macchina va da sola finché sbatte contro qualcosa che non possono sapere e l'air-bag del posto di guida scatta colpendo Carlo alla spalla, proprio mentre si sentono altri spari e il finestrino sinistro, quello dove un secondo prima stava la sagoma della sua testa, esplode anche lui, e altri vetri fanno il girotondo. Sentono una botta da dietro, segno che la macchina che seguiva non ha fatto in tempo a frenare.

Poi clacson, rumori vari, grida, luci intermittenti, portiere che sbattono, mani che li prendono, prima Carlo che copre Nadia, poi lei, che sta piegata in avanti, accartocciata a coprirsi le ginocchia e il Mac.

Nadia ha del sangue sulla faccia, anche Carlo, ma è quasi sicuro che siano stati i vetri. Con i piedi sull'asfalto tenta di mettersi dritto e sente un dolore lancinante alla schiena: nel movimento spasmodico che l'istinto gli ha dettato, la canna della Glock gli ha fatto un taglio profondo appena sopra l'osso sacro. Bisogna dirglielo, a quelli della National Rifle Association, che le armi fanno male.

Nadia è in piedi come in trance.

«Sto bene», dice. «Sto bene… sto bene… sto bene…».

Poi schiaccia la fronte sul petto di Carlo, sempre con il Mac stretto tra le braccia, un intruso tra loro, e comincia a piangere come Carlo non ha mai visto piangere nessuno.

È la seconda volta in due giorni, pensa Carlo.

E anche: magari diventa un lavoro a tempo pieno.

Ventisei

Clinton parla con il giovane Helver.

«Hai un motorino?».

Quello sgrana gli occhi:

«No».

«Adesso ce l'hai».

Si incammina attraverso il campo con il ragazzino che gli trotta dietro.

Un Piaggio grigio sporco, mezzo ruggine, con uno specchietto rotto, nascosto dal furgone bianco. Oddio, bianco...

Il sorriso di Helver, invece, è bianchissimo.

Però lui sa. I regali non esistono. Al massimo premi. E i premi vengono dopo, non prima. Quindi... investimenti. Non saprebbe come dirlo a parole, ma il concetto è chiaro.

Clinton gli fa vedere una foto. Una faccia in una foto. Gli spiega cosa deve fare, di stare attento. Glielo spiega piano. Non vuole spaventarlo, ma nemmeno che quello lo prenda per un gioco.

Il ragazzino annuisce.

Clinton gli fa una domanda:

«E il coltello, te lo porti?».

Quello soppesa i pro e i contro, sa che è una specie di esame.

«Sì», dice.

«Bravo zingaro», dice Clinton, e gli dà un pugno sulla spalla. Piano.

Ventisette

Aspettano in macchina, gli occhi sulla porta del risto-rante. Dopo un po' diventa una seconda natura. Stare attenti ma senza averne l'aria. Chiacchierano come due amici che si scambiano le ultime parole prima che uno scenda e l'altro prosegua verso casa. Lo fanno da un'ora, ma non gli pesa: l'appostamento è un'arte che si conquista e si affina piano piano, questione di ore di volo, di abitudine, di non avere fretta, di non contare i minuti.

Serve solo un posteggio largo, in modo da uscire al volo, senza perdere tempo con le manovre quando è il momento. A Milano non è facile.

Poi li vedono uscire. Un gruppetto, strette di mano, saluti, ci vediamo.

Avvocati.

Il loro, di avvocato, si avvia alla macchina con una bionda sulla quarantina, tailleur, tacchi giusti, colori a posto, una da catalogo, alta gamma, forse è quotata in Borsa.

Salgono su un Suv Lexus che è facile seguire, perché dietro, ad ogni frenata, si illumina come un albero di Natale, o come quei tir con Padre Pio, i neon, le luci stroboscopiche al posto degli stop.

Loro, dietro.

Non c'è traffico.

«Se riesce a portarsela a letto dobbiamo rimandare», dice il biondo.

«Non mi sembra il tipo», dice l'altro.

«Lui?».

«Lei».

La Lexus si ferma davanti a un portone elegante di via Vincenzo Monti. La signora scende, lui aspetta che entri nel palazzo e riparte.

Loro, dietro.

Sono sciolti e rilassati. Recuperano un po' di adrenalina quando quello si avvicina a casa, un bel palazzo in via De Amicis. Allora lo superano, parcheggiano e scendono, mettendosi in un cono d'ombra dove il buio è un po' più buio.

La Lexus arriva, si alza la sbarra e la rampa che scende verso i box inghiotte la macchina. Loro dietro, a piedi.

Quando l'avvocato spegne il motore e fa per slacciare la cintura, aprono le portiere e saltano dentro. Il biondo sul sedile del passeggero, l'altro dietro.

«Cucù», dice il biondo.

Il socio non dice niente.

L'avvocato Ferdinando De Rosa non muove un muscolo della faccia, non mostra sorpresa e nemmeno paura. Volta appena la testa per guardare il biondo e sbircia nello specchietto per vedere quell'altro.

234

«Ho un po' di contanti e l'orologio», dice. Nient'altro. È una provocazione per vedere quanto sono nervosi. Lo sa che non sono balordi.

«Capito?», dice il biondo. «Adesso siamo ladri di orologi».

Quello sul sedile dietro non dice niente. Fa il misterioso. Anzi di più: fa un rumore inconfondibile, sa che l'avvocato lo può riconoscere, ed è un rumore meccanico che contiene tutti i discorsi del mondo, dall'invenzione della polvere da sparo in poi.

Il click del cane di un revolver che si alza.

È una cosa che di solito mette i brividi.

Invece l'avvocato De Rosa continua a non fare una piega. L'uomo di marmo.

Il biondo apre il cassetto del cruscotto davanti a lui e tira fuori una Beretta calibro nove bifilare.

La passa a quello dietro.

«Il made in Italy che trionfa nel mondo», dice.

«Metti le mani sulle cosce e non muoverle più», dice quello dietro.

L'avvocato esegue con movimenti lentissimi. Si vede che sa come si fa, e che non è la prima volta. Bene. I casini, di solito, li fanno i dilettanti.

Il biondo gli prende la cravatta, una cosa di seta di Hermès, peccato che sia gialla, e la passa tra le razze del volante, come se giocasse, come se facesse un po' il bullo.

Poi tira di scatto verso il basso.

La testa dell'avvocato schizza in giù e batte forte

sul volante. Il naso. Solo un po' di sangue. Peccato per gli interni color panna della Lexus.

Continua a non dire niente, ma ha un po' di acqua negli occhi. Deve fare un male cane, una nasata così.

Ora tocca al socio.

«Parliamo qui, saliamo su e parliamo in casa, oppure non parliamo per niente e tra due giorni c'è il funerale».

«Parliamo qui», dice quello.

«Cerchiamo un tuo cliente», dice il biondo.

«Un certo De Magistris. Sergio De Magistris, non so se hai presente», dice il socio.

«Segni particolari, non è un genio».

«Sappiamo che gli hai salvato il culo, qualche volta».

Fa per toccarsi il naso e pulirsi il sangue, ma il socio, alle sue spalle, gli appoggia la canna della 38 dietro un orecchio.

«Tieni le mani sulle cosce», dice.

«Trentotto canna corta, grilletto sensibile. Se il mio amico spara ora, per il riconoscimento i tuoi parenti dovranno andare in tre ospedali diversi... Non preoccuparti, non è un tipo nervoso», dice il biondo.

«Dipende», dice l'altro.

L'avvocato fa un sospiro.

«Va bene, risparmiatemi lo spettacolino».

«Dai, avvocato, facci andare a letto presto».

«Non lo so dov'è il De Magistris. Non siamo in contatto. L'ultima volta che l'ho visto era per fare una visita alla sua ragazza, in carcere... no, in stato di fermo. Si è beccata cinque mesi per lui. Lui si sarebbe fatto tre o quattro anni, per i precedenti, quindi sembrava uno scambio equo».

«Equo per lui», dice il biondo.

L'avvocato alza le spalle.

«Come ti ha pagato?».

«Non mi ha pagato».

«Ah, fai beneficenza? Bravo. E perché a uno stronzo simile e non alla Caritas?».

«È un po' più complicata».

«E tu spiegacela».

«Non è esattamente un mio cliente».

«Non dire cazzate, avvocato. I tentati omicidi che diventano aggressione, gli etti di coca che diventano uso personale, sono cose che costano care».

«Non ho detto che lavoro gratis, ho detto che non mi paga lui».

Il biondo si gira verso il suo socio.

«Hai capito? Facciamo gli indovinelli, è un quiz!».

«Eh, sì», dice il socio, «a me piace quella roba lì, li vedo sempre in tivù. E tu cosa scegli, De Rosa, pallottola numero uno, pallottola numero due o pallottola numero tre?».

«Se scegli la due, la uno è in omaggio», dice il biondo.

Un altro sospiro.

«Va bene. Allora sentite bene. Io non difendo il De Magistris, anzi di lui so pochissimo. La faccenda di quella Marzia... Senzapane, mi sembra... è stata un incidente, un fuoriprogramma, ecco. Quando l'ho

237

difeso è stato perché altrimenti ci finivano in mezzo altre persone, io difendevo loro. Diciamo... reato connesso. Del De Magistris non si fida nessuno. Sembra un duro, ma se finisce dentro non regge, potrebbe dire delle cose... inventate, naturalmente...».

«Naturalmente...».

«... E comunque il modo migliore perché il De Magistris non faccia certi nomi è tenerlo fuori dai guai... Per quanto possibile, perché è una bella testa di cazzo».

I due riflettono. In fondo ci sta. A volte si difende gente perché non faccia più danni dentro che fuori.

«E chi sono i gentiluomini che difendevi tenendo De Magistris fuori dalla merda?».

«Militanti».

«Militanti di cosa?».

«Militanti della destra rivoluzionaria».

«Ah, c'è una destra rivoluzionaria?», dice il biondo.

«Però! Credevo che fossero solo dei deficienti senza i capelli».

Silenzio. Pensano.

«E quindi, diciamo che tu conosci qualcuno che conosce De Magistris, e adesso ci dici qualche nome, e magari, siccome ormai siamo intimi, anche qualche indirizzo, e noi ce ne andiamo per la nostra strada».

«Posso sapere cosa volete da lui?».

«Affari», dice il biondo.

«Sì, affari nostri», dice quell'altro.

De Rosa è uno che pensa in fretta e ha già fatto due calcoli.

Ma i due pensano più in fretta di lui.

Parla quello dietro. Sempre con la pistola a un centimetro dall'orecchio dell'avvocato.

«Ora ti dico cosa stai pensando», dice.

«Lui legge nel pensiero», dice il biondo.

«Ecco cosa stai pensando, avvocato. Anzi, cosa penserei io se fossi in te. Penserei che se questo De Magistris è davvero quello che dici tu, cioè una specie di dito in culo per i tuoi camerati, che invece sono dei piccoli lord, forse se qualcuno lo tira giù dalle spese non è un cattivo affare. Cioè, nel caso che questo Sergio avesse un incidente, non ti ci vedo a mandare i fiori e andare al funerale. Quindi, quello che penserei se fossi in te è questo: questi due signori…».

«Questi due ometti niente male, anche…», dice il biondo.

«…Potrebbero farmi un favore, se trovano lo stronzo. Io non devo più correre a difendere uno che non mi paga e che rischia di mettere nei guai i miei amichetti del Terzo Reich, e sono sicuro che là dove finisce di nomi non ne fa».

«Giusto, là dove finisce al massimo ti dà i numeri del lotto, se sei uno che sogna».

«Puoi anche darci un nome fuori dal tuo giro», dice il biondo. «Noi non ci occupiamo di politica».

Possono vedere il cervello di De Rosa che lavora.

«Posso fare io una domanda?», dice.

«Prego, avvocato, noi siamo aperti al dialogo».

«Il De Giorgi... siete stati voi?».

«Chi?», dice il biondo.

«Dici quel nazistello morto dissanguato in casa sua?», chiede il socio.

«Bisogna stare attenti con le lamette... io lo dico sempre... compra un rasoio elettrico!», dice il biondo.

«Ti sembriamo gente da armi da taglio?», chiede il socio.

«No, a noi ci piace fare bum!».

«Allora non siete i soli che cercano il De Magistris».

«Dice il giornale che quella lì è roba vostra, una cosa interna... come dici tu? Ah sì, interna alla destra rivoluzionaria».

«Chi lo sa, magari non faceva bene il passo dell'oca...».

«Cazzate», dice l'avvocato.

Ancora silenzio. I due pensano all'eventualità di non essere soli nella caccia. De Rosa pensa a come levarseli di torno. Sono gente sveglia, perché il ragionamento di liberarsi del De Magistris aiutando qualcuno che lo vuole morto non è male. Però non quadra con lo scannamento del De Giorgi... e poi è sempre un rischio.

Decide di correrlo.

«Ermanno Dapré», dice l'avvocato.

«Che sarebbe?».

«Tuo zio?».

«Ha una casa di produzioni video, dvd, internet, quella roba lì. In via Soperga, vicino alla stazione. Il De Magistris è in affari con lui, cioè, ho sentito dire che ha comprato una quota della società. Socio di minoranza. Quella coca con cui ha incastrato la Senzapane era l'ultimo lotto di una partita più grande, e lui aveva venduto bene…».

«E tutte 'ste cose come le sai, te le ha dette la Gestapo?».

«Voci che girano… Insomma, aveva dei soldi, per una volta, e ne ha messi un po' lì. Non so altro. Ma se fa affari con questo Dapré, lui saprà dov'è, o come trovarlo. State tranquilli che se qualcuno deve dargli dei soldi il De Magistris si fa trovare…».

«Eh, l'animo umano…», sospira il biondo.

«Credo che abbia piazzato lì anche un suo uomo, non so, fatto l'investimento vorrà qualcuno che controlla gli affari…».

«Nome».

«Dante, non so altro. Sono solo voci».

«E come si chiamerebbe 'sta ditta che fa i filmini?», chiede il socio.

«Peace and Love».

«Bello! Dobbiamo vestirci da hippies?», dice il biondo.

«Vediamo se ci prendi per il culo», dice l'altro, e gli passa il suo iPhone. Con la sinistra, perché con la destra punta sempre la pistola. Il biondo apre il motore di ricerca e digita quattro parole: peace love video soperga.

«Niente», dice. «Ce n'è uno in California, però!».

«Provate con Piss & Love» dice De Rosa. «P, i, due esse».

I due si guardano. Il biondo digita: piss love video soperga. Poi legge ad alta voce:

«Piss & Love, produzioni video, casting, videochat, dating, via Soperga 31, 20126, Milano... bravo avvocato».

«Se poi ci hai fregato, magari torniamo», dice il socio.

«Se qualcuno può trovarlo fuori dai miei giri è quello lì, il Dapré».

Un cenno invisibile.

«Metti le mani sul volante», dice quello dietro. E gli spinge la canna della pistola forte contro la nuca.

«Sulle dieci e dieci», dice il biondo, «come a scuola guida».

Poi tira fuori due fascette di plastica, di quelle per unire i cavi elettrici, e gli lega i polsi al volante.

Il socio toglie il caricatore alla Beretta e se lo mette in tasca. Controlla che non ci sia il colpo in canna. Scende e appoggia la pistola sul tetto della Lexus.

«Beh, noi andiamo...», dice il biondo.

«Bella macchina», dice quell'altro.

Ventotto

«Non posso lasciarvi soli un attimo».

Oscar Falcone attraversa la grande stanza del pronto soccorso, allarga le braccia e li guarda come un padre può guardare due bambini che si sono sbucciati le ginocchia, un po' doloranti e un po' mortificati.

Nadia non ha segni sulla faccia, ma le mani, quelle con cui si copriva la testa mentre l'aria si faceva di vetro polverizzato, sono piene di piccoli tagli, per cui è tutta istoriata di tintura di iodio come le donne arabe che si dipingono con l'henné.

Ha gli occhi grigi, siede composta su una seggiola scomoda, sempre tenendo in grembo il suo Mac. Ogni tanto lo apre, guarda qualcosa, scuote la testa e lo richiude.

Carlo ha un taglio accanto al sopracciglio destro, sei punti di sutura e un cerotto grande come la provincia di Sondrio, un polso lussato che pulsa tipo il basso di una band heavy metal e la spalla sinistra di un bel blu cobalto che diventerà presto nerofumo. L'air-bag. In sostanza, la ferita più grave è quella che si è fatto da solo, qualche centimetro sopra il sedere, con la sua stessa pistola, il che abbassa un po' la cresta al suo ego da lone ranger.

Prima le ragazze.

Oscar si avvicina a Nadia e le fa una domanda con gli occhi, lei risponde con un cenno negativo. Lui estrae dalla tasca un iPhone e glielo consegna.

«Controlla con questo», dice, «è più semplice».

Lei non parla, annuisce e dice grazie con gli occhi. Sempre grigi, ma non come la carrozzeria di un'Audi. Si direbbe piuttosto come la lama della ghigliottina.

Poi si mette a smanettare per settare il telefono, con gesti rapidi come quelli dei cinesi che usano il pallottoliere. Non c'è niente da fare, pensa Carlo, questi qui sono nati sotto un Commodore 64, mica come noi che abbiamo dovuto scoprire il fuoco e scheggiare le pietre.

Poi tocca a lui. Carlo Monterossi, l'Uomo Sparato.

«Ho sistemato le cose con la macchina», dice Oscar. «Ci vorrà del tempo perché la Scientifica l'ha messa sotto sequestro, ma domani ti danno una sostitutiva anche se è domenica. Ho detto di portartela a casa in mattinata... Ah, stai attento perché non ha i vetri antiproiettile».

Spiritoso, ma non ride nessuno.

Il vicesovrintendente Ghezzi, con un bicchierino di plastica in mano, li guarda dal corridoio. È vestito da prete. Non con la tunica, no. Clergyman impeccabile, sorriso del tipo la pace sia con voi e occhiali un po' antiquati con la montatura d'osso. Carlo cerca di immaginare quale missione da Serpico lo costringa a infiltrarsi nei torbidi ambienti delle sacrestie o degli oratori, ma naturalmente non ci riesce.

Più che proteggerli, comunque, sembra controllarli. E in ogni caso ha l'ordine di impacchettarli con un bel fiocco e consegnarli a Gregori appena i medici diranno che non moriranno entro poche ore.

Poi Oscar si china davanti alle loro sedie. Nadia l'ha ragguagliato sommariamente per telefono mentre medicavano Carlo. La versione corta, perché anche lei sa che la recita vera, quella col vestitino, il pubblico e la maestra cattiva deve ancora arrivare.

Il giovane Falcone si accoccola davanti a loro sedendosi sui talloni, una posizione che voi non reggereste per più di venti secondi, il tempo di chiamare qualcuno in soccorso per rialzarvi.

Bisbiglia:

«Marzia Senzapane, via dei Transiti 8, terzo piano. Era la donna di 'sto De Magistris, o è... non lo so. Si è fatta un po' di galera per lui, è uscita da poco. Secondo i miei calcoli dovrebbe essere parecchio incazzata, è tutto quello che ho trovato. Cerco ancora...».

Poi tace e si rialza, perché il vicesovrintendente don Ghezzi si sta avvicinando.

Nadia guarda Oscar negli occhi e annuisce. Che vuol dire: grazie, ricevuto.

Carlo invece fa la faccia di quello che si è trovato una testa di cavallo nel letto. Cioè: li hanno seguiti, gli hanno sparato – a lui due volte, tra l'altro –, li hanno messi in un frullatore con dei vetri, probabilmente li cercano ancora, forse gli spareranno di nuovo, e per la legge dei grandi numeri prima o poi facendo centro... e quei due, Nadia e Oscar, non pensano nemmeno per un secondo di mollare il colpo. Di andare al mare, in montagna, in un monastero tibetano, in Svizzera, a Vancouver, alla pensione Aurora di Martinsicuro, in Abruzzoland. O di sparire per qualche mese. O di correre a casa di qualche parente e murarsi in cantina. O di dire alla forza pubblica che serve e protegge il cittadino, beh, gente, pensateci voi.

Com'è possibile?

Carlo si rimette in sesto la faccia e non dice niente, perché arriva un medico con i fogli dei referti e delle dimissioni, e li manda via.

Salutano Oscar e don Ghezzi li prende in consegna, sui sedili di dietro di un'Alfa che qualcuno ha lavato appena prima dell'attentato di Sarajevo. Forse l'ha lavata direttamente Gavrilo Princip prima di far secco l'arciduca, chissà.

Dal pronto soccorso, che sta sui bastioni di Porta Nuova, alla questura, che sta in via Fatebenefratelli, ci vogliono meno di tre minuti. Due e mezzo, se guida un reverendo che non bada a cose terrene come semafori e stop.

È abbastanza per permettere a Carlo di vedere che su Milano c'è un tramonto rosa, che la luce di taglio allunga l'ombra dell'arco di piazza Cavour, e per ricordarsi la voce di Dylan che canta quel vecchio pezzo di Curtis Jones:

Well, if I should die 'fore my time should come,
and if I should die 'fore my time should come,
won't you bury my body
out on Highway 51?*

* Bob Dylan, *Highway 51 Blues*: «Se dovessi morire prima del tempo, / e se dovessi morire prima del tempo, / seppellirete il mio corpo / sull'Autostrada 51?».

Ventinove

Escono in quattro da un portone e si fermano a chiacchierare piano. Dopo un minuto escono altri due, uno alto alto, magrissimo, e una ragazza coi capelli rasati. Sono rasati sulla testa anche gli altri, non tutti.

Gli Zyklon B.

Quello alto ha i capelli normali, nessun segno visibile di tatuaggi, una maglietta bianca con una chitarra e la scritta «Gibson way of life».

Il gruppetto se ne va, lui rimane con la ragazza. Pochi minuti ancora. Un bacio veloce e se ne va anche lei, sale su un motorino, si allaccia il casco e sparisce.

Lui rientra nel portone.

Helver ha fatto un buon lavoro.

Clinton sta facendo dei progetti su quel ragazzino. Se gli andasse di girare l'Europa...

Seguono il tipo alto alto dentro il portone, ma quello invece di salire le scale attraversa un cortile e va verso le cantine. Lo seguono ancora senza fare il minimo rumore.

Poi entrano dietro di lui in uno stanzone imbottito. Piccole piramidi di gommapiuma grigia su tutti i muri, tanti cavi per terra, qualche sedia, puzza di fumo vecchio e di marijuana, lattine di birra, due chitarre elettriche, un basso, una batteria, un piccolo mixer.

Il regno di Stringa.

«Bene, bene, bene», dice Clinton chiudendo la porta alle sue spalle. Ha le piramidi di gomma piuma anche lei. È un posto dove si può anche gridare, si direbbe.

Ma il tipo alto alto non grida. Rimane a bocca aperta e guarda i due zingari, mentre cerca di capire cosa succede.

Allora parla Hego.

«Siediti».

La sedia non ha braccioli, così le gambe del ragazzo finiscono legate con il nastro adesivo alle due gambe anteriori della sedia, e le mani invece impastoiate dietro la schiena, sempre con due giri di nastro adesivo.

Quello sulla bocca non serve.

Non servono i racconti di Hego, non serve che Clinton gli faccia l'elenco delle fantasiose torture delle terre dell'est.

Perché questo è più sveglio di quell'altro, e capisce al volo.

«Io non c'entro niente!», dice tentando di non fare incrinare la voce, che però si incrina lo stesso.

«Hai paura?», chiede Hego

«Sì».

«Fai bene», dice Clinton.

«Cerchiamo Sergio. Sergione. È un tuo amico, no?».

«No... non proprio... Sergione non è amico di nessuno».

Si vede che sta pensando. Allora sono questi qui che hanno ammazzato Cosimo. Come un cane, lasciandolo morire nel suo sangue. Sta riflettendo su come non fare la stessa fine.

La polizia gli ha fatto qualche domanda, cercavano di capire se De Giorgi era stato ammazzato dai suoi o da qualcun altro. Lui aveva escluso la pista politica: quei coglioni dei centri sociali al massimo ti danno una mazzata, ma non vengono a sgozzarti in casa. E tra i camerati nessuno ce l'aveva con Cosimo, che anzi era considerato uno in gamba, stimato, tutto d'un pezzo. Doveva essere qualcos'altro, ma cosa?

Ora si risponde: questi qui.

E cercano Sergione, quell'animale.

Sta pensando un modo di darglielo e salvare la pelle.

«Come ti chiami?».

«Cesare... Cesare D'Anna».

«Anni?».

«Ventiquattro».

«Non sei un po' giovane per bruciare donne e bambini?».

«Io non ho fatto niente!».

«Raccontaci la sera al campo».

Lo lasciano parlare.

Lui aveva smontato nel pomeriggio e l'aveva chiamato il De Giorgi. Sergione cercava qualcuno per un lavoro e a lui servivano un po' di soldi. Gli mancava poco per il basso nuovo, risparmiava da settimane... Io quelle cose lì non le faccio, aveva detto. E quell'altro: le cose le facciamo noi, ci serve solo uno che fa il palo, che sta attento se arriva qualcuno, che fischia forte se vede un lampeggiante. In un'ora andiamo e torniamo ed è tutto finito.

Lui aveva detto di sì.

Sergione non gli piaceva, non piaceva a nessuno, tra l'altro. Ma mille euro così facili non erano da buttar via, e non doveva fare male a nessuno. E poi con quelle azioni lì... zingari, negri, insomma, non è che fosse contrario...

Non si censura, non tace niente. Sa che con quei due non servirebbe. Però ci tiene a dire che lui non ha sparato, non ha tirato le bottiglie, non ha fatto niente. Ha pedinato quei due – Sergione in macchina, l'altro col vespino del fratello, lui col motorino della sua ragazza – e ha solo eseguito gli ordini. Ha guardato che non arrivasse nessuno. Dice proprio così:

«Ho solo eseguito gli ordini».

Hego sorride. Quella frase...

Clinton dice:

«I nostri ordini sono di trovare questo Sergione. Se ci aiuti ce ne andiamo, se no...», allarga le braccia come se dicesse... ordini.

Hego sorride di nuovo.

«Io non so dove trovarlo... Sergio è un cane sciolto... a me mi ha chiamato De Giorgi, Sergione... So che ha una ragazza! Sì, la ragazza... Ecco! Lei vi può dire...».

Quelli lo gelano:

«Sì, lo sappiamo già», dice Clinton.

«Devi dirci qualcosa di più», dice Hego.

Adesso quello ha paura davvero. Non sa come, ma si è convinto che qui le scorciatoie non servono. O gli dà una pista vera o fa la fine del suo amico. Gli fanno male le spalle perché le braccia tirano dietro la schiena, un formicolio nei polsi, le mani non le sente più.

Hego sa che il ragazzo ha capito tutto, ma sa anche che non è ancora pronto.

Parla con la voce calma, come sempre:

«Dicci perché odi gli zingari», chiede.

Quello esita.

«Allora?», dice Clinton.

Quello parte timido...

«Rubano...».

«Tutto qui?», dice Hego, come stupito.

«Rubano e sporcano... non lavorano... gli danno le case popolari e noi italiani facciamo la fame! Fanno un sacco di mocciosi... e li manteniamo noi, con le nostre tasse!».

Bene, si sta scaldando.

«E rubano anche i bambini, vero?», dice Clinton.

«Questo non lo so... ma si dice, sì, si dice anche questo! Sì, rubano i bambini!», ora è proprio esaltato.

Ha perso il controllo. L'odio fa di questi scherzi. L'odio ti fotte.

Hego parla ancora piano, sembra divertito:

«Fanno tanti bambini e poi vengono a rubare i vostri?».

Ora il ragazzo è confuso. Non capisce. Perché non gli fanno domande su Sergione? Cos'è questa recita?

Clinton tira fuori dalla tasca il suo coltello.

«Tu non gli devi niente a Sergione, perché non ci dici qualcosa che ci fa contenti? Il basso nuovo ce l'hai, puoi suonarlo per tutta la vita se ci dici qualcosa...».

Nessuno conta il tempo, ma le gocce di sudore che rigano la faccia del ragazzo sono come la sabbia di una clessidra.

Poi gli passa una luce negli occhi. Un lampo.

«Sì, una cosa la so!».

«Una cosa?».

«Affari... Fa degli affari con un antiquario. Una volta l'ho accompagnato, c'era anche la sua ragazza, quella... Marzia, sì... Siamo andati a Sirmione, sul lago...».

Hego ricorda la foto. Era un viaggio di lavoro, allora. Ricorda gli occhi della ragazza mentre gli mostrava la foto. Non era una vacanza. Lo credeva lei.

L'amore...

«Droga?».

«No... cioè, non lo so... non credo. Noi non siamo entrati con lui nel negozio, lo abbiamo aspettato...

Un marchese, sì, un marchese con un negozio di antiquariato. A Sirmione. Lui ha detto...».

Hego si fa attento.

«... Lui ha detto: il marchese è un debole, ma mi fa ricco, una cosa così... Me lo ricordo perché Marzia diceva: un marchese! Addirittura!».

«Dimmi di questo negozio».

«Non lo so... Ha una vetrina sola, ma credo che sia grande... cioè, Sergione diceva che c'era un sacco di roba, dentro... non so l'indirizzo... in centro... ci siamo arrivati con la macchina di Sergio».

«La Golf?».

«Sì, la Golf...».

«Quando questo?».

«Dopo la faccenda del campo rom... poco dopo, i primi di marzo, credo».

«E com'è che quasi non lo conosci, questo tipo, e poi ci vai a fare una gita insieme? Strano, no?».

«No... sì... cioè, io gli chiedevo i soldi che mi doveva... volevo i soldi e basta. Lui mi ha detto: vieni con me che oggi mi va bene un affare. Mi ha dato appuntamento vicino a casa sua ed erano lì tutti e due, lui e la ragazza... Ecco, così».

«E te li ha dati i soldi?».

«Sì, me li ha dati...».

«È vero», dice Clinton, «il basso nuovo... è questo?».

Prende in mano un basso Gibson, color legno, di forma sgraziata. Legge la scritta sulla cassa acustica: Gibson Thunderbird 50th Anniversary BG.

«Bello. Costa molto?».

«Milleotto».

Lo posa con delicatezza.

«E per un bambino di due anni bruciato te ne ha dati solo mille?», chiede Hego.

«Io non ho fatto niente... Non ho bruciato nessuno io... facevo solo la guardia!».

«Già, noi i ladri e tu la guardia», dice Clinton.

«Parlami di questo marchese», dice Hego.

«Quello... quello che vi ho detto! Un antiquario che lui chiamava il marchese, vecchio... molto vecchio credo, ma questo lo so solo da quello che diceva Sergione... mezze frasi... Io non ho chiesto. Mi ha dato i soldi e siamo tornati a Milano».

«Ti ha dato i soldi quando è uscito dal negozio?».

«Sì... no...».

«Sì o no?», chiede Clinton.

«Sì, me li ha dati quando è uscito dal negozio, ma non mi è sembrato che i soldi venissero da lì... cioè... mi sembrava più che volesse verificare se le cose andavano bene... se l'affare col vecchio funzionava... e poi mi ha pagato. Sì, così. Ecco».

«Ecco», ripete Hego.

Si alza dalla sedia su cui era seduto, apre la porta imbottita ed esce.

Clinton rimette il coltello in tasca e si guarda intorno nella stanza.

C'è un sacchetto di plastica giallo, con scritto Esselunga. Contiene due lattine di birra. Clinton toglie le lattine, sono calde.

Si avvicina al ragazzo con il sacchetto in mano.

Glielo infila sulla testa e glielo lega stretto sotto il mento.

Quello agita la testa, ma non può far niente.

Proprio niente. Nemmeno respirare.

Clinton spegne la luce ed esce anche lui.

Trenta

Lo spettacolo che va in scena nell'ufficio del commissario Gregori a partire dalle 20.25 di questo memorabile sabato milanese è un sublime incrocio tra la commedia all'italiana, un documentario sulla burokratsjia sovietica brezneviana del periodo azzurro e *Oggi le comiche*, con un pizzico di Gogol' per i più colti, che a questo punto, ovvio, avranno già lasciato la sala.

Tanto per cominciare, Carlo e Nadia non hanno concordato nulla, e già questa è una notevole contraddizione in seno al popolo. Carlo sarebbe per la realpolitik, moderato ragionevole ascendente democristiano, cioè troncare e sopire, sopire e troncare, in modo da andarsene via il prima possibile. Mentre lei, a cui non sparano tutti i giorni, non è disposta a fare sconti a nessuno. Tanto che parla per prima:

«Ho fame».

Questo mette in agitazione la truppa, perché loro sarebbero le vittime, a ben vedere, e quindi quelli da trattare coi guanti. Ma pare che nel cuore del tempio della legge e dell'ordine, che a sua volta sta nel cuore di Milano, che sta nel cuore di una delle regioni più ricche d'Europa e quindi del mondo, trovare qualcosa da mettere sotto i denti a quest'ora, cioè esattamente all'ora di cena, sia un'impresa impossibile come battere il Real Madrid con una squadra di hockey su prato.

Alcuni agenti vengono sguinzagliati per trovare del cibo, Carlo si limita al caffè imbevibile della macchinetta, Gregori alza gli occhi al cielo, altri fanno una faccia come per dire eccheccazzo, chi è questa, la regina di Saba?

Gregori troneggia dietro la sua scrivania, il sostituto procuratore Ghioni, più vellutato che mai, questa volta sui toni del beige, occupa una poltroncina mezza sfondata, il sovrintendente Semproni sta seduto in pizzo su una sedia vicino alla porta, pronto a scattare se servissero verifiche e riscontri. Ghezzi si è congedato con un sospiro di sollievo, ha pure mimato una timida benedizione, e al momento sembra quello che ha fatto l'affare migliore. Olga larghina armeggia al solito computer, quello del periodo egizio, a cui parla come si fa coi cani anziani e pieni di acciacchi: «Parti, dai, parti, su, su, bello…».

Carlo Monterossi lo conoscono già, e così il piatto forte è Nadia. La larghina la guarda di sottecchi per capire che animale è, per Gregori è «persona informata dei fatti», mentre l'uomo di velluto si dà un tono professionale della serie «Io che amministro la giustizia», ma è già pronto a fare il cascamorto, i suoi occhi di velluto sono tutti per lei.

258

Gli occhi di Nadia, invece, sono grigi come le lame di una motofalciatrice, ma meno pietosi.

Intanto il bilancio della giornata.

Carlo e Nadia stanno abbastanza bene, grazie, e l'hanno scampata bella, come dice Gregori. Certo, stanno meglio del giovane senegalese che passava per via Vittor Pisani e che si è preso una pallottola in un fianco. Per la precisione, quella che ha attraversato i finestrini della macchina mancando di poco la testa di Carlo in tuffo carpiato sul sedile del passeggero. Il conducente della Seat che li seguiva a breve distanza ha un trauma cranico perché ha preso a testate il parabrezza, mentre la vettura di Carlo, il cui conducente era saggiamente raggomitolato sulla schiena di Nadia, ha urtato un palo della luce a una velocità presunta di quaranta chilometri all'ora. Ciò ha provocato il distacco della lampada preposta all'illuminazione stradale, che è piombata sul marciapiede esplodendo in un milione di pezzi che hanno ferito Guezzoni Florinda, di anni sessantuno, bolognese diretta alla stazione, ora decisissima a far causa al Comune.

Wile Coyote non avrebbe fatto meglio.

A questo punto, Gregori si ricorda di essere un commissario e chiede a Nadia:

«Chi è lei, signorina?».

Lei declina le generalità.

«Posso chiederle in che rapporti è con il Monterossi qui presente?».

Lei si definisce «collaboratrice e amica».

Insomma, non molla di un millimetro, non li aiuta e fa capire a tutti che dovranno sputare sangue.

Questo convince l'uomo a coste beige a concedere qualcosa:

«Le testimonianze concordano sugli aggressori. Due, su un grosso scooter, col casco, ovvio. Vi hanno sparato da dietro e poi, superandovi, dal lato sinistro della macchina…».

E fin qui, Carlo ci sarebbe potuto arrivare anche da solo. Ma c'è dell'altro:

«… Abbiamo il rapporto della balistica. Due bossoli trovati per la strada, anche se i colpi sparati ci risultano quattro. Il primo, quello arrivato da dietro, è finito quasi intatto nel poggiatesta del passeggero…».

Nadia guarda Carlo, pallida.

«… E ora possiamo dire con certezza che la pistola è la stessa che ha ammazzato il Rivetti e il Saputo. Calibro 9 Parabellum modificato… una Luger, nientemeno».

Inseguiti dalla Wehrmacht nel centro di Milano, pensa Carlo. Niente male.

Poi cominciano le domande: hanno un'idea di chi possa essere stato? Dove stavano andando? Da dove? Stanno forse lavorando a qualcosa che potrebbe richiedere l'intervento di un killer per eliminarli? Puntavano a Carlo o alla signorina? O a tutti e due? E, tra l'altro, la signorina di cosa si occupa?

Il Ghioni, tra parentesi, se la mangia con gli occhi e le prova tutte per fare colpo.

Purtroppo, tra il fatto che è solo un uomo e il fatto che sfiora il patetico, Nadia lo guarda come Cortés guardava gli aztechi: due parti di disprezzo, una di schifo e una scorza di aperta derisione, che quello non vede in quanto accecato dal suo stupido piacersi.

Arriva qualche bottiglia di acqua minerale, insieme a un vassoietto di tramezzini che hanno fatto la ritirata di Russia.

È a questo punto che Carlo prende tutta la sua saggezza tra le mani e la mette sul tavolo. Insomma, decide di farla finita: questo muro contro muro non porterà da nessuna parte, si dice, se non a un fastidioso mal di testa. In più, gli fa malissimo la ferita sul fondoschiena che si è procurato con la sua stessa arma, dolore aggravato dal fatto che la Glock 17 se ne sta ancora al suo posto.

Per intenderci: Carlo Monterossi nato a, residente a eccetera eccetera, sta parlando con un commissario e un sostituto procuratore della Repubblica, sotto gli occhi di un agente scelto e di un sovrintendente di pubblica sicurezza, in una stanza della questura centrale, con una pistola carica, col colpo in canna, infilata nella cintura dei pantaloni.

Parecchi sceneggiatori di telefilm americani sono stati fucilati per molto meno.

Insomma, è lui che decide di sbloccare la situazione:

«Signori, abbiamo qualcosa da dirvi. Quando siamo stati… colpiti, stavamo per l'appunto venendo da voi con qualche novità... prego Nadia, se non ti dispiace...».

Naturalmente non solo non le dispiace, ma non aspetta altro. Ora è il suo show e Carlo è grato al destino di avere un biglietto di prima fila e di essere amico della star.

«Se posso parlare senza essere interrotta», dice, «mi basteranno dieci minuti».

Tutti annuiscono. Ghioni più degli altri.

E allora Nadia racconta tutto dall'inizio, le prime indagini, le ricostruzioni, i personaggi. Ad ogni parola un sobbalzo della platea: nessuno di quei dettagli era noto alle forze dell'ordine che pure credevano di aver scavato nella vita delle vittime come cani da tartufo.

Olga larghina batte furiosamente sulle sue tavolette di cera. Semproni esce ogni tanto per fare qualche verifica.

Lo stupore fa irruzione nella stanza e prende i suoi ostaggi.

Quando si arriva ai due improvvisati assassini, poi, si può avvertire il rumore delle mascelle che cascano per terra. E il colpo di teatro è la scoperta del laboratorio del Rivetti, di cui nessuno sospettava l'esistenza. Quando Nadia mette le chiavi del seminterrato di via Cusio sulla scrivania di Gregori, le facce del commissario, del sostituto procuratore e del sovrintendente Semproni diventano grigie con sfumature verdine. Gregori pare umiliato e un lampo di disapprovazione rivestito in velluto parte dagli occhi del sostituto procuratore.

Semproni prende le chiavi e sparisce.

Nadia quattro, polizia zero.

Ed è solo la fine del primo tempo.

Poi si passa al movente, ai due assassini, al marito e all'amante di Margherita Colorni, al loro piano diabolico e all'esecuzione dello stesso. Alla confessione scritta che Nadia ha letto e qualcuno ha rubato mettendo a soqquadro il covo segreto del Rivetti.

Nadia non aggiunge particolari, non romanza, non infiocchetta e non abbellisce niente. Insomma non pettina la sua storia. Solo, si sofferma sulla strana alleanza, forse alla fine amicizia, chissà, di sicuro pazzia, di quei due.

Il dolore, la rabbia, l'odio.

Insomma, anche questo fa fare l'amore.

E infine, come fosse il giro di campo nel tripudio generale, Nadia parla del video dell'incidente di viale Tibaldi. Dell'omicidio di viale Tibaldi, anzi, e chiede se il gentile pubblico vuole dargli un'occhiata.

«E come?», chiede incauto Gregori.

«Ma su YouTube!», risponde Nadia con gli occhi più grigi che mai.

Persino Carlo la guarda come Cesare avrà guardato Bruto l'ultima volta.

Ma lei mente serafica: non poteva copiare il video trovato nel laboratorio del Rivetti, e l'unico modo per metterlo in salvo, mossa poi rivelatasi azzeccata alla luce del furto, era caricarlo in rete.

«Lei ha messo su Internet delle prove di un omicidio?», chiede Gregori come se parlasse con Totò Riina. Non gli pare vero di aver qualcosa da rimproverare a questa tizia che ha fatto in due giorni il lavoro che i suoi uomini non sono riusciti a fare in una settimana.

Ma lei lo ghiaccia con un sorriso, quei sorrisi che hanno reso famosa Toledo, dove fanno le lame più affilate del mondo:

«Prove? Quali prove? Un filmato consegnato alla polizia locale di Milano alla metà di marzo, cioè», conta sulle dita, «sei mesi fa?».

La larghina ha il colore della carta igienica doppio velo, Gregori si accascia sulla sua poltrona dirigenziale e il magistrato di velluto non riesce a togliere gli occhi da Nadia.

Irrimediabilmente perduto, giura che quella donna sarà sua.

Ha le stesse probabilità che avete voi di vincere i mondiali di cricket, ma non è il momento di dirglielo.

Olga si affanna intorno al computer di Cheope per far partire il video, ma il browser non si apre, quando si apre la linea è debole e compare una scritta che non si vedeva dai tempi di Togliatti: «attendere prego».

Tutti fremono.

Nadia sbuffa e chiede: «C'è un wi-fi?».

La guardano come se stesse ballando nuda sulla scrivania del commissario, cosa che a Ghioni non dispiacerebbe, tra l'altro.

Allora lei risbuffa, collega l'iPhone che le ha dato Oscar al suo Mac e dopo dieci secondi Ghioni e l'agente scelto Olga Senesi si accalcano alle spalle di Gregori per giocare al cinema.

Carlo, che ha già visto, se ne sta seduto al suo posto.

Nadia fa con loro quello che ha fatto con lui al ristorante: questa è la Répici, questo è Righi, eccetera eccetera.

Tre minuti e dieci secondi dopo Nadia recupera il Mac, si siede sulla sua sedia e non dice più una parola.

Gli altri si guardano sgomenti.

Il primo a riprendersi è Ghioni, ormai è la caricatura dell'imitazione della parodia di uno che ci prova.

«Signorina! Le sue capacità investigative sono strabilianti! Ha mai pensato di arruolarsi in polizia?».

«Sì», risponde Nadia, «ma poi ho smesso, con la grappa».

Punto.

Niente su De Magistris e le ultime righe del diario.

Anche Oscar è stato tenuto fuori.

Nadia guarda Carlo come a chiedere: «giusto, no?».

Lui annuisce, anche se ci dovrebbe pensare meglio, ma diciamo che prevale la stanchezza.

Si può dire che la serata finisce qui. Hanno talmente tante cose da mettere in ordine, pensare, catalogare, verbalizzare, che persino le domande più ovvie non vengono in mente a nessuno.

Solo Gregori ci prova:

«Nient'altro? Sicuri?».

Carlo scuote la testa come dire: beh, non vi basta?

Nadia raccoglie le sue cose come fanno i professori all'università alla fine della lezione.

Ghioni tenta un ultimo, disperato assalto:

«Signorina, sappiamo dove trovarla, ma se ci fossero questioni urgenti, vuole lasciarci il suo numero di cellulare?».

«Naturalmente», dice lei con un sorriso. E gli dà il suo numero con le ultime due cifre sbagliate.

Ora non resta che qualche dettaglio sulla loro sicurezza: una pattuglia, questa volta non in borghese, stazionerà notte e giorno sotto le rispettive abitazioni.

«La signorina sarà mia ospite per qualche tempo», dice Carlo. «Quindi non serve la pattuglia sotto casa sua».

La faccia di Ghioni crolla come le Twin Towers, pare già di vederlo che invade l'Afghanistan.

Un agente chiamato a gran voce in corridoio viene incaricato di accompagnarli a casa e di verificare l'appostamento della pattuglia di sorveglianza e protezione. Carlo e Nadia gli chiedono di fare una deviazione fino alla Barona, dove Nadia sale al volo nel suo appartamento vuoto d'amore e scende dopo dieci minuti con un piccolo bagaglio.

Alle 23 e 45 sono seduti scompostamente sui divani bianchi della grande casa di Carlo. Dylan gracchia come suo solito – i *Basament Tapes* – e due birre gli fanno compagnia insieme a qualche aletta di pollo piccante scaldata al microonde, chips messicane, un avocado che Carlo ha trasformato in guacamole.

Chissà, può essere che Katrina sia Mary Poppins.

Poco dopo la mezzanotte si salutano e vanno a dormire.

Alle tre e qualche minuto Nadia urla nel sonno che il vetro la taglia, che vede il sangue, e che Francesca se ne è andata con un uomo, e piange lacrimoni enormi che contengono tutta l'ingiustizia del mondo e anche di più.

Carlo corre nella sua stanza e la tiene stretta un po', finché si calma.

Carlo Monterossi, l'Uomo Che Capisce.

Katrina li trova alle 10 e 20 di mattina addormentati sui divani del salotto, i letti sfatti, la cucina in disordine, la bottiglia di whisky vuota e il più grande mal di testa a est di Gibilterra.

Buona domenica.

Trentuno

La vettura di cortesia arriva prima di mezzogiorno. È una cortesia bella grossa, perché è nuova che brilla, identica alla macchina di Carlo, che invece giace da qualche parte come i tank iracheni nel deserto. Anzi questa è il modello più recente, l'evoluzione, l'upgrade, roba misurabile in dettagli infinitesimali noti soltanto a certi maniaci, e in qualche migliaio di euro di differenza.

Ma chi è Carlo Monterossi per criticare il capitalismo, le logiche commerciali, il mercato dell'automobile?

È un buon cliente e loro ci tengono, il messaggio è questo.

L'inviato del concessionario è gentile, pure troppo, come dimostra il fatto che lavora di domenica per lui. Dice che la sua macchina è conciata male, e Carlo ha come la sensazione che stiano tentando di mollargli questa con sostanzioso conguaglio.

Perché no, dopotutto?

Quello gli dà le chiavi e se ne va.

Carlo va a piazzarla nel box. Sa di nuovo.

Quando risale, è arrivato Oscar Falcone. Chiacchiera

con Nadia e sembra che aspettino lui per cominciare un consiglio di guerra.

«Grazie di avermi tenuto fuori», le dice Oscar.

«Grazie a te. Mi sono presa un po' di meriti da Sherlock Holmes che non mi spettavano», risponde Nadia.

Il colpo di teatro del video postato su YouTube apre a Oscar un sorriso da qui a lì.

«Stavano ricucendo Carlo e io mi annoiavo...», dice lei.

Gli occhi sono verdi, adesso. Questa notte, mentre piangeva il suo amore perduto, erano verdissimi.

Carlo mette insieme una specie di brunch mentre loro si divertono a commentare la scena di ieri. Le occhiate di Gregori sempre più umiliate, la concupiscenza dell'uomo di velluto, e la larghina, la donna che sussurrava ai computer.

Nadia dice che bisogna andare a trovare questa Marzia Senzapane.

Oscar non si dà pace perché – lo ripete due volte – il De Magistris non ha lasciato tracce, e questo è strano, perché finora non ha dato l'impressione di essere molto furbo.

«È uno con le palle, questo sì. Una sparatoria in centro a Milano, in pieno giorno...».

Poi butta la bomba:

«Sono entrato in casa sua».

Nadia ride e fa la musica di 007 a labbra chiuse.
Carlo alza gli occhi al cielo.

Il fatto è che si sente un po' responsabile di quei due. Una prende per il culo mezza questura con il suo numero da Wanda Osiris hi-tech, l'altro commette violazione di domicilio, per di più a casa di un assassino.

È il momento di aprire il dibattito dalla sua posizione di riformista-ragionevole.

Inizia molto pomposo perché sa che lo smonteranno presto. La parola all'onorevole Carlo Monterossi. Una cosa tipo: stimati colleghi.

«Dunque, sentite. Io ieri, in questura, non ho detto niente perché era lo spettacolo di Nadia ed era molto gustoso. Però non mi sembra un'idea geniale quella di conoscere il nome di 'sto porco che ci spara addosso e non dirlo alla polizia».

Lo guardano con quell'aria di compatimento con cui guardano abitualmente gli analfabeti, quelli che non sanno l'inglese, quelli che non hanno un account gmail e – ma questo solo Nadia – gli uomini.

Lui lo sapeva, ma continua:

«Lo dico per due motivi. Il primo è la nostra sicurezza personale. Il secondo è una questione di responsabilità mia... il lavoro che ti ho chiesto», si rivolge a Nadia, «non prevede di farsi prendere a colpi di Luger. La terza...».

«Non erano due?», dice Oscar.

Nadia lo guarda come a dire: lascia perdere, è scemo.

«... La terza è un po' più... tecnica. Ammettiamo di trovare questo stronzo. Che si fa? Gli chiediamo di non spararci più? Gli raccontiamo tutta la storia e gli diciamo... ha capito, signor Merda, che razza di qui pro

quo? Beh, ora che tutto è chiarito, arrivederci, eh!...
Dico, vi pare credibile?».

Smette di parlare e li guarda. Non fa per vantarsi, ma
si ritiene un discreto oratore. Gli sembra di aver detto
tutto e bene, soprattutto il punto tre: la sua teoria è che
se De Magistris sta a nord, lui vuole stare a sud, e se
quello va in montagna lui dice meglio il mare.

Insomma, non vuole buttarsi giù, ma è solo un tipo
che sente i dischi di Dylan, beve un buon whisky ogni
tanto, scrive puttanate per la tivù e ha questa piccola
ambizione piccolo-borghese di restare vivo il più a
lungo possibile.

Ora intervengono i deputati dell'opposizione:
«Intanto troviamolo», dice Nadia.
«Intanto troviamolo», dice Oscar.
Altre domande?
«Sì. Müesli ne hai?», dice Nadia.
«Altro caffè?», dice Oscar.
Ridono.
Cretini.

Ora Carlo si aspetta il comizio.
È a causa di comportamenti come il suo, di questa prudenza, di questa tendenza al quieto vivere, di questa
mediocrità con la pancia piena, che loro non avranno
mai una pensione, che si arrabattano tra lavoretti
assurdi pagati niente, che non possono permettersi una
casa, figurarsi una famiglia. Non sa lottare, dunque?

271

Chiama la mamma? Pertini cos'avrebbe fatto, sarebbe andato dal commissario Gregori? Eh? E Corto Maltese? E i fratelli Rosselli? Con questo spirito che ha Carlo, questa tendenza a non fare da solo, a non sbattersi, non fa che agevolare la grande onda di merda che li seppellirà. È questo che vuole?

E questa è la variante uno, quella socio-economica.

Poi c'è la variante due: fiducia nelle istituzioni.

Ma li ha visti, quelli? Gli sembra gente in grado di trovare il De Magistris? Non chi ha messo la bomba in piazza Fontana, per dire, o qualche serial killer furbissimo da film americano, no, un balordo del cazzo che spara con una pistola d'antiquariato. La polizia? Gente che non sa accendere un pc? Che si manda i fax come facevano i visigoti?

Ecco.

Il comizio lo fanno, ma senza parole.

A colpi di scuotimento di teste, di sorrisini tra loro, di ammiccamenti, di espressioni di leggera compassione, venata di tenerezza.

Per cui si passa al sodo:

«Dicci di questa casa», chiede Nadia.

Oscar: «Posto bruttino, casa di ringhiera, bella posizione, però, davanti al parco Trotter... anzi, dietro. E non c'è niente da dire. Vuota. Qualche vestito lasciato negli armadi, poca roba in cucina, nient'altro... Mobili vecchi che probabilmente erano già lì quando l'ha presa, più qualcosa Ikea. Pochi libri, più che altro storia, battaglie, sapete, gli eroi di El Alamein, i diari del Duce, quelli finti, quelli che ha fatto Dell'Utri coi trasferelli... Nient'altro... Sì, invece...».

Lo ascoltano.

Nadia rumina yogurt greco e müesli.

«... delle cose alle pareti... Non ho acceso le luci quindi non posso essere preciso, ma... boh, paccottiglia nazi, medaglie, croci di ferro, mostrine... cose così. Incorniciate e appese al muro... nient'altro da segnalare... La mia impressione è che se ne sia andato dopo l'incidente, al massimo qualche giorno dopo. Comunque la casa è vuota... non come quando uno parte per un viaggio, ma come quando trasloca... Più o meno. Però non capisco perché è tornato... proprio quando ha saputo che i potenziali testimoni morivano come mosche».

In effetti è una domanda sensata. Che sta appesa nell'aria, veleggia, si sistema sul lampadario della cucina e se ne sta lì a guardarli dall'alto e, visto che nessuno ha una risposta, si addormenta.

Le domande fanno così, certe volte. Di solito le si lascia fare e si passa ad altro.

Per esempio al telefono di Carlo che squilla.

Lui stupisce tutti:

«Pronto!».

Arguto, eh?

Dall'altra parte, una voce di velluto si scusa per il disturbo, anzi, una vera seccatura visto che è domenica, ma è da questa mattina che prova a mettersi in contatto con la signorina Federici e non ci riesce. Una cosa relativa al verbale, una sciocchezza, sicuramente Carlo sa come vanno queste cose burocratiche... Però il numero risulta inesistente. Possibile? Certo, nell'agitazione di una giornata convulsa come quella di ieri... Intanto stanno bene? Hanno assorbito il trauma?

Dice tutto questo in un fiato, con qualche affanno.

Incredibile che ci siano in giro sostituti procuratori di tredici anni.

Ma siccome Carlo è un uomo di mondo ed stato preso in giro abbastanza dalla generazione che lui e i suoi privilegi hanno rovinato per sempre, e che non manca mai di farglielo notare, si prende una piccola vendetta.

«Certo, dottor Ghioni, è qui, gliela passo».

E allunga il telefono a Nadia, che fa una linguaccia e gli mostra il dito medio.

Carlo e Oscar sghignazzano, segno che questa cosa di essere tredicenni è contagiosa, tra i maschi, anche per telefono.

Lei, invece, diventa tutto quanto insieme. Eleonora Duse, Marilyn Monroe, Audrey Hepburn, fuse in un unico pezzo di ragazza tosta niente male con la gonna a fiori e gli occhi verdi.

«Certo... Sì... Ma no!», ride, «solo un amico!... no... questa sera... beh, stanca sì... ah, perché no?... È molto gentile! Certo, conosco La Lanterna... alle otto? Facciamo alle otto e mezza? No, no, ci vediamo lì... d'accordo... grazie, dottor Ghioni... Marco, sì certo... Marco. Grazie...».

Oscar ride ancora. Anzi, ride di più.

Carlo un po' meno:

«Vai a cena con l'uomo di velluto?».

Non è gelosia, tranquilli. È delusione. Insomma, parenti.

Gli altri due si guardano e scoppiano a ridere come ragazzini davanti ai cartoni animati.

Una risata che dice al tavolo, alle tazze vuote di caffè, alla scatola del müesli, al barattolo della marmellata, a quel che resta delle uova scrambled, al succo d'arancia e al mondo intero:

Carlo Monterossi è proprio scemo.

Trentadue

Finita la riunione dei cospiratori, Oscar se ne va.

Carlo e Nadia almanaccano su come andare a cercare la signorina Senzapane Marzia sfuggendo al controllo dei tutori dell'ordine appostati lì sotto, gente che darebbe la vita per proteggere il cittadino onesto, rispettoso della legge, di nazionalità italiana e di razza caucasica.

Ma siccome è una domenica di settembre, un bel pomeriggio con il sole e le nuvole che corrono veloci, il massimo che riescono ad architettare in materia di strategia, tattica e tecnica di esfiltrazione è dirgli che vanno a prendersi un gelato verso via Moscova, e tornano subito.

Basta mettere un piede fuori dal portone, sul marciapiede in ombra, per capire che non ce ne sarà bisogno. Uno legge il giornale seduto nella volante. L'altro fuma annoiatissimo appoggiato al cofano, non li vedono, se li vedono non ci fanno caso, se ci fanno caso non gliene può importare di meno.

Dunque Carlo fa per andare alla macchina, verso la rampa dei box, ma Nadia lo prende per un braccio e lo trascina, letteralmente, fino alla metropolitana, linea gialla, stazione di piazza della Repubblica.

Dopo nemmeno dieci minuti, un cambio rapido in Duomo e altre fermate, mentre il treno rallenta, si alzano dai loro posti e si avviano alla porta del vagone. Una voce alle loro spalle dice:

«Signore?».

Carlo si volta e vede la donna sui settanta che occupava il posto accanto al suo, i capelli azzurri, una borsa della Rinascente in grembo, che tiene la sua Glock 17 per il calcio, con due dita, come se fosse un topo della peste.

«Le è caduta questa».

Lui balbetta un grazie imbarazzato e rimette la pistola al suo posto, sempre lì dove gli fa un male cane.

Nadia lo guarda come voi guardereste l'unghia di un alluce nella minestra.

Rivedono il cielo a Pasteur, camminano per cento metri ed entrano nel portone al numero 8 di via dei Transiti, che è aperto, anzi si può dire sfondato, senza serratura, con i citofoni divelti e una foresta di cartelli «Affittasi» e anche «Affittasi posto letto».

Tre piani di scale e bussano. Una matrona sui duecento chili scosta appena il battente da cui escono urla infernali, solo per dirgli che hanno sbagliato, e se cercano la Marzia sta alla porta di fronte. Poi chiude e torna a combattere la sua battaglia delle Fiandre con ragazzini irriducibili, che peraltro su questo mondo ha paracadutato lei.

Marzia Senzapane apre appena Nadia le dice che siamo amici, proprio come fanno quelli che amici ne

277

hanno pochi, o zero del tutto, e ne vorrebbero di più.

Poi ci sono quei minuti interminabili in cui entri in casa d'altri, non sai cosa fare o dove mettere le mani, non trovi le parole adatte e intanto guardi, studi, cerchi di capire il luogo.

Non c'è molto da capire: è un buco. Una tana che puzza di chiuso, di solitudine e di paura.

Non la paura che torni Sergione a farle male, e nemmeno la paura che venga qualcuno in divisa a riportarti in galera, o che succeda qualcosa di brutto.

No. La paura vera. La paura di restare soli per sempre.

Marzia sgombra due sedie e lei si siede sul letto, a gambe incrociate.

È carina, di quel carino che ha già un piede sul predellino del treno e se ne sta andando, forse per sempre, scomparendo dietro la prima curva della vita adulta, che si è rivelata abbastanza una merda, altroché.

No, di Sergio non sa niente e – sospira – cerca di convincersi giorno dopo giorno che è meglio così.

E poi loro non sono i primi che lo cercano. Sono venuti altri due, due zingari. Molto gentili, cioè, uno era molto gentile, le ha fatto il baciamano e l'ha trattata come una signora.

Ma lei, per quanto due chiacchiere le fa sempre volentieri – lì non va mai nessuno –, comincia anche un po' a seccarsi di tutti questi che vanno a trovarla, mica per lei, ma per quell'enorme pezzo di merda che le ha fatto fare cinque mesi e mezzo a Opera, secondo braccio, in mezzo a tossiche, spacciatrici e altra bella gente.

«Insomma, ma perché lo cercate?».
Di solito chi fa questa domanda pensa: è successo qualcosa di brutto? Si è messo nei guai?
Marzia Senzapane no, perché che Sergione possa mettersi nei guai non sarebbe una gran notizia, e quanto alle tragedie, beh, al momento le bastano le sue, grazie.

Nadia non ha ancora detto una parola. Fino ad ora ha solo guardato, osservato, misurato la stanza e il suo nulla, studiato la bella faccia di Marzia, che è un po' segnata ma ancora viva, persino impertinente, con un sorriso amaro che è pur sempre un sorriso.
Ora, però, è il suo momento, e lo sa:
«Non è che proprio lo cerchiamo... ecco, diciamo che ha fatto cose che non doveva fare e si sta sbagliando. Un po' vorremmo avvertirlo e un po' dirgli di piantarla...».
Quella fa uno sguardo incredulo. Sergione non è mica il tipo da servizi sociali.
«... Non necessariamente con le buone», conclude Nadia.

Silenzio. Sia Carlo che Nadia sanno di cos'ha bisogno quella Marzia seduta all'indiana sul suo letto sfatto, in quella casa sfatta, nella sua vita che, a ventisei anni, le sembra sfatta pure lei. Sanno di cos'ha bisogno ma non sanno come darglielo. Come dirglielo.

Poi Nadia la prende larga:

«Vedi Marzia, vogliamo solo capire... Per esempio cosa ha fatto a te, ma anche... anche perché te lo sei fatta fare. Capire che tipo è veramente... e in che guai ti ha messo. Insomma... noi... vogliamo conoscerlo meglio, anche dai tuoi racconti...».

Allunga una mano e tocca piano una mano di Marzia, come si fa con i bambini, un gesto che dice: vedi? Non mordiamo, siamo dalla tua parte.

«Ma voi chi siete?», chiede la ragazza.

«Lui lavora per la tivù», dice Nadia. «Io... un po' anche io... un po' faccio dei lavori strani... insomma, non siamo poliziotti, se è questo che vuoi sapere».

La ragazza ride forte:

«Quello si vede! Non avete ancora urlato!».

Ridono anche loro.

«Tivù quale?».

«Qui e là...», dice Carlo per restare sul vago.

«Lo vedi mai *Crazy Love*?», chiede Nadia.

«Oh sì! Mi piace... Oddio, certa gente è proprio scema, eh! Però ci sono anche storie belle, gente che si ama davvero!».

Alza la testa mimando il gesto di una diva, morbido e sinuoso, si mette una mano aperta sul collo, come a trattenere chissà che prezioso collier, sporge in avanti le labbra nella caricatura della voluttà e declama con voce profonda:

«Anche questo fa fare l'amore!».

Ridono tutti.

«L'ha inventato lui, quel programma», dice Nadia indicando Carlo, che vorrebbe scomparire e ora non sa cosa pensare.

Poi... sapete quando arriva l'elefante e rompe tutto? Quello che fa cadere i bicchieri al party? Quello che rovescia il piatto nella scollatura delle signore? Quello che dice mi saluti suo marito alla vedova fresca di funerale? Ecco, quello lì.

Carlo Monterossi:

«Cosa volevano gli zingari?».

Nadia lo trafigge con gli occhi grigi, quelli del tipo inox. È scemo? Non capisce che si sta creando un clima? Che è una chiacchierata, non un interrogatorio?

Ma Marzia non si scompone per niente:

«Cercavano Sergio, come voi... Mah, forse non proprio come voi. Mi hanno detto che hanno fatto un affare insieme e che lui li ha fregati, più o meno. Sai che novità. Anche se Sergio in affari con gli zingari, mah... Comunque lo dico anche a voi: Sergio a casa non c'è, la sua macchina sembra abbandonata, io sono uscita da Opera da due settimane... no, tre... e non l'ho visto né sentito...».

Fa una risatina amara e si guarda le mani che tiene in grembo.

«Proprio quando me l'hanno chiesto gli zingari ho capito che di lui... insomma, io lo conosco da... saranno dieci anni. E non so niente. Non so dove può essere. Agli zingari ho detto di Stringa, uno che lo conosce... uno che suona la chitarra... no, il basso... Incredibile, eh? Tutto quello che so del mio uomo è che si vedeva con un tizio che non so neanche come si chiama davvero...».

Carlo e Nadia non dicono niente. Vedono lo sconforto che striscia sul pavimento, sale sul letto, poi si acquatta tra le lenzuola in disordine, le si arrampica piano su una spalla, sempre avanzando viscido e silenzioso, e si mette lì, deciso a non andarsene più.

«Gli ho fatto vedere le foto, agli zingari. Era proprio gentile, quello più vecchio... Non vecchio, ma... boh... sembrava un saggio...».

Si alza e prende il quaderno rosa con i cuoricini fatti a pennarello.

Nadia toglie le scarpe e si mette accanto a lei, inginocchiata sul letto, e qualche foto passa di mano, si indicano dettagli, ridono un po'.

«Ma come ti eri pettinata?».

«Carina qui!».

«E qui dov'eri?».

Così Marzia Senzapane, di anni ventisei, la maglietta sfibrata rosa pastello, una gonnellina di jeans da mercato rionale, le unghie dei piedi rosse e i capelli che le cadono sugli occhi marroni, comincia a parlare.

Dice quello che forse non ha mai detto a nessuno, ma che si ripete nelle notti e nei giorni dentro quel buco, che si recita ad alta voce, come un ripasso, nel caso qualcuno, un giorno, volesse sentire.

Se la suona e se la canta da sola.

E non è una canzone d'amore.

Dice di quando ha conosciuto questo Sergio, lei faceva la seconda professionale, segretaria d'azienda, e lui era già un bullo grosso, che vendeva il fumo davanti alla scuola e aveva la moto.

E lei era carina, molto, e lui era quasi popolare, insomma, il tipo che si notava. E da lì le decine di volte che si erano presi e mollati, che avevano scopato per giorni a casa di lui, innamorati, lei almeno, o che non si erano sentiti per settimane, lei in lacrime a pensare al suo amore disperso, lui a fare chissà cosa insieme a stronzi come lui.

E poi il periodo che lei lavorava, faceva gli orli ai vestiti e ai jeans in una sartoria qui dietro, in via Padova, che poi l'hanno presa dei cinesi. E che poi è quello che fa adesso, qualche orlo di gonna, qualche taglio ai pantaloni, quando la signora di due tonnellate lì accanto, quella che combatteva coi mocciosi, prende troppo lavoro.

Dunque c'è Marzia, c'è questo monolocale che sembra un loculo, c'è una macchina per cucire e non c'è nient'altro.

Ma sì, invece. C'è il fantasma di questo enorme figlio di puttana, che a un certo punto se l'è pure portata a casa, e lei credeva che era quello, l'inizio di qualcosa che somigliava a marito e moglie, anche se lui pippava e le metteva le mani addosso e una volta, no, due, l'ha mandata al pronto soccorso a dire quelle cose che dicono tutte... l'armadietto della cucina... la caduta dalle scale...

Così era tornata lì, nel buco di via dei Transiti che però lo amava ancora, e ancora credeva che quell'inizio, da qualche parte, in qualche tempo più avanti, ci sarebbe stato. E lui infatti andava e veniva come se lei fosse la sua donna, anche se si sapeva, e si vedeva, che lui aveva le sue puttane da qualche parte.

Si sapeva e si vedeva, ma lei non voleva né sapere né vedere, perché era aggrappata a quello scimmione del cazzo come l'acrobata al trapezio, e la rete, sotto, non c'era.

E intanto, maneggiando quelle fotografie mille volte maneggiate e quasi stinte dalle occhiate e dalle dita, diceva che sì, qualche momento che si ricorda felice, come no. La gita a Sirmione, col ristorante di lusso dove avevano mangiato il pesce. E una volta che lui l'aveva portata in montagna, in realtà in Brianza, che doveva consegnare una cosa, e allora si erano fermati al ritorno a guardare le stelle e lui l'aveva scopata in macchina, piano, dolce, senza farle male, per una volta, senza avere fretta.

Ma poi... Ma poi quella volta che l'aveva posteggiata per due giorni da una puttana di Affori, che doveva insegnarle a battere. Aisha, si chiamava, ed era anche gentile, ma lei non voleva e quando aveva visto il ciccione sudato con cui avrebbe dovuto... beh, aveva quasi vomitato e pianto, pianto, pianto per due giorni, finché lui era venuto a riprendersela dicendo non sei buona nemmeno a farti scopare, non sei buona a fare niente.

E poi quella cosa dei filmini, che secondo lui era diverso da battere, ma lei aveva visto. Un signore le aveva detto ora stai qui e guardi come si fa, poi la prossima volta ne parliamo, e lei era scappata via per lo schifo.

Dice tutto questo, Marzia Senzapane, di anni ventisei spesi male e malissimo. E un po' piange e un po' ride, e un po' gesticola e un po' tiene le mani in grembo come le vecchie, e un po' stringe le foto, mentre Nadia la guarda con gli occhi più verdi che le abbia mai visto.

Fino alla sera che lui era venuto a prenderla con la Golf e le aveva detto, su, su, ti porto a divertirti, andiamo in campagna, a Sant'Angelo Lodigiano, che c'è una trattoria che ti piacerà, vestiti bene, un po' da figa. E ancora una volta lei si era detta, ecco un inizio, finalmente, eccolo di nuovo quell'inizio che aspetto, che forse questa volta è la volta buona.

Ma non erano ancora usciti dalla città, erano in via Ripamonti, che li fermano i caramba. Paletta, accosti, patente e libretto, anche la signorina, documenti. E lui le infila qualcosa nella borsa, che quelli forse hanno visto il gesto e forse no, ma nel dubbio lui stava già urlando non la conosco, non la conosco, la troia. E quelli guardano nella borsa e trovano un pacchetto così di cocaina e tutti e due finiscono in caserma, solo che lui esce dopo qualche ora e lei no, lei non esce più.

Viene un tipo tutto elegante a dire sono l'avvocato, mi manda il tuo Sergio, e tutti dei ragionamenti per cui per lui buttavano via la chiave e addio Sergione, mentre per lei, per lei tutto diverso. Un paio di mesi dentro e poi ti trovo un posto, da cassiera, vedrai che vita nuova, vedrai che bello.

E poi, una volta fuori, una volta libera da quell'incubo di caldo e di sudore, di sberle perché non voleva leccarla alle cape e alle capette, di rumore di chiavi e di porte, di luci accese sempre, di vestiti sporchi e di docce contate sulle dita di una mano... Dopo tutto quello era tornata nel suo buco di via del Transiti che solo per miracolo il padrone non aveva dato via, e aveva cercato Sergione. Sì, per dirgliene quattro, ma... ma anche... non lo sa nemmeno lei. Anche perché l'amore, forse. Anche perché... forse sì, forse per quello. L'amore.

E ora piange mentre Nadia le accarezza i capelli.

Nadia si alza e cammina a piedi nudi sulle piastrelle antiche bianche e rosse e prende Carlo per un braccio e lo guida verso la porta e gli dice:

«Carlo... ti dispiace?».

E lui si ritrova in viale Monza, proprio lui, l'arguto autore, l'ironico paraculo, il maestro dalla battuta pronta, il pettinatore di storie, il cazzone bon vivant, cammina con un nodo alla gola che stringe come una garrota di ghiaccio.

Cammina nelle sue scarpe fighette, nel suo vestito costoso, nelle sue mutande firmate, nella sua vita confortevole sapendo che non gliene basterà un'altra, e nemmeno dieci, e nemmeno cento per rendere un po' di giustizia a Senzapane Marzia, di anni ventisei, e a tutte le Senzapane Marzie del mondo, e alle loro sorelle e amiche e nonne, e alle loro madri piene di lividi.

Carlo Monterossi, l'Uomo Col Blues.

Cinderella, she seems so easy
«It takes one to know one», she smiles
And puts her hands in her back pockets
Bette Davis style
And in comes Romeo, he's moaning
«You Belong to Me I Believe».
And someone says, «You're in the wrong place, my friend
You better leave».
And the only sound that's left
After the ambulances go
Is Cinderella sweeping up
On Desolation Row.*

* Bob Dylan, *Desolation row*: «Cenerentola sembra così tranquilla / «Ci vuole uno come lei per capirla», sorride / e si mette le mani nelle tasche posteriori / in stile Bette Davis / e arriva Romeo lamentandosi / «Credo che tu appartenga a me». / E qualcuno dice «Sei nel posto sbagliato, amico mio / È meglio se te ne vai». / E l'unico suono che rimane / dopo che se ne sono andate le ambulanze / è Cenerentola che spazza la strada / nel vicolo della desolazione».

Trentatré

La domenica qui non è come gli altri giorni.

Hanno mangiato per ore e ancora mangiano, il tavolo grande davanti alla roulotte lunga non è mai stato sgomberato.

Gli uomini parlano e bevono vino rosso, scurissimo, quasi nero.

Ci sono anche bicchierini più piccoli, per la grappa.

Qualcuno suona.

I bambini giocano intorno, quelli piccoli.

Le donne parlano, raccolte in capannelli allegri. Una vecchia senza denti ride forte e si batte le mani sulle cosce.

Clinton ha messo un'asse di legno in fondo al campo, ha contato quindici passi indietro e ha fatto vedere come si tira il coltello. Dieci colpi, dieci centri pieni.

I giovani guardano, parlano, ridono, chiedono di provare.

Helver è seduto poco lontano e osserva. Segna una distanza tra se stesso e gli altri ragazzini.

Lui sa chi è Clinton, sa cosa fa insieme a Hego.

Lui è amico di Clinton.

Hego parla con il vecchio, che beve sempre il suo thè bollente. Tiene il bicchiere con l'indice e il pollice, proprio sul bordo, per non scottarsi. È solo un'abitudine, perché ha mani di legno che non si scotteranno più.

Poi Hego si alza e raggiunge Clinton. Gli mette una mano sulla spalla.

«Domani andiamo al lago», dice.

Clinton sorride:

«L'eco?».

Sorride anche Hego:

«Certo. L'eco».

Trentaquattro

Quelli che non esistono più le classi sociali, quelli che la società è più complessa, quelli che il discorso è un altro, quelli che sono schemi vecchi, quelli che sono categorie superate. Ecco, quei coglioni lì, proprio loro, dovrebbero essere qui ora.

Perché quando Nadia torna a casa di Carlo, apre la porta e fa entrare Marzia con sé, la distanza siderale tra due mondi appare per quello che è: una questione di anni luce e di terra sotto i piedi. Un parquet lucido al posto delle sabbie mobili.

Nadia e Marzia continuano a chiacchierare fitto, ridono tra loro in quella lingua speciale che parlano le ragazze quando tagliano fuori il resto del mondo.

Carlo va a procurarsi un pollo dai peruviani, facciamo due. Strepitosi polli andini, cotti e stracotti che si sciolgono in bocca, speziati e succosi. Con salsine dai colori improbabili che gli indios di via Casati ti consegnano in sacchettini di cellophane chiusi con un nodo, insieme a una montagna di patate al forno e due bottiglie di Inca-Cola che è una bevanda giallo canarino, gasatissima e aspra, ma divertente da bere.

I severi tutori dell'ordine che vegliano su di lui non lo vedono nemmeno, né quando esce sgambettando in fretta, né quando rientra con due enormi buste bianche, carico come se tornasse dal mercato di Cuzco.

Sorvegliare e proteggere. Bravi.

Poi Carlo mette sul tavolo grande, in quella specie di piazza d'armi che chiama salotto, qualche birra e tutto quello che serve. Compare anche Oscar, c'è un'aria di festa che cerca di scacciare tutto quello che hanno sentito oggi, un'aria di ricreazione.

Nessuno gli spara addosso, nessun assassino li cerca, nessuno verrà abbandonato. Oscar pasticcia coi dischi e racconta qualche storia delle sue, stando bene attento a scegliere le meno trucide.

Marzia ride e si chiede che razza di mondo è questo, dov'è capitata.

Nadia non la molla un attimo con gli occhi, che sono verdi, pronti a diventare grigio lama di pugnale se qualcuno dovesse minacciare in qualche modo questa sua nuova sorella, questa signorina che sta rinascendo, questa piccola proletaria senza rivoluzione. Ma qui non c'è pericolo, ovviamente. Lo sa.

Carlo fa una telefonata, giù alla guardiola del piano terra, e li raggiunge anche Katrina, prima imbarazzata, poi sempre più sciolta, passa mezz'ora ed è una di loro, Madonna di Medjugorje permettendo.

Racconta anche lei, storie dell'est e barzellette.

Come quella che gli amici di suo padre si mormoravano di nascosto tanti anni fa:

«Nei tubi del grande socialismo di Moldova, cosa c'è di più freddo dell'acqua fredda? L'acqua calda!».

Alla fine sono tutti stanchi, sazi, soddisfatti e finalmente in pace. Katrina li lascia:

«Signor Carlo, domani mattina vengo presto e mette tutto a posto».

Carlo ragguaglia brevemente Oscar sui racconti di Marzia, soprattutto sugli zingari che cercano il De Magistris.

Lui si fa pensoso per un attimo, poi dice:

«Non è che questo Stringa si chiama D'Anna?».

«Non so, perché?».

«Perché questo tale D'Anna... Cesare D'Anna, lo hanno trovato morto stamattina, nella cantina dove faceva le prove con la sua band».

«Non lo so se è lui, Marzia non sa il nome vero... dice che suona il basso».

«Sì, il bassista degli Zyklon B, una banda di nazisti del cazzo. Che coincidenza, eh? E mettiamoci anche quel De Giorgi trovato morto dissanguato due giorni fa...».

«Cosa c'entra?».

«Sei scemo? Cosa c'è, una moria di nazisti? Un'epidemia? È chiaro che c'è qualcuno al lavoro... magari qualcuno che cerca il De Magistris, visto che appena Marzia ha nominato 'sto Stringa quello si è estinto come i dinosauri».

«E tu come lo sai?».

«Dalla nera del *Corriere,* il pezzo esce domani».

«Non diciamole niente, a Marzia».

«Non vedo perché dirglielo».

Poi Oscar si alza e fa per andare. Ma si volta verso Carlo:

«Io seguo un po' una cosa che mi è venuta in mente. Boh, magari non c'entra niente, devo controllare, ma visto come siamo messi...».

«Stai attento», dice Carlo Monterossi, l'Uomo Protettivo, mentre lo accompagna alla porta.

Fanno il giro dalla cucina per portare qualche piatto, quindi passano davanti alla stanza degli ospiti.

La porta è socchiusa, solo la piccola luce sul comodino è accesa.

Buttano dentro un occhio per vedere dove sono finite le ragazze.

Nadia e Marzia dormono abbracciate, i capelli che si mischiano sul cuscino, un braccio di Marzia sulla pancia di Nadia, una gamba di Nadia appoggiata a quelle di Marzia.

Carlo chiude la porta pianissimo e manda via Oscar.

Quello scende le scale saltellando, guarda su verso il pianerottolo e verso Carlo e ride:

«Eh, Carlo. Anche questo fa fare l'amore!».

Scemo.

Ma anche no. Non così scemo.

Carlo guarda l'orologio, sono le due passate. Oh,

beh, chissenefrega. Prende il telefono e chiama un numero che ha in memoria tra i preferiti.

«Katia?».

«Cazzo, ma che ore sono? Dormivo».

«Beh, svegliati».

Trentacinque

Alla Snap Srl. C'è un divano. Brutto a vedersi ma comodo a dormirsi. È arrivato qualche anno fa, un investimento obbligato durante un caso rognoso che li aveva costretti a lunghe veglie, a lunghe attese, a interminabili notti in bianco in ufficio, a turni di allarme e di sonno buoni per i fachiri, finché era arrivato il momento buono.

Poi avevano fatto il lavoro. Certe volte è questione di aspettare. Però aspettare con un divano comodo è meglio.

Ora sul divano c'è l'uomo con la giacca, anche se la giacca non ce l'ha. È appesa allo schienale della sedia insieme alla fondina da caviglia e alla Smith 38 canna corta.

Tutto il resto ce l'ha addosso: camicia, cravatta, pantaloni e scarpe.

Il biondo lo trova così, addormentato duro sul divano, con la luce del lunedì che annuncia una nuova settimana, che potrebbe anche essere quella buona, se quel coglione del De Magistris si fa trovare.

Il biondo non lo sveglia. Prepara il caffè, se lo porta con i giornali alla scrivania, controlla a una velocità x32 il file della telecamera interna dell'ufficio per vedere se qualcuno è entrato di notte.

Una prassi. Inutile come tutte le procedure di sicurezza, di quelle che basta saltarle una volta, per noia, o per pigrizia, e sei fregato: è il giorno che il mostro di Rostov ti aspetta dietro una tenda e ti mangia prima ancora che tu dici buon appetito.

Dalla registrazione vede che il suo compare è entrato alle quattro e dieci, ha tolto la giacca e la fondina e si è buttato sul divano.

Ora sono le dieci passate.

«Ce n'è anche per me?», dice il socio.

«Sì, appena fatto».

«Allora prima doccia».

Torna con una camicia pulita, i capelli bagnati, una tazza in mano con il caffè tiepido dentro.

«Dormito bene?», chiede il biondo. Il ghigno non è né sarcastico né ironico. È il suo ghigno.

«Meglio che a casa», dice l'altro.

«Prima o poi bisognerà affrontare la situazione», dice il biondo.

È anni che va avanti questa storia. Il biondo fa qualche battuta, l'altro incassa. Ogni tanto quello si lamenta con piccoli sfoghi, e il biondo annuisce.

La linea del biondo è: non sono cazzi miei.

Però, a pensarci bene.

Se passi la tua vita in coppia con un tizio ad ammazzare la gente, vuoi avere accanto uno lucido e preciso come una lama, non un rottame che ha dormito vestito sul divano e al momento di schiacciare il grilletto pensa ai suoi problemi coniugali, agli alimenti, ai piatti che volano.

Il biondo scaccia il pensiero. È ingiusto. Perché quel paio di volte che le cose sono andate storte è stato l'altro a cavarlo dai guai, anche guai grossi. Il caso Melioni. Il caso Ferranti.

Però, insomma, è un pensiero che ti viene.

Senza contare l'irritazione di vedere il pericolo. Il rischio che una coppia così perfetta, un orologio svizzero, più di dieci contratti all'anno, tutti onorati, possa rovinarsi per simili scemenze.

Per una puttanata come l'amore.

L'uomo con la cravatta si aggancia la fondina alla caviglia e sorride:

«Piantala».

«Di fare cosa?».

«Qualunque cosa».

Visto?, si tranquillizza il biondo. Ha appena aperto gli occhi ed è già sulla palla. Mi preoccupo troppo. Mi faccio troppe pippe.

L'altro invece ha già uno schema:

«C'è qualcosa che non mi torna».

«Sentiamo», dice il biondo facendosi attento.

Quando qualcuno sente un allarme, un campanello che suona, una sirena, è irrilevante sapere se l'allarme sia reale o no. Sentirlo, intuirlo, persino immaginarselo è già allarmante. Istinto. Prudenza.

«Il De Rosa ha ragione. Non siamo i soli a cacciare il De Magistris».

«Dici per quel De Giorgi?».

«Per quello, e per questo D'Anna che hanno trovato ieri. Insomma... noi cerchiamo un nazista, giusto? Ed ecco che all'improvviso muoiono più nazisti che al processo di Norimberga. Bizzarro, eh!».

Silenzio.

Il socio si fa il nodo della cravatta e continua:

«Pensaci. Uno dissanguato, uno asfissiato, ma tutti e due legati a una sedia».

«Interrogatorio».

«Esatto».

«Vai avanti», dice il biondo.

«Noi abbiamo fatto un giro. Il bar, l'avvocato... Gli altri hanno fatto l'altro giro... quello dei gruppi nazi...».

Pensa ad alta voce, mette insieme i pezzi.

Il biondo fa lo stesso:

«Ammettiamo che hai ragione. In effetti 'sto virus che ammazza i nazisti legati alle sedie è strano... Ammettiamo che sia come dici tu... 'Sti stronzi sono parecchi, e De Rosa ci ha detto che il De Magistris non è amato nell'ambiente. Anche le nostre fonti dicono scheggia impazzita, lupo solitario, quelle cazzate lì. E allora perché il De Giorgi? Perché questo D'Anna? Chiunque lo cerchi... o ha avuto un colpo di culo, o spara nel mucchio, o ha buone informazioni».

«La ragazza», dice il socio.

«Può darsi», dice il biondo.

«Sicuro», dice il socio.

«E quindi?».

«E quindi oggi niente. Vacanza di decompressione. Pensiamo. Riposiamo, andiamo a mangiare al lago. Leggiamo le carte che abbiamo in mano e pensiamo alle carte degli altri. Domani andiamo da quel Dapré, e la signorina del De Magistris la lasciamo per ultima».

«Guido io», dice il biondo.

Fanno Buenos Aires e viale Monza per prendere l'autostrada a Sesto San Giovanni. A un certo punto il socio dice:

«Ferma qui».

Ha avuto un'idea. A volte i piani cambiano.

Bevono un altro caffè in un bar di cinesi e prendono a piedi per via dei Transiti verso via Padova. Entrano al numero otto, salgono al terzo piano e bussano.

Nessuno.

Bussano ancora. Nessuno.

Finché la donna cannone apre la porta alle loro spalle e dice:

«Se cercate la Marzia non c'è».

E prima che quelli chiedano qualcosa:

«È andata via ieri con una sua amica. Ha lì degli orli da fare per oggi, speriamo che torna».

Se ne vanno a mangiare al lago per davvero, uscita

Como Nord, poi la statale fino a Moltrasio e poi su all'Osteria dei Cacciatori.

Si vede il lago dall'alto, si mangia bene e si parla di tutto.

Dei casi passati e di quelli che verranno, di questo De Magistris, di qualche giorno di riposo da prendere dopo l'incasso di questo lavoro, in attesa del prossimo.

«Che poi se qualcuno ci secca il De Magistris, a meno che non lo becchino sul fatto, noi passiamo all'incasso lo stesso, no?», chiede il biondo.

«Beh, non so se sarebbe etico», dice il socio.

«Già, forse no».

«È più etico se gli spariamo noi».

Trentasei

«Buongiorno. Cerchiamo il marchese Sensini Ferni».

Per tutto il viaggio, in treno da Milano, e poi a Desenzano, e poi sull'autobus fino a Sirmione, e poi sul lungolago e per le vie del paese, dove i turisti vanno in cerca di un pranzo, hanno avuto l'aria di due elementi fuori posto e fuori contesto. Due zingari a zonzo in quella cartolina patinata, tutto perfetto, tutto lucidato. Anche le occhiate preoccupate dei passanti e dei negozianti, lucide anche quelle: acuminate.

Zingari? Qui?

Ora, nella penombra cupa di quel negozio, così fresca e così piena di oggetti antichi, o anche solo vecchi, accatastati e disposti senza ordine, o con un ordine che sfugge, per paradosso sembrano meno fuori posto. La giacca larga di Hego, la sua cravatta incongrua, la camicia bianca a righe sottili, sembrano saltate fuori da uno di quei bauli, da quei cassettoni massicci, perfette per i riflessi di quegli specchi stanchi, con cornici maestose, che li moltiplicano: due, quattro, otto zingari.

«Cerchiamo il marchese Sensini Ferni», dice ancora Hego.

Clinton si è tolto il cappello, si direbbe per rispetto al luogo.

No, non rispetto. Soggezione.

Il giovanotto fa un gesto con la mano, come dire via, via, fuori.

Poi aggiunge acido, come se fosse una correzione ai suoi cenni sgraziati:

«Stiamo chiudendo».

Ora Hego è vicino, può vedere il giovanotto negli occhi, che non è un giovanotto, più sui quaranta, sportivo, scattante, agile.

«Il marchese, per favore».

«Il marchese...», comincia quello...

«Falli passare, Edoardo».

Una voce lontana, che precede un uomo vecchio come il mondo, che sbuca da una stanza sul retro, che li guarda con interesse e attenzione. Non l'interesse e l'attenzione che hanno raccolto dalla stazione di Milano a qui.

Un'altra cosa, indefinibile.

Il vecchio si appoggia allo stipite della porta.

«Vengano, signori... vengano qui nel mio ufficio... il marchese sono io, marchese Ercole Sensini Ferni...», lo dice girandogli le spalle e scomparendo di nuovo.

Il giovane allarga le braccia ed esce dal negozio.

Loro seguono il vecchio. Una stanza, più grande della precedente, poi un'altra. Tutto gremito di oggetti. Antichi,

vecchi, antichissimi. Tavoli, mobili e mobiletti, specchiere
e cornici, lampade da tavolo, vetrine piene di gioie, di
statuine, di cornici più piccole, poi mobili più imponenti,
grandi librerie, e altre stanze, e altre porte.

Il vecchio ne infila una e loro lo seguono.

Fino a una monumentale scrivania in legno lucido.
Ebano con intarsi più chiari, dei rossi, dei bianchi,
forse avorio. Il vecchio prende posto dietro quella meraviglia, su una poltrona in legno e broccato rosso. Fa
un cenno ai due di sedersi di fronte, altre due poltrone,
si direbbero le gemelle.

Il vecchio si infila nelle narici due tubicini e accosta
alla sua poltrona una bombola d'ossigeno.

Questo, nota Hego, non gli toglie un grammo di au-
torevolezza. Una barba bianca curatissima, un vestito
color panna di taglio antico, la pochette blu, come il
cache-col, con piccoli gigli bianchi, uno sguardo profondo e al tempo stesso lontano.

Hego passa una mano sul piano del mobile, ammirato.

Il vecchio sorride.

«Epoca napoleonica», dice, «un gioiello».

Hego annuisce. Non se ne intende, ma capisce il peso
di quei secoli. Quelli del vecchio e quelli del tavolo.

«Scusatelo, Edoardo... È mio nipote. Quando io
non ci sarò più, molto presto a quanto pare, ci metterà
un paio d'anni a distruggere tutto questo», fa un gesto
vago intorno a sé. «... Forse è giusto così...».

Nessuno parla. Clinton è immobile, inadeguato.

Hego capisce che quello con il vecchio sarà un duello. È pronto.

Allora è il marchese a parlare di nuovo, e lo fa guardando Hego negli occhi. Un'occhiata che attraversa le foreste della Boemia, le pianure polacche, le immense distese germaniche, con e senza la neve, che penetra i fumi delle battaglie e arriva dritta come la lama di un fioretto teso con gesto elegante.

«Forse siete voi, quelli che aspetto da tanto tempo».

Ride piano:

«Veramente credevo che venisse qualcuno con la kippah, oppure due energumeni in giacca e cravatta... magari fingendosi clienti... invece... zingari. Giusto così... quali zingari, se posso chiedere?».

«Sinti», dice Hego.

Il vecchio annuisce.

«In cosa posso esservi utile, dunque, signori?».

Ora sorride Hego.

Ha capito.

Clinton non ha capito, ma capirà.

«Noi cerchiamo Sergio De Magistris. So che fa affari con lei».

«Sì, fa affari con me... Affari...», fa una faccia disgustata, e poi: «Volete tutta la storia?».

«Se si conclude con l'indirizzo dell'uomo che cerchiamo, allora sì», dice Clinton.

Hego lo zittisce con un cenno:

«Sì, vogliamo la storia».

Da questo momento, per il vecchio, Clinton non esiste

più. Ci sono i suoi occhi e gli occhi di Hego. Perché i boia possono essere tanti, ma il confessore è uno solo.

«Faccio questo lavoro... praticamente da sempre. Vengo da una famiglia nobile, di quelle che aiutarono il fascismo e ne trassero molti benefici... Nobili, spiantati, incapaci di qualunque professione... miracolati... sì, miracolati dal regime rude, volgare e proletario che disprezzava la nobiltà...».

Ride con un rumore di aspirazione.

«Ho novantadue anni, signori. Novantadue. Sapete cosa significa, vero? Vuol dire quattordicenne con l'Impero, diciassettenne con le leggi razziali, nemmeno ventenne allo scoppio della guerra... ventiquattrenne alla fine di tutto. Vergognosamente incolume, estraneo alle battaglie, nessuna ferita, sempre imboscato nelle retrovie, con fratelli e sorelle alla corte di Salò, qui vicino, illusi di una nuova frontiera... illusi dell'arma finale di Hitler... illusi... illusi di tutto...».

Hego non c'era. Però sa.

«Io no, io illusioni non ne avevo. A tutto quel mattatoio io non ci avevo mai creduto... oh, non per spirito critico... no, nemmeno per senso di giustizia... Anzi, mi sembrava ovvio che i più forti sopprimessero i più deboli, per avere più spazio, più ricchezza, più potere... Sapete: Montezuma non ha invaso la Spagna, è stato il contrario... è stato Carlo V a sterminare i popoli di laggiù. Il più forte, la razza migliore...».

Hego non dice. Non si muove. Non toglie i suoi occhi dagli occhi chiari del vecchio.

«Un'adesione? No, nemmeno questo... Una cosa naturale, piuttosto... è abbastanza naturale capire la forza del più forte se si ha la fortuna di essere tra i più forti, non credete?».

Silenzio.

«Alla fine della guerra mi ritrovai così con molto denaro liquido e senza saper fare nulla. Oh, sì, gli studi... storia dell'arte, filosofia... i miei cari tedeschi... E sempre alla fine della guerra, in tutta Europa... l'Europa sconfitta, diciamo... nobili di ogni lignaggio, stirpi secolari e nuovi aggregati, famiglie importanti e lacchè da poco promossi con qualche titolo nobiliare... ecco... vendevano. Vendevano i gioielli di famiglia... Intendo i gioielli, certo, quelli furono i primi a sparire... No, vendevano mobili di interi palazzi, armadi, specchiere, tavolini, sedie, poltrone... oggetti come questo...», passa una mano sul piano della scrivania intarsiata.

«Una pesca miracolosa».

Il vecchio ride con scherno. Di quei nobili che vendevano i loro tesori per un pasto caldo, ma – Hego lo giurerebbe – anche di sé.

«Non potete sapere, signori... Ho comprato tavoli Luigi XVI per l'equivalente di una serata in birreria. E quando i nobili si sono estinti, quando le famiglie si sono smembrate e dissolte, ci hanno pensato gli eredi... a svuotare manieri e castelli, e appartamenti patrizi, e residenze di campagna... Quella che avete visto entrando è quasi tutta paccottiglia per turisti...

io parlo di tavoli, e sedie, e trumeau, e lampadari, e boiseries, e specchi e cornici che generazioni e generazioni di domestici hanno lucidato per decenni e per secoli... perché la duchessa non ci trovasse la polvere, perché il conte non sfigurasse durante i ricevimenti a palazzo...».

Hego aspetta. Sa che arriverà il momento. Fa fresco, la penombra è riposante. E poi non esiste uno zingaro che non voglia sentire una bella storia. E poi, Hego non ha mai fretta.

«Ma la guerra non portò solo quello... La guerra portò anche altre... antichità, divenute antiche in fretta. Oh, cose molto banali... Le pistole degli alti gradi della Wehrmacht avevano il calcio in argento, lo sapevate? E poi dall'Argentina, dal Cile, da tutti quei posti dove si erano messi in salvo... migliaia e migliaia di esuli tedeschi, graduati, ufficiali... rivolevano le loro croci di ferro, le mostrine dei loro reggimenti, le medaglie del loro servizio sui carri, della loro fedeltà al regime... Oh, sì, durante la fuga volevano solo dimenticare... poi costruirsi una nuova vita... e poi, comodamente rifugiati in quelle nuove vite a Buenos Aires, a Bariloche, a Manaus... sentivano la mancanza di qualche prova della loro... passata grandezza, ecco, diciamo così... Un antiquariato innocuo... per reduci... Come... come commerciare in dentiere...».

Il vecchio tossisce... prende un fazzoletto bianco

dalla tasca della giacca e si pulisce la bocca, sputa, recupera il suo aplomb e continua:

«Ma questo mercato ne aprì… un altro… Un mercato, se posso dire… malato. Morboso. Con il passare degli anni le medaglie non valevano più… oh, sì… una croce di ferro di prima classe si piazzava ancora bene… una NSDAP Truedienste… Persino una croce del Quinto Reggimento Cavalleria Cosacca Waffen… sì, sì… Ma la passata… grandezza… ecco, la gloria sfuggita di mano non si misurava più, per certi collezionisti, in armi, o ferraglia piena di nastri… Arrivò il tempo del saccheggio dei campi… Sì, i campi di sterminio».

Hego chiude gli occhi. Aspetta.

«Ogni campo aveva il suo museo degli orrori. Occhi sotto spirito, cervelli… ma soprattutto oggetti, sì, oggetti… sapone fatto con le ossa dei detenuti… Pelle… Sì, pelle umana trattata… con cui si realizzavano lampade… copertine di libri e quaderni… agende… in pelle… Ripugnante, vero? Tutto sparito… Tutto rubato, occultato, nascosto chissà dove… pronto a venir fuori piano piano nei decenni successivi…».

Silenzio.

«… Commerciai tutto questo per anni, mentendo a me stesso e raccontandomi che si trattava di nostalgie malate di vecchi pazzi disposti a spendere cifre incredibili… incredibili… per un quadernetto ricoperto con la pelle di qualche bambino ebreo morto quaranta, cinquanta, sessanta anni prima…».

«O zingaro», dice Clinton…

«O zingaro», ripete il vecchio sempre guardando Hego. «Usavo per il trasporto, per la movimentazione di quel materiale un vecchio italiano di queste parti, figlio di un pezzo grosso nella polizia di Salò. Un tale Dante, non saprei dirvi altro di lui... funzionava... mi bastava questo...».

Il vecchio si ferma. Come se cercasse un modo per continuare, come si trovasse a una svolta della storia, una cosa difficile da spiegare.

«Pochi anni fa... ero già molto vecchio... ho avuto una grave malattia... cancro. Le sfuggii per un soffio, un miracolo, alla mia età, dice il mio medico, uno che ovviamente ai miracoli non ci crede... Uscito da quell'incubo non potei più tollerare quegli oggetti, quei traffici, quei... feticci. La morte... per la prima volta l'avevo vista... non era più una cosa teorica, non era più una faccenda... storica? Culturale? No... era solo morte... una merda inesorabile. Una fine indegna, un cacarsi addosso, un sanguinare piano, uno spegnersi... Quegli oggetti me la ricordavano, me la evocavano... Li sognavo ogni notte».

Hego ascolta. Ha ancora gli occhi chiusi. Clinton si mette più comodo sulla sua poltrona. Forse comincia a capire anche lui.

«Ma anche così... anche così non riuscii a fermarmi... a denunciare, a far chiudere quel traffico spaventoso... No. Lasciai tutto nelle mani di questo Dante e di un suo giovane tirapiedi, Sergio De Magistris... Lentamente, passai a loro i contatti, le fonti... passai a loro i clienti... e non erano più vecchi gerarchi con un piede nella fossa... Capivo che lo facevano per adesione ideologica... Non c'era più un intermediario cinico... amorale... che metteva in contatto pazzi con pazzi... Ora c'erano direttamente i pazzi al comando... E persino ora non saprei dire se era peggio il mio cinismo o la loro esaltazione... il mio far finta di non vedere o il loro vedere benissimo, e il compiacersene... Credo che questo traffico continui ancora... anzi, ne sono certo, perché qualche voce lontana mi arriva... Ma sono stanco. Sono stanco di quello che ho fatto... Non pentito, sapete... non ne avrei diritto... il pentimento mi è sempre sembrato una scappatoia un po' vile... No. Sono solo stanco».

Il vecchio si appoggia allo schienale della poltrona, le braccia tese, i polpastrelli ancora sul bordo della scrivania. Ma è come svuotato. Aspira il suo ossigeno, sembra goderselo.

«De Magistris è venuto qui... a marzo, credo», dice Hego.

«Sì», dice il vecchio.

Hego aspetta, la domanda non serve.

«Il capitolo finale. Ormai il traffico era in mano loro, e credo che lui volesse scavalcare anche quel Dante, che forse è malato, o troppo vecchio, non so... Voleva gli archivi. Un'agenda con i nomi di chi vende quella roba, di chi può esserne in possesso, di chi alla fine degli anni Quaranta e all'inizio dei Cinquanta ha ripulito le cantine dei borgomastri di certe città, le sedi della polizia alleata o dei comandi sovietici d'occupazione, o delle municipalità polacche... I nomi li sapete... Mauthausen-Gusen, Treblinka, Dachau...».

Hego lo ferma con un piccolo cenno rispettoso:

«Sì, i nomi li sappiamo...».

«Anche Auschwitz-Birkenau», dice il vecchio. Sa che Hego sa, che non c'è da essere avari, e non si fa sconti.

«È venuto qui con aria violenta, a esigere... a pretendere quell'agenda, pronto a minacciare. Gliel'ho data quasi prima che la chiedesse... Come se mi scottasse in mano, come un ladro si libera della refurtiva... Non si aspettava quel gesto... era venuto qui cattivo, e io lo mandavo via con il suo bottino, senza resistere... anzi grato che sparisse... lui, quell'altro, Dante... l'agenda, e tutte quelle cose mostruose, quei... souvenir...».

«E i sogni sono finiti?», chiede Hego.

«No, naturalmente no», dice il vecchio con una risata di dolore.

«Dove lo troviamo?», chiede Hego.

«Lui non lo so... il vecchio Dante nemmeno... Per un periodo, so che si facevano spedire quelle cose a un indirizzo di Milano, ma poi... qualcosa dev'essere andato storto, o non si fidavano più, o hanno trovato un posto più... sicuro... Ho un indirizzo che mi ha fornito quel De Magistris, in marzo, quando venne in visita... nel caso qualche... pezzo fosse finito ancora da queste parti».

Il vecchio prende un grosso libro sulla scrivania, lo sfoglia piano, ne toglie un foglio e lo porge a Hego.

Hego lo legge e lo infila nella tasca della giacca larga. Chiude gli occhi. Ora sono vicini. Sente l'odore.

«Bene. Parliamo di affari», dice il vecchio con voce più chiara, come si fosse svegliato di colpo.

Si alza, scompare in una delle tante stanze, si sentono i passi che strisciano sul pavimento, i due tubicini dell'ossigeno restano poggiati sulla bombola, accanto alla scrivania.

Torna quasi ansimando con un astuccio in mano.

«Ecco… questo per il vostro disturbo… lo tengo in serbo da tanto… zingari, eh? Che coincidenza».

Hego apre l'astuccio.

Una collana… no… un collier… un argento finissimo, una filigrana sottile come una ragnatela, con pendagli di giada, smeraldi incastonati negli intarsi, un pendente d'ambra che sembra acceso come una lampadina, da tanto cattura anche la poca luce che c'è lì. Poi altre pietre che Hego non conosce. È un oggetto antico, lo sente nelle sue mani. Un oggetto che ha attraversato i tempi.

Guarda il vecchio con la sua domanda negli occhi.

«Rubato a una regina Sinti, una ragazza, credo… nel 1943, nel campo di Sobibòr… Non si sa come fosse riuscita a custodirlo fino a lì… ma… prima le guardie, poi gli ufficiali… L'ho avuto nel… '80, credo, o '81… Come vedete, signori… vi aspettavo».

Hego rimette la collana nell'astuccio e mette l'astuccio in tasca, nella tasca dove ha messo il biglietto di prima.

«Grazie», dice.

«Niente di che» sorride il vecchio. «Dovere».

Poi gira su se stesso, con qualche fatica, e allunga una mano verso una cassettiera. Ne estrae una pistola lunga, dall'aria cattiva.

Hego e Clinton la conoscono, di fama.

«Le spiace prendere quel piccolo cuscino... quello rosso... laggiù?», dice il vecchio. È la prima volta che si rivolge a Clinton.

Clinton glielo passa.

Il vecchio, con un gesto secco, fa scorrere il colpo in canna e abbassa la sicura. Poi appoggia la Luger sul cuscino, sul piano della scrivania.

«Vi prego solo di fare in fretta», dice.

Hego si alza ed esce dalla stanza.

Clinton lo segue dopo due minuti, dopo il rumore attutito di uno sparo e un piccolo tonfo.

Trentasette

«Se tu fai del male a quella ragazza, se le fai anche solo un graffio lungo così dopo quello che ha passato, io ti cavo gli occhi con le forchettine da ostriche e te li infilo su per il culo».

Ecco.

Nadia può eccellere in tutto, ma non vincerà mai il primo premio di Miss Diplomazia.

Senza contare che è dall'inizio di questa storia che tutti vogliono infilare qualcosa nel culo di Carlo, e lui comincia a seccarsi.

Marzia dorme ancora.

Carlo e Nadia fanno colazione in cucina – Katrina è già passata e tutto riluce come una pista da hockey – e lui ha fatto l'errore di spiegarle la sua idea prima del secondo caffè. Gli occhi sono grigio metallizzato, color sega circolare.

Ora toccherebbe a Carlo, se solo riuscisse a interromperla.

«Tu, e quei pezzi di merda amici tuoi, che caghereste sulla vita della gente solo per due punti di share, disposti a trasformare in spettacolo ogni tragedia, e tutti quegli altri milioni di pezzi di merda che vi guardano».

Bene, si dice Carlo: ci sono margini di manovra. Carlo Monterossi, l'Uomo Ottimista.

Sapete com'è, bisogna saper vedere il bicchiere mezzo pieno.

Poi parte con la sua filippica, che dovrebbe essere una difesa delle sue intenzioni e invece, senza che lui se ne accorga, o se l'aspetti, diventa una specie di piano di contro-guerriglia.

Certo che sì, il cinismo e la schifezza. Però anche lui, in viale Monza, sotto il sole nuvoloso di una domenica pomeriggio di settembre, che si sente come si sente, cioè sconfitto per sempre davanti a Marzia e ai suoi racconti.

E tutte quelle puttanate sull'amore che fa fare questo e quello... e basta, checcazzo! Che se l'amore fa fare questo e quello fino a farsi sbattere in galera, e picchiare come un tamburo, allora che se ne vada affanculo, l'amore! E forse è ora di dirlo forte e chiaro. E non a loro, che sanno le lingue, che leggono i giornali, che hanno l'account gmail, che si muovono nel mondo come topi nel formaggio, che danno buca al ristorante a dei sostituti procuratori della Repubblica per gioco, per sfizio e per sberleffo... no, non a loro... ma alle migliaia e migliaia di Marzie del mondo, o perlomeno di questo povero paese. Quelle che si fanno menare dal primo stronzo che passa perché «anche questo fa fare l'amore...». E allora diciamolo, cazzo, che è una

315

truffa, questa cosa, che è un modo per salvare i carnefici e condannare le vittime, per crocifiggerle, che tanto quando c'è l'amore c'è tutto, anche il codice rosso al pronto soccorso.

Chi lo tiene più, Carlo? Ora quasi urla:

«Ci usano per fare numero in prima serata, per alzare l'ascolto, per aumentare il prezzo degli spot degli assorbenti, dei detersivi, dei dentifrici antiplacca, cazzo, benissimo, usiamoli noi per una volta».

«Non te lo lasceranno fare», dice Nadia.

«Me lo lasceranno fare perché mi vogliono a tutti i costi», dice lui.

«Pettineranno la sua storia in un modo osceno», dice Nadia.

«La sua storia la pettineremo noi, che significa che non la pettineremo per niente, o il minimo indispensabile».

«Il contesto è più forte, perderemo», dice Nadia.

«No», dice Carlo, sicuro, «e ti spiego perché. Perché tu pensi che loro siano cinici. Ma ti sbagli. Per difetto. Loro sono molto, molto, molto più cinici di quanto tu sospetti. Loro diranno... ah sì? Noi facciamo un programma che ripete fino all'ossessione che nell'amore vale tutto, e arriva una signorina che dice che non è vero per niente? Come la mettiamo? La mettiamo che... Ottimo! Che va bene, che dopo esserci tirati addosso ogni tipo di critica e contumelia, con una capriola, oplà, eccoci diventare i paladini, i difensori, il soccorso rosa delle donne ingannate. Me la vedo Flora De Pisis che dice "datemi la uno" e fa la sua arringa contro l'amore violento, che dice che non è amore, anzi che dice... anche questo fa fare l'amore... bene, signore e signori, non lasciamoglielo fare. Non più. Sigla. Trionfo».

Nadia lo guarda come se stesse violentando un cucciolo di foca.

«E poi un'altra cosa», dice Carlo, «hai sentito come lo diceva a noi, no? Hai sentito come raccontava. Aveva qualcuno che l'ascoltava, questo era prezioso per lei, questa era la sua liberazione. Bene, ora faglielo dire a qualche milione di persone, e magari anche a lui direttamente. Falla guardare in camera e rimbalzare in venti milioni di salotti italiani, falle dire: Sergio De Magistris sei un pezzo di merda e io non ti amo più».

Nadia barcolla.

Gli occhi sono sempre grigi, ma questa volta soltanto come il bilama della Gillette.

Quello che Carlo non dice è che forse così il De Magistris uscirà allo scoperto, o sparirà di nuovo, o qualcuno si metterà finalmente a cercarlo seriamente, qualcuno con la divisa, intende e, si spera, più sveglio di quelli lì sotto.

E potrebbe essere la fine di questa storia, tanti saluti, e ognuno torna alla sua vita, magari Marzia no, ecco, magari per Marzia si trova qualcosa di meglio...

«Ah, un'ultima cosa», dice abbassando la voce e cercando in fondo alle tasche il suo tono più mellifluo e sussurrante: «Perché non lo chiediamo a lei?».

Non so se avete mai diviso lo stesso spazio con una tigre selvatica, molto affamata, incazzata, nervosa, che vi odia, che non si fida di voi, che si sente minacciata e che sta pensando di sbranarvi.

Ecco, immaginate: Carlo in cucina con Nadia.

Uguale.

Poi passano altre due caffettiere, lo yogurt con il müesli, lo sfoglio nervoso dei giornali, senza che nessuno si ferisca mortalmente.

E compare Marzia.

Ha addosso una maglietta di Carlo, grigia a maniche lunghe, le mutande sono le sue, i piedi nudi con le unghie rosse, la faccia che dice, dio che dormita ho fatto, e un sorriso che annuncia a tutti: da ora in poi ci sarà il sole sempre. Vabbè, un po' di pioggia per l'agricoltura, ma solo in campagna.

La rifocillano, la salutano per bene, le assicurano che la giornata somiglierà alla serata di ieri, tutto questo senza parlare.

Poi Nadia e Carlo si guardano.

E siccome la tigre è pur sempre una brava persona, parla lei:

«Marzia... ci chiedevamo...».

Ascoltato e capito tutto per bene, Marzia ha una sola preoccupazione che è insieme un sussulto e una paura grande come il debito pubblico:

«Allora è per questo che sono qui?».

Tradotto, anche con l'ausilio dell'occhiata spaventata che lancia a Nadia, significa: è per questo che sei mia amica, è per questo che mi hai tenuta stretta, è per questo che mi hai parlato, che mi hai ascoltata? È per questo che mi hai abbracciata e che mi hai fatto addormentare sulla tua spalla?

Nadia capisce al volo l'entità di quell'allarme.

«No», dice, «io l'ho saputo ora. E non sono nemmeno convinta. Di tutto il resto non cambia niente».

Tocca a Carlo:

«È un'idea così. Puoi dire di no, se non ti piace... Ti va di andare a *Crazy Love* a dire quello che ci hai detto ieri? A dire alle donne che ascoltano che non devono farsi fare le stesse cose? Senza trucchi, così come l'hai detto a noi?».

Un minuto di sospensione. Come nel basket. Silenzio. Riflessioni. Pensieri.

Poi Marzia Senzapane li guarda tutti e due.

In questo preciso istante sta lasciando per sempre Sergio De Magistris, levandosi di dosso il suo odore e il suo sapore, il suo mondo, la sua arroganza, la violenza, la merda che lo ricopre. In questo momento sta diventando libera per davvero.

«Sì», dice.

Poi si china su Nadia e la bacia a lungo sulla bocca, con la lingua e tutto quanto, che persino Carlo, che si vanta sempre di non farsi fregare dal romanticismo e prodotti commerciali consimili, finge di occuparsi d'altro per lasciarle sole.

Lo vedete, che razza di testacoda?

Cacciate a calci in culo l'amore malato dalla porta, e quello vi rientra sano, vivo, vegeto e trionfante dalla finestra.

Anche questo, eccetera eccetera…

Trentotto

Dicono che qui, tra la Stazione Centrale, viale Brianza e via Soperga, una volta, nel '24, dopo l'omicidio Matteotti, uno ha trovato un parcheggio libero.

Il biondo non ci crede, ma fa lo stesso la sua smorfia, quindi proseguono per mezzo chilometro e trovano un buco dalle parti di via Venini.

Tornano indietro a piedi, con il cielo che minaccia pioggia e un venticello sottile che sposta le cartacce per la strada.

La targa sul cancello dice: Piss & Love Video Production. Poi si attraversa un cortiletto, e si scende una scala interna, fino a una porta di legno con la stessa scritta.

Suonano, scatta la serratura elettrica, entrano e si trovano in una stanza con un bancone bianco stile reception, una moquette consunta, un paio di poltroncine di quelle coi tubi in ferro, qualche scaffale, l'illuminazione al neon.

Finché arriva un tizio con l'aria dimessa, una specie di fattorino, pensano, o un uomo di fatica.

«Cerchiamo il signor Dapré».

«Sono io», dice quello, con l'aria un po' stupita.

Se è un milionario lo maschera bene.

Ora sono loro ad essere un po' stupiti, perché si aspettavano una specie di pappone tecnologico, un guidatore di Mercedes con gli occhiali da sole anche di notte, e invece questo qui è un ometto stazzonato, con una giacca lisa sui gomiti e non solo, la camicia mezza fuori dai pantaloni e le scarpe da tennis.

«Ermanno Dapré», ripete quello nel caso non abbiano capito. E aggiunge: «I signori sono...?».

«I signori sono quelli che fanno le domande, e lei è quello che risponde», dice il socio.

«Sembra difficile, ma si impara subito», dice il biondo.

«Veramente cerchiamo il suo socio», dice quello con la cravatta.

«Socio?».

Sembra stupito davvero. Però, insomma, prima si esce da questa gara a chi trasecola di più e meglio è.

«Sergio De Magistris», dice il biondo.

L'ometto fa una faccia tra il timoroso e il disgustato, più timoroso però.

«Lo cercate o vi manda lui?».

«Lo cerchiamo».

Sembra sollevato.

«Non è mio socio... proprio no», dice come se ci tenesse a precisare. Anzi, ci tiene proprio, perché scuote la testa con un certo vigore, fermandosi solo un attimo prima che gli si stacchi dal collo.

«Mi spiace, ci hanno detto così... Comunque vedo che lo conosce...».

«Lo conosco sì, ed è un vero peccato», dice il Dapré.

Ecco, il De Magistris si è fatto un altro amico. Da quando lo cercano non hanno trovato nessuno contento di sentirlo nominare.

L'uomo con la cravatta valuta la situazione, il biondo misura la stanza a passi lenti, curiosa sugli scaffali, guarda dei cataloghi appoggiati su un tavolino, piega la testa per leggere le coste dei dvd ordinati sulle piccole librerie ai lati della porta.

Roba porno, strumenti per il fai-da-te.

«E lei è in contatto con il De Magistris?», insiste il socio.

«Posso sapere perché lo cercate?».

«Vogliamo offrirgli un lavoro», dice il biondo.

«Sa, di quei lavori a tempo indeterminato», dice il socio.

Il biondo non resiste:

«Sì, quei lavori che si fanno stando orizzontali e che durano per sempre».

«Non è che siete della Digos o roba del genere?».

I due si guardano. Vedi a volte che piega prendono le cose? Vedi dove può portare una domanda innocente?

Il biondo guarda il suo socio:

«Però, da ladri di orologi a agenti della Digos, che dici, sarà una promozione?».

Il socio alza le spalle:

«La Digos? Qui mi sembra più roba da polizia postale, o da Buoncostume, esiste ancora la Buoncostume?».

«Non credo…», dice quello. Non ci capisce più niente.

«Non c'è un posto dove fare due chiacchiere?», chiede il biondo che si è seccato di stare in piedi davanti al bancone.

«Venite dietro», dice Dapré.

«Dietro» non è esattamente un ufficio. Piuttosto un magazzino con qualche sedia, scatole, molte buste color carta da pacchi, scatoloni, alcuni ordinatamente impilati, altri riempiti a metà, piccole pile di dvd che aspettano di essere imballati.

Il biondo ne sposta una decina da una sedia e guarda i titoli: *Falla tutta*, *Un bicchiere di bionda*, *Le notti bagnate di Patrizia*, *Fino all'ultima goccia*. Tutti con la scritta Piss & Love Production. Sulle copertine, uomini e donne che si pisciano addosso gli uni con gli altri, con aria soddisfatta, come se gli scappasse proprio tanto.

Ora il ghigno è proprio un ghigno. Appoggia i dvd su uno scatolone sigillato e si siede. Gli altri sono già comodi.

«Allora, questo De Magistris», dice il socio.

Non è una domanda.

«Non lo so dove sta».

Una smorfia. Del socio, questa volta.

«E allora ci racconti per bene dove, come, quando, sa, quelle cazzate che insegnano ai giornalisti...», dice il biondo.

«L'ho conosciuto... sarà un anno fa... un po' meno, forse, era sotto Natale... all'inizio ho pensato che fosse amico di una delle... attrici, diciamo».

«Diciamo», ghigna il biondo.

«E invece?», chiede il socio.

«Invece niente... Ho chiesto alle ragazze, ma nessuna l'aveva mai visto prima».

«E lui... ci faccia capire, gli interessava il genere? Insomma, gli scappava la pipì anche a lui?», chiede il biondo.

«No, no... lui... semplicemente veniva qui...».

«Ah sì? E a fare che?».

«Vede... si interessava all'azienda...».

È la legge della domanda e dell'offerta, sapete. La pazienza è una cosa preziosa, ma se ce n'è in giro troppa perde valore.

E allora il socio decide di accelerare un po'.

«Senta Dapré, mettiamo le cose in chiaro. Per quello che ci riguarda la gente può pisciare dove vuole, e finché nessun cane ci scambia per un lampione noi siamo piuttosto liberali. Quindi la pianti di giocare in difesa, si scordi la Digos e ci racconti tutto per bene».

«Può anche capitare che non si faccia male nessuno», dice il biondo. «È raro ma succede».

«No, la Digos dicevo perché...».

Dalla porta che dà sull'ingresso, la stanza dove c'è il bancone, si affaccia un tizio.

«Ermanno... ah, scusate... Ermanno, vado a sistemare di là, le luci e le macchine... mezz'oretta e siamo pronti».

«L'operatore», spiega Dapré. «Oggi giriamo qualche scena».

Poi si ricorda che a quei due della storia del cinema

non gliene frega niente. Sospira e comincia a parlare.

«La ditta non va benissimo... Cioè, il settore non è facile... il porno oggi è molto... specializzato. In più, la crisi del dvd, cioè la crisi c'è da tempo, ma adesso è crisi vera... sapete... internet...».

Il biondo guarda il suo socio:

«Devi tenere il mouse con la sinistra», dice come se gli spiegasse la vita.

«... Insomma, lui girava qui attorno... Chiacchierava, chiedeva, si informava... E a un certo punto mi ha offerto dei soldi... Me li rendi con comodo, ha detto... Io dovevo, ecco, fare degli investimenti...».

«Pannoloni?», chiede il biondo.

«Server, router, mettere su un paio di siti... ormai si vende solo così, o in streaming o per spedizioni...», indica gli scatoloni e le buste.

«Insomma, un principe azzurro», dice il biondo.

«Non esattamente...», dice Dapré.

«Di quanti soldi stiamo parlando?».

«Ventimila».

«Avanti», dice il socio.

Stavolta si affaccia una signorina. Una biondina un po' slavata, bassina, ma non così male.

«Ermanno... ah, chiedo scusa...».

«Ciao Valeria», dice lui. «Franchino è già di là che sistema...».

«Allora vado a cambiarmi», dice lei, e sparisce.

Dapré riprende il filo.

«…Mi dà questi soldi, e vi giuro che mi servivano proprio… E in cambio mi chiede… insomma… un punto d'appoggio».

I due lo guardano come se guardassero la Sibilla Cumana che recita i suoi indovinelli.

Il socio si abbassa, fa per grattarsi una caviglia, solo un attimo, il tempo che quello veda la fondina e il calcio della Smith & Wesson.

Poi sorride come se gli avessero presentato Pippa Middleton e dice:

«Può essere più chiaro, per cortesia, signor Dapré?».

«Più chiaro di così!… Non gliene fregava niente dell'azienda, questo l'ho capito anch'io… Mi ha piazzato qui uno, un vecchio zoppo, uno che metteva paura, sempre zitto, cupo, sempre incazzato col mondo. Dante, si chiamava».

«Dante e poi?».

«Dante e basta… lui lo chiamava Capitano…».

«E?».

«E si faceva spedire qui delle cose. Scatole, pacchi. Roba che veniva da fuori… dall'estero intendo, perché c'erano delle scritte in lingue straniere, sui pacchi… Quello, quel Dante, controllava che arrivasse la roba, la caricava su una macchina e la portava via…».

«Cioè, lui le ha dato ventimila euro in cambio di un indirizzo dove farsi consegnare della roba che poi portava via, giusto? Tipo deposito provvisorio, giusto?».

«Esatto. Poi faceva delle bolle di consegna come se la roba uscisse da qui. Aspettavano che ci fossero un po' di pacchi e poi caricavano e portavano via…

una volta ogni due settimane, ma non era una regola, ogni tanto appena arrivava qualcosa la facevano sparire subito… Ho pensato che avessero scelto questo posto perché qui arrivano ed escono molti pacchi…».

«Una copertura».

L'ometto annuisce.

«E tutto questo quando?».

«Diciamo da… ottobre, forse novembre… fino a marzo…».

«Poteva essere droga?».

«Eh, all'inizio ci avevo pensato anch'io… però… erano pacchi strani… a volte scatolette, poteva essere… ma a volte quadrati, tipo quadri… altre volte più grossi, imballaggi complicati, con la scritta Fragile…».

«Signor Dapré, mi faccia capire…», dice il socio come se parlasse a un bambino della fotosintesi clorofilliana durante l'interrogazione. «… Mi faccia capire. Uno che lei non ha mai visto né conosciuto, ma che evidentemente non è un filosofo della Sorbona, viene qui, le dà dei soldi, le piazza in casa una specie di maggiordomo cattivo, e la usa come ufficio spedizioni. Dico bene? E lei?».

«I soldi mi servivano…».

«E lei?», chiede il biondo come se quello non avesse fiatato.

«E io non ero contento per niente. Anche perché quello, il vecchio, spadroneggiava. Dava fastidio alle… attrici… faceva lo stronzo, insomma, le ragazze non venivano più tanto volentieri…».

«Strano! Un posto così carino per fare la doccia!», dice il socio.

«Voi non capite... queste produzioni sono molto... specializzate. La gente che ci lavora... parliamo di dieci, quindici persone... è una specie di famiglia...».

«Una famiglia che non ha il water a casa», spiega il biondo al socio.

«... Insomma, so cosa pensa la gente... ma... è un lavoro come un altro...».

«Un ramo dell'idraulica», spiega ancora il biondo come se il socio fosse un ritardato.

«Voi scherzate, ma ci vuole... intimità... e anche esserci portati...», insiste il Dapré.

«Ci vuole talento», dice il biondo, sempre didattico.

«Pensavo più mira», dice il socio.

«Ma se mi ha persino portato una!».

«Chi?».

«Quel De Magistris! Mi ha portato una ragazza... me l'ha presentata come la sua ragazza... assurdo. Voleva che la facessi... recitare... Ma vede... questa non è roba per tutti... Quella ha visto cosa facevano i ragazzi di là ed è scappata via».

Scuote la testa, prende fiato:

«Beh, pensate quello che volete, ma è una cosa piuttosto... intima, fatta tra gente che si conosce. Quel vecchio... beh, turbava l'ambiente, ecco. E poi, quando arrivava il De Magistris sembrava lui il padrone. Al vecchio dava ordini secchi. Capitano, sbrigati, Capitano carica la macchina. Lui si metteva al computer e faceva le sue bolle di accompagnamento...

credo per essere in regola in caso di... boh, in caso qualcuno li fermasse».

Un altro tizio si affaccia alla porta.

«Scusa Ermanno... c'è già qualcuno?».

Dapré fa un gesto spazientito per dire... sì, sì, sono di là, e quello scompare.

«E lei quindi non si è chiesto cosa c'era in quei pacchi?».

«Uh, centinaia di volte».

«E però...».

«E però un giorno l'ho scoperto...».

I due lo guardano come se fosse scemo. Ma perché non l'ha detto subito?, pensano. Non lo pensano soltanto.

«E per dircelo aspetta Capodanno o crede che potremmo fare prima?», chiede il biondo.

«È che non so cosa c'era nei pacchi... so cosa c'era in un pacco...».

«Te l'avevo detto di portare il pigiama», dice il biondo rivolto a quello con la cravatta, «perché qui facciamo notte».

«C'è stata una perdita d'acqua, qui nel magazzino... all'inizio di marzo».

«Sicuro acqua?».

«Acqua. Così uno scatolone dei loro si è bagnato, aveva delle scritte... in tedesco, credo... io ho fatto per spostarlo e metterlo all'asciutto, ma il fondo era fradicio e si è aperto».

«Cazzo, non reggo la suspense», dice il biondo.

«Pistole», dice l'ometto. «Sa quelle pistole tedesche… quelle dei film di guerra…».

«Luger?», chiede il socio.

«Non lo so», dice Dapré.

«Quante?».

«Boh, una ventina. Sembravano antiche… però… avvolte in carta oleata, un po' unte anche loro. Avevano l'aria di funzionare… cattive».

«Sì, quelle sono cattive sì», dice il socio, che intanto sta pensando. Che cazzo c'entrano le pistole della Luftwaffe, adesso? Certo, per 'sti deficienti che giocano al Terzo Reich una Luger… È come se all'oratorio un ragazzino si portasse il pallone di Pelé.

«E allora?».

«Allora quando sono arrivati si sono accorti del pacco sfondato, era ancora bagnato, e quindi hanno capito che non l'avevo aperto apposta. Però si sono fatti sospettosi e hanno portato via tutto subito. Il De Magistris mi ha detto che lui doveva andare via per un po'… sparire per un po' ha detto… E che prima o poi sarebbe tornato a prendere i suoi soldi. Per questo prima…».

«E l'altro?».

«L'altro, quel… Dante… il Capitano… è stato qui ancora qualche giorno… ho pensato che aspettassero altre spedizioni… Infatti appena arrivava qualcosa lui la portava via subito… una settimana, dieci giorni, poi è sparito anche lui».

«Sono arrivati altri pacchi, dopo?».

«No».

«E lei sa dove li portavano?».

«No, ma sarà scritto nelle bolle, credo... no?».

Il biondo guarda il socio. Il socio guarda il biondo. Poi il biondo e il socio guardano il Dapré. Lui guarda loro.

Il socio parla scandendo le parole come per aiutare l'ometto a leggere il labiale, come si parla coi sordi.

«E lei... sig-nor Da-pré, ce le ha del-le co-pie di que-ste bol-le?».

«Ma certo, sono nel computer!».

Si fanno stampare una decina di bolle di consegna, le mettono in tasca ed escono.

Fuori piove e loro la prendono tutta.

Arrivati in macchina sembrano due tizi caduti in un fosso.

«Vaffanculo!», dice il biondo.

«Devo pisciare», dice il socio.

«Non contare su di me».

Trentanove

La riunione dello staff dirigenziale supremo del famoso programma tivù *Crazy Love*, quello che per metterci uno spot dentro i pubblicitari sarebbero disposti a darsi fuoco come bonzi, si svolge attorno a un maestoso tavolo di cristallo, al settimo piano della sede centrale della Grande Fabbrica della Merda.

È un comitato centrale, un Politburo, una riunione nella sala ovale, un summit del Partito Comunista Cinese e un consiglio di amministrazione della Apple.

Ci sono Katia Sironi, il produttore del programma Daniele Ferrentini, Flora De Pisis e la sua assistente Camilla Nonsocome. E Carlo Monterossi, chi se no?

Ferrentini è un tipo alto e nervoso, pettinato come il clown cattivo dei Simpson, ma un pochino più scemo. Camilla Nonsocome è una carampana giovane con gli occhialini, da cui Carlo ha sentito nella sua vita pronunciare soltanto una frase: «Sì, Flo», con le interessanti alternative «Certo, Flo» e «Subito, Flo», più altre variazioni sul tema che potete immaginare.

Flo, che ve lo dico a fare, è sua maestà imperiale

santissima e adoratissima Flora De Pisis, al momento struccata, spettinata, vestita con una tuta da ginnastica e le ciabatte.

Non lo fa apposta. È così convinta che la sua vita vera si svolga in onda, sotto le luci bianche che le azzerano le rughe, che ogni volta che compare davanti a meno di cinque milioni di persone è come se fosse sola, al cesso, appena sveglia dopo una notte di bagordi. Ora dimostra più degli anni che ha, che sono comunque più di quelli che dicono i giornali, che sono comunque più di quelli che lei dichiara, che sono più di quelli che vorrebbe avere.

Il fidato ufficiale degli Ussari di Carlo, la sua monumentale agente, mette subito le carte in tavola.

«Siamo qui per una cortesia, e perché Carlo si è imbattuto in una bella storia che può servire al programma», dice.

Si guarda intorno per capire se il concetto è chiaro. Con cervelli simili meglio essere precisi.

«Quindi», continua, «separerei la discussione sulla puntata di mercoledì sera da tutto il resto della nostra trattativa».

Annuiscono tutti.

Flora De Pisis non riesce a trattenere un'aria di trionfo perché, ad appena una settimana dal suo accorato appello, sono già lì a scodinzolare e a proporre storie. Ferrentini pensa ai soldi. Camilla Nonsocome è standby, perché Flo non ha ancora detto niente e quindi è esentata dall'annuire.

Ecco il vostro eroe che prende la parola. Carlo Monterossi, l'Uomo Che Porta l'Idea.

Spiega per filo e per segno la storia di Marzia, aggiunge qui, omette là, pulisce un po' negli angoli, rimuove qualche spigolo, ma non troppi, lima il minimo indispensabile, passa la carta vetrata, dà una bella mano di coppale e consegna il pacchetto.

«Come viene in video?», chiede Flora.

Camilla annuisce. Trova la domanda a dir poco geniale.

Carlo apre il suo Mac e mostra il file che Nadia ha registrato a casa, con Marzia che dice le solite cose, come si chiama, perché se la sente di andare in tivù a raccontare la sua storia, eccetera. Una specie di provino. Dimostra che la ragazza viene bene in tivù, pur con quelle luci improvvisate, che non dice cioè cazzo ogni due parole e che non ha deformità ripugnanti – la gobba, il labbro leporino – che manderebbero il gentile pubblico a vedere una fiction su un altro canale. Ugualmente ripugnante, peraltro.

Flora annuisce, e già questa è una specie di promozione.

Camilla annuisce anche lei.

Ora viene la parte difficile.

Perché tra un'oretta, quando i concetti che Carlo ha espresso raccontando la storia di Marzia si saranno fatti strada nel cervello di Flora De Pisis come Vietcong nella giungla, spostando liane ed evitando paludi, fino alla radura dove stazionano i due neuroni, lei dirà:

«Ma scusa, Carlo, e io in questa storia quando lo dico "Anche questo fa fare l'amore"?».

Insomma, Carlo vede l'iceberg quando il Titanic di Flora non ha ancora lasciato il porto, Di Caprio non è ancora salito a bordo e Kate Winslet è ancora una brava ragazza. Questo dà a Carlo un vantaggio, sempre che riesca a spiegarle bene i dubbi che non le sono ancora venuti.

«C'è una questione... ehm... filologica», dice.

Lo guardano come se avesse parlato in armeno.

«Ed è una cosa che riguarda un po' la natura del programma e», sì, Carlo pare uno che ha preso trenta e lode in paraculismo, «... e soprattutto te, Flora».

Ora che parla di lei ha tutta la sua attenzione, perché lì dentro il culto della personalità non è apprezzato. Della personalità di qualcun altro, ovvio.

Così Carlo spiega che per una volta saranno un po' fuori linea e che il gran finale, in questa occasione, dovrà essere un po' diverso. Con Flora che sì, certo, ovvio, glorifica le proprietà mesmeriche e soprannaturali dell'amore, ma che per una volta ha un moto di ribellione per quando l'amore vuol dire ingiustizia. Carlo depone il concetto sul tavolo. Lo ricama, lo inamida, lo stira, lo piega alla perfezione finché sembra un corredo di nozze della principessa del Belgio. Katrina sarebbe fiera di lui. Poi lo spiega di nuovo con altre parole. Poi lo illustra nuovamente.

Lo sa, è noioso, ma bisogna fare così.

Flora De Pisis rimane zitta per un po'.

Ma Carlo conta su tre fattori fondamentali. Primo: l'idea di fare una delle sue intemerate da Eleonora Duse cambiando un po' registro la affascina. Secondo: l'eventualità – anche se Carlo la considera remota – di diventare una specie di eroina delle donne sfruttate e sottomesse, e di recuperare così un po' di terreno nei confronti dell'odiata critica benpensante, la tenta parecchio. Terzo: entrare nella stanza degli autori e proclamare in stile Giovanna d'Arco che il Monterossi è tornato all'ovile grazie alla sua preghiera in diretta, con grande scorno di chi aveva criticato quell'appello indecente, le pare irresistibile.

Ma lei non è il tipo che la dà vinta facile:
«Non è che questa cosa snaturerà il programma?».
Carlo se l'aspettava.
«Anzi! Intanto è soltanto una storia sulle quattro della puntata. Poi è esattamente quel tipo di eccezione che conferma la regola, e per questo non può essere l'ultima storia della serata, teniamone conto quando si fa la scaletta. Poi c'è l'effetto sorpresa di vederti porre qualche dubbio. Insomma, non "Anche questo fa fare l'amore!", ma piuttosto: "Anche questo fa fare l'amore?". Un punto di domanda. Capisci lo scarto?».
Si fa schifo da solo.
Ma poi tira dritto. Come diceva il Presidente Mao, bisogna «bastonare il cane che affoga», e allora Carlo cala il jolly, l'asso di briscola e la scala reale, tutti insieme:
«Certo, Flora, lì devi essere brava tu…».
Gioco, partita e incontro.

Camilla annuisce così forte che rischia di spaccare il cristallo del tavolo con il setto nasale, se non si controlla.

Flora De Pisis si alza, perde qualche secondo a infilarsi le ciabatte, il che toglie un po' di pathos alla scena, e fa il giro del tavolo per abbracciare Carlo.

Gli tocca anche questo.

Ora, sotto con le cose tecniche.

Chi la pettina 'sta storia?

«Io», dice Carlo con l'aria di chi non ammette obiezioni. «Un po' perché conosco la ragazza, e un po' perché sapete il mio», guarda Katia Sironi, «... il mio tocco. Pettinata, sì, ma non troppo, lasciamola anche un po' spontanea, non è un'attrice, è una brava ragazza... Sarà più convincente».

Nessuno ha da ridire.

A questo punto vengono fatti entrare nella stanza due autori carichi di fogli, penne, matite, diagrammi. Filippo Restani e Andrea Giusti. Sono gli scalettisti, quelli che ti sanno dire se è meglio che una cosa vada in onda alle ventidue e sette minuti o alle ventitré e dodici. Una scienza tutt'altro che esatta, che dipende da innumerevoli varianti. Se piove, di quanti minuti ha sforato il telegiornale, se gli spazi pubblicitari durano il giusto, se sulle altre reti c'è una concorrenza spietata, o così così, o se sono già tutti usciti con le mani alzate a dire: «Flora, mangiaci vivi anche stasera».

Parla Restani:

«Dunque, le nostre quattro storie sono queste. La signora Gianna. Abbandonata dal marito proprio il giorno del parto quadrigemino, marito che si è presentato a casa un mese dopo con l'amante ventiduenne chiedendo di poter adottare due dei piccoli».

Flora annuisce trascinandosi dietro anche la testa di Camilla.

«Poi abbiamo il signor Gaetano. Dopo mille e mille lettere spedite alla casa circondariale di Vercelli, ha deciso di sposare la signora Carla Fusi, in carcere con l'ergastolo per aver ucciso i tre precedenti mariti. Perché io la amo e la cambierò, dice».

Altre teste che vanno su e giù.

«Infine abbiamo l'intreccio di Pavia, la moglie tradita che si mette con il marito dell'amante del marito suo, ex, per la precisione, e ora vivono tutti insieme. Più la storia che ci ha portato lui».

Qui indica Carlo con rispetto, come se fosse il re di Prussia, e a Carlo, francamente, non sembra nemmeno sbagliato.

Eviterebbero di mettere l'ergastolana in partenza di puntata, perché sulla Grande Tivù Pubblica c'è un giallo svedese. A Carlo sfugge il motivo, ma si traveste da Camilla e annuisce insieme a tutti gli altri.

Invece la sua storia la metterebbero alla fine del secondo blocco, in modo che Flora abbia più spazio per il suo comizio a cuore aperto sull'amore che sì, va bene tutto, ma non esageriamo.

Quindi Marzia andrà tra le 22.10 e le 22.40.

Carlo pensa: benissimo, perfetto, quello che volevo. Ma non muove nemmeno un muscolo, imperscrutabile, indecifrabile.

Carlo Monterossi, l'Uomo Con Un Poker In Mano.

A questo punto non c'è molto altro da dirsi.

Katia prende la parola:

«Carlo, beninteso, non ha ancora sciolto la riserva... nel senso che non ha ancora assicurato di far parte del gruppo per tutta la stagione. Però, visti gli ascolti... ehm... non proprio clamorosi della prima puntata... ha deciso di dare una mano».

Capito, gente? Visto come dona al Monterossi questo costumino da Settimo Cavalleggeri?

«Per cui», conclude, «io vado di là con Daniele a parlare di dettagli».

Alla parola dettagli Katia Sironi sfrega pollice e indice come non si fa più nemmeno nelle bische di Quito o nei bordelli di Bangkok, dove il gesto è considerato un po' volgare.

Ma Carlo non ha finito.

«Scusi, Ferrentini, si fermi un attimo».

Quello si volta come dire: sentiamo la novità.

«Questa signorina Marzia non vuole nessun cachet per la sua partecipazione. Però... però non sarebbe male se saltasse fuori qualche lavoro per lei nell'ambito della produzione. È una bravissima sarta, le ragazze dei costumi l'accoglieranno a braccia aperte».

Ferrentini, invece, le braccia le allarga come uno che si arrende al primo colpo di mortaio nella valle. Katia Sironi sta per chiuderlo in una stanza insonorizzata dove lo torturerà a proposito della principesca retribuzione di Carlo, e un migliaio di euro in più a puntata per il reparto costumi non gli sembrano grande cosa.

«Ma sarà etico?», chiede Flora De Pisis.

Carlo la guarda come se un leone avesse chiesto al cameriere una gazzella di tofu.

«Scusa?».

«Dico, sarà... corretto... sarà etico che una viene a fare l'ospite e poi lavora nella trasmissione che l'ha ospitata?».

Ecco mister Monterossi che recita la Santa Pazienza. Svuota tutte le tasche che ha, quattro nei pantaloni, cinque nella giacca contando anche quelle interne, più quella della camicia button down, e tira fuori tutta la sorpresa, ma anche la tranquillità e la serenità di cui è capace:

«Scusa, Flora... abbiamo fatto buttare dal balcone una madre con il figlio in braccio... abbiamo mandato in onda una sparatoria in un bar con due morti stecchiti... e adesso abbiamo problemi di etica per dare lo stipendio a una sartina?».

Silenzio.

Poi Flora De Pisis dice:

«Hai ragione».

Camilla annuisce.

La seduta è tolta.

Quaranta

Un bar tabacchi di via Padova.

Dietro il banco, due fratelli, un'aria di famiglia, anche tra gli avventori.

Il biondo e il socio si vedono lì perché sta a metà strada nel loro giro della mattinata.

Il biondo è andato in via Mosso, a casa del De Magistris, caso mai fosse cambiato qualcosa.

L'altro è andato a vedere se la ragazza è tornata a casa.

Seduti ai tavolini rotondi, davanti a due caffè, fanno il punto.

«Di 'sta Marzia, niente, nessuna traccia», dice quello con la cravatta.

«Non si vede da domenica, oggi è martedì e la donna cannone è incazzata per i suoi orli. Non sa dire dove può essere finita. Non usciva di casa da settimane, poi... putt!».

«E di quelli che sono andati a trovarla domenica che ci dice, Miss Tonnellata?», chiede il biondo.

«Poco. Lui un tipo fighetto, mezza età ma ben tenuto, lei una bella ragazza, più giovane. Lui se n'è andato prima. La ragazza è rimasta e poi è uscita con questa Marzia. Poi basta».

«Cazzo, dovevamo beccarla prima».

«Vero. Però è anche vero che se quella pista lì l'hanno battuta gli altri, chiunque siano, noi eravamo in ritardo comunque», dice il socio.

Riflette.

«Intanto, a casa del De Magistris c'è stato qualcuno», dice il biondo.

«Cioè?».

«Cioè sulla serratura c'erano dei piccoli segni. Poca roba, comunque un lavoretto fatto bene, ma insomma, sono entrati».

«E tu?».

«Sono entrato anch'io. Tutto come l'altra volta. Vuoto pneumatico. Niente. Lui non c'è tornato di sicuro».

«Quindi quelli che sono entrati…».

«Niente… hanno dato un'occhiata… ah sì…».

Il biondo chiude gli occhi, come per ricostruire una scena, come per ricordarsi meglio, per richiamare alla mente qualche immagine.

«Sì… il quadro. Il quadro nel salotto, quello con tutte le mostrine naziste… questa volta era staccato dal muro e appoggiato lì vicino».

«Forse cercavano una cassaforte».

«Mmm… una cassaforte lì dentro…».

Quello con la cravatta finisce il caffè e fa un cenno al ragazzo dietro il banco, uno dei fratelli: un altro.

«Non va bene», dice.

«Avanti», dice il biondo.

Sa come fare quando quello lavora col cervello. Segue, incalza, mette le virgole.

«Supponiamo che quelli che cercano il De Magistris siano quelli che hanno fatto fuori i due nazi giovani, il bassista e quell'altro...».

«Ti seguo».

«Dalla Senzapane ci sono andati prima, no? Non domenica, intendo».

«Sì».

«E francamente il fighetto e la ragazza che sono andati da lei domenica... non me li vedo a tagliare l'arteria femorale a un tizio legato come un salame».

«Va bene».

«E quindi mi viene da pensare che qui siamo alla caccia alla volpe. Il De Magistris si nasconde e scappa, e dietro gli sta una muta di cani, noi, gli sgozzatori di nazisti, e questa coppia di cui non sappiamo niente. Troppa gente».

«Forse questo De Magistris è una specie di rompicazzo di massa e si è fatto un bel po' di nemici», dice il biondo.

«Sì, ci sto. Però che lo cerchino tutti negli stessi giorni...».

Arriva il secondo caffè.

Quello con la cravatta fa un gesto come per archiviare i dubbi. Se non puoi risolvere un problema, lascialo lì.

Infatti cambia argomento.

«Dell'indirizzo cosa sappiamo?».

«Una villetta, piano terra e primo piano, abbastanza isolata, vicino a un campo sportivo. Giardino, cancello facile, niente cani, forse un paio di telecamere, pare non abitata, cioè... ogni tanto sì, ogni tanto no... due uomini che vanno e vengono, uno grosso, uno zoppo e anziano».

«Sono loro».

«Sì».

«Domani sera facciamo un sopralluogo».

«Pesante?», chiede il biondo.

Intende che vanno a dare un'occhiata, ma vanno anche attrezzati, nel caso si possa fare il lavoro al volo. Ogni tanto capita, non è male.

«Sì. Mi sa che sta diventando una questione di tempi».

«Sì, troppi cani dietro la volpe».

Pagano ed escono nel sole multietnico di via Padova.

Quarantuno

Sono sparite per tutto il giorno, e adesso che rientrano sembrano Rihanna e Beyoncé di ritorno da un giro di shopping.

Nadia e Marzia si accasciano su uno dei divani, continuano a ridacchiare.

Marzia sembra un'altra persona, sembra viva.

E a parte quello, si vede che sono state dal parrucchiere e a fare tutte quelle cose che fanno le donne e che le rende... boh... diverse.

Solo, Nadia continua a controllare qualcosa sull'iPhone, non lo molla mai.

Nadia mostra le borse delle loro compere, sorride a Carlo con gli occhi verdi e dice:

«Comprese le spese, vero? Ti ricordi, eh?».

«Se non avete saccheggiato Bulgari...», dice lui.

Poi lei lo guarda con aria interrogativa. Vuole sapere se è andato tutto bene e se devono mettersi a preparare Marzia per il suo grande show di domani sera.

Carlo alza le spalle, come per dire: che c'è da preparare? Va tutto benissimo.

«Stasera facciamo una chiacchierata», dice per tranquillizzare tutte e due, «tanto per fare il punto e un riassuntino. Non c'è niente da pettinare. Marzia deve solo rispondere alle domande, seguire il filo che traccia la De Pisis e dire quello che ha detto a noi. Niente recite, niente melodrammi. Se c'è un dramma vero verrà fuori da solo, e noi sappiamo che c'è».

«Tu stai con me, vero?», chiede Marzia a Nadia, con un filo di panico.

«Sì, io starò lì dietro».

«Io sarò qui a vedere la tivù», dice Carlo.

Poi chiede a Marzia se per caso le serve un lavoro. No, dice, perché lì, proprio lì, al programma, per puro caso, cercherebbero una ragazza nuova al reparto sartoria... Non saprebbe nemmeno lui... però... se le va...

Marzia spalanca gli occhi:

«Davvero?».

«Sì, davvero... ora sentiremo i dettagli, ma... sì, credo che sia sicuro...».

La ragazza china un po' il capo e gli occhi le si inumidiscono. Non si capacita che tutto le capiti addosso così, come un treno. Nadia che la tiene stretta, la tivù, degli amici nuovi... anzi... degli amici. Ora addirittura un lavoro.

Si alza, raccoglie qualche borsa del suo shopping e dice:

«Torno subito».

Appena Marzia scompare, Nadia si avvicina a Carlo,

minacciosa come un commando di khmer rossi, ma meno simpatica. Ha gli occhi grigi.

«Fai l'eroe, eh? Fai il principe azzurro con la povera Cenerentola… il signorotto medievale… Disponi della vita della gente come cazzo vuoi tu, no? Eccole un lavoretto, signorina, tenga il resto…».

Questa volta no, questa volta Carlo non capisce. Si rifiuta, ecco.

«Sei un gran pezzo di merda, signor Monterossi», sibila Nadia.

Poi entra Marzia. Si è cambiata e ha indossato i nuovi acquisti. C'è il tocco di Nadia, senza dubbio, ma senza esagerare. Ha una maglietta accollata e una gonna corta ma non cortissima, belle scarpe né alte né basse, un golfino aperto davanti che dice al mondo: guardate questa ragazza com'è carina! Possibile non amarla?

Entra e fa una giravolta.

Poi butta le braccia al collo di Carlo:

«Un lavoro, cazzo, un lavoro! Grazie!».

Gli occhi di Nadia sono grigio aeronautica militare.

Poi Marzia si avvicina a lei:

«Ma ci pensi, cazzo, un lavoro! Posso pagare mezzo affitto, possiamo vivere insieme! Ce la facciamo, Nadina, ce la facciamo!».

E la bacia tipo *Notorius*, tipo *Casablanca*, tipo fate voi.

Quando si staccano, Carlo si avvicina a Nadia e le sussurra in un orecchio:

«Nadina?».

Lei gli mostra il dito medio, ma gli occhi sono di nuovo verdi e a lui sembra di sentire qualcosa, un sospiro, una parola, un sussurro, tipo:
«Scusa».
Probabilmente se lo è immaginato.

Manca qualcosa?
Ah, sì. Dallo stereo esce Dylan che canta:

Sometimes I'm thinkin' I'm
too high to fall.
Sometimes I'm thinkin' I'm
too high to fall.
Other times I'm thinkin' I'm
so low I don't know
If I can come up at all.*

---

* Bob Dylan, *Black Crow Blues*: «A volte penso di essere / troppo in alto per cadere. / A volte penso di essere / troppo in alto per cadere. / Altre volte penso di essere / così giù da non sapere / se potrò alzarmi alla fine».

Quarantadue

Il biondo abbassa l'aletta parasole. La luce di taglio del tramonto lo acceca, e se fai la Milano-Varese a quest'ora ce l'hai dritta negli occhi come un raggio laser.

Il socio sonnecchia sul sedile a fianco. Una calma dei santi, relax totale, due amici che vanno in vacanza.

Tutto finto, e lo sanno bene.

È sempre così, prima di un'azione. I movimenti diventano lenti, rilassati, forzatamente tranquilli. È una calma che prende la rincorsa, come i piccoli passi dei centometristi prima di andare ai blocchi e sentire il colpo di pistola.

Appunto.

Sono stati in ufficio dal pomeriggio. A preparare una specie di piano, a guardare le mappe su Google, a studiare vie d'accesso e vie di fuga. Non facile, perché Samarate è un paesino di un centinaio di case, con vie strette e piccole, dove chi passa viene visto e osservato dalle finestre, e la villetta che cercano loro è un po' discosta dal centro, ma non molto.

Il biondo ha un giubbotto leggero con tante tasche, la sua Sig-Sauer, pulita ma non lucida, in una fondina ascellare, e una K100 Grand Power 9x21 in una tasca posteriore. Roba recente, slovacca, in polimero come le fanno adesso, con capacità di tiro a raffica controllato. Lui l'ha settato sui due colpi. Pum-Pum, il primo confetto non è ancora arrivato, e già è partito il secondo per unirsi alla festa.

Bella pistola, ma non è la sua amica Sig.

Sta in panchina, ecco.

Il socio ha la solita giacca, la cravatta, una camicia bianca, la Smith & Wesson alla caviglia e un tubo di gomma lungo trenta centimetri pieno di pallini di piombo. Viaggia leggero. È di quelli che si autopuniscono. Cose tipo: se non ce la faccio con cinque colpi merito di non farcela.

Il biondo non è d'accordo. Pensa che lui ne vorrebbe altri cinque, poi altri cinque e poi altri cinque... finché ce la fa.

Escono dall'autostrada e piegano a sinistra, verso l'aeroporto di Malpensa. Il grande aeroporto di Milano, che sorge a Varese, quello che doveva diventare l'hub italiano, e poi una fabbrica di stipendi per manager, e poi l'ultimo baluardo dei secessionisti padroni a casa loro, e ora è il campo di bocce più lungo del mondo.

Samarate è uno di quei paesi che si stringono intorno all'aeroporto, e ne sono stretti, ovvio. Loro fanno qualche giro a caso come se si fossero persi, passano piano accanto alla villetta. C'è la Bmw Z4 bianca e nient'altro. Alcune tapparelle sono abbassate a metà, altre del tutto, nessun segno di vita.

È presto.

Proseguono per l'aeroporto. Il socio scende davanti all'ufficio della Hertz, il biondo porta l'auto al parcheggio soste brevi.

Poi aspetta qualche minuto. Quando l'altro arriva, sale sulla Ford Focus blu affittata con la patente di Francesco Rista, pagata con la carta di credito di questo Rista, che risulta residente a Roma in via della Giuliana, che né il biondo né il socio sanno dove sta, ma non importa. A meno di un controllo più attento nelle prossime ventiquattr'ore è tutto a prova di bomba.

Tornano indietro e rifanno il giro. Accanto alla Z4 ora c'è una Skoda station-wagon di colore indefinibile, un mezzo giallo che vira al marroncino. Ancora tutto fermo, ma una tapparella si è alzata un po'.

I due fanno un altro giro lento.

Il cancello è basso, come la recinzione. Ci sono due alberi che potrebbero coprire bene chi scavalca, ma è proprio lì che loro avrebbero messo delle telecamere. Invece dietro la casa la recinzione dà su un vialetto stretto che guarda i campi. Per entrare c'è la porta principale e due porte-finestre che danno sul piccolo giardino. Una ha la tapparella abbassata, niente da fare. L'altra, forse.

Ora il tramonto è andato, comincia a fare buio, anche se a Samarate non fa mai buio davvero. Perché le luci dell'aeroporto creano una specie di cappa permanente, un blu più chiaro, artificiale, aeronautico.

Il socio e il biondo tornano indietro, si fermano in un pub e mangiano un panino piccolo a testa. Acqua minerale. Caffè. La musica è alta.

Risalgono sulla Ford blu e la lasciano a tre vie dalla villetta.

Si guardano e si fanno un cenno impercettibile. Scendono e si avviano.

Sono le nove e dieci.

Quarantatré

«Che meraviglia! Ma che bellezza! Ma signora Gianna, ma questi sono quattro capolavori!».

Hanno iniziato da pochi minuti e Flora De Pisis è già vicina all'estasi, mentre sul ledwall alle sue spalle scorrono le foto dei quattro gemellini della prima ospite della serata. Un parto difficile, una gravidanza interminabile, con quei quattro stretti là dentro e lui, il marito, Vittorio, che la accudiva, che la vegliava.

Sì, spariva, ogni tanto, anche per due, tre giorni, ma era il lavoro, diceva.

Poi la signora Gianna racconta di quel giovedì alla clinica. Lei e i bambini con il foglio delle dimissioni, e lui che non arriva a prenderli e a portarli a casa. Là è tutto pronto: la grande culla king size, il fasciatoio, le pulizie fatte come dio comanda, la nonna in attesa trepidante, il latte in polvere, i pannolini, le stanze rimescolate per accogliere una famiglia che si moltiplica. E parecchio, anche.

Ma lui, Vittorio, il marito, niente, non arriva.

Ora il volto di Flora De Pisis è una maschera di terrore. Come può un uomo... come può un essere umano... ma vi pare possibile signore e signori? Sfodera tutto il repertorio, da «non mi dica» a «non ci posso credere», passando per le varie sfumature dell'orrore materno, che sono parecchie.

Nadia assiste distrattamente in una saletta dedicata agli ospiti e ai loro accompagnatori. Marzia è sotto le mani dei truccatori, già perfettamente vestita per il suo show. Non proprio da signora, non proprio da ragazza. Da giovane semplice, senza grilli per la testa, non una che voleva la luna, non una dagli orizzonti infiniti, una che voleva solo il suo uomo, ma quello...

Nadia guarda l'iPhone ogni due minuti.

Marzia ricompare, bellissima, anche se a Nadia piace di più quando è un po' scarmigliata, un po' spettinata, un po' più vera. Ma conosce il gioco e sa che rispetto ai danni che potevano fare, i maghi del trucco e parrucco si sono limitati e hanno più o meno seguito le sue istruzioni. La bacia piano su una tempia.

«Stai tranquilla» le dice. «Manca poco».

Marzia ha due occhi marroni profondi come i cenote del Guatemala. Pozzi senza fondo dove i Maya buttavano le vittime dei loro sacrifici umani, lei ci sta buttando dentro tutte le speranze che ha.

Si siedono.

A questo punto la signora Gianna piange come una fonte di montagna.

Lui, quel Vittorio, non si è fatto vedere né sentire. Non una telefonata, non un messaggino, niente. Lei ha contattato gli ospedali, la polizia, i carabinieri. Un tenente belloccio le ha detto che se un marito non torna a casa l'Arma non può fare niente. Lei gli ha detto, certo, dei quattro marmocchi, e quello ha detto che capiva.

Eccome se capiva, forse sarebbe scappato anche lui.

Flora De Pisis fa la faccia severa.

Ora le lacrime della signora Gianna hanno aperto due Grand Canyon nell'Arizona terrosa del suo fondotinta, la voce è lamentosa, la bocca impastata.

Ritrova un po' di tono quando racconta di un altro giovedì – se lo ricorda perché al giovedì viene la donna – e lui, Vittorio, entra con le sue chiavi e si presenta a casa come se niente fosse.

Lui e una signorina giovane giovane, vestita un po'...

«Posso dirlo?», chiede timidissima e intimorita la signora Gianna.

«Può dire quello che vuole, Gianna», la incoraggia Flora De Pisis.

«Un po' da puttana, ecco!».

L'ha detto.

E insomma, questa signorina vestita com'è vestita se ne sta un po' in disparte, mentre lui si fa mostrare i figli dalla moglie basita, paralizzata, senza parole per quel ritorno così assurdo e teatrale.

«E se ne prendiamo due?», dice Vittorio.

Ora c'è un attimo di sospensione. Il pubblico a casa non sa se è il momento dell'assolo della conduttrice, che già viene circondata dalla luce bianca delle grandi occasioni, o se ci sarà un'altra svolta nella storia, altre lacrime, altri insulti al buonsenso, alla famiglia, alla decenza, all'umanità tutta e – ma di questo il pubblico non si rende conto – alla sua stessa intelligenza.

Invece il volto della De Pisis rimane in modalità interrogativa.

E quell'altra riparte. Racconta che invece di tramortire il marito con un corpo contundente, o di sgozzarlo con la mezzaluna per le cipolle, o di friggerlo con l'olio bollente, è corsa ad abbracciarlo, dicendo io ti perdono, Vittorio, ti perdono con tutto il cuore perché io ti amo e ti ho sempre amato e ti amerò finché avrò un briciolo di vita.

Cioè, come possono vedere milioni di italiani, ancora per poco. Perché nella sua mistica devozione per uno stronzo grande come l'Empire State Building, sembra che la signora di vita ne abbia pure meno di un briciolo, anzi, si direbbe assai vicina, questione di minuti, a cadere stecchita nel lago delle sue lacrime.

«E lui?», chiede Flora De Pisis con l'aria di chi vuole accorciare l'agonia e invece darebbe un braccio per allungarla.

E lui, balbetta la signora Gianna ormai morta e sepolta e riesumata più volte, lui ha preso per un braccio quella... quella... ci siamo capiti, e se n'è andato via di nuovo, senza un saluto.

«Senza nemmeno accorgersi di quanto gli assomigliano i gemelli», aggiunge come se fosse questa la cosa più assurda.

Ora la luce si fa incandescente, aliena, accecante come la via lattea subito dopo la mungitura. Flora De

Pisis conquista un primo piano sfavillante che le consente di dimostrare la radice quadrata dei suoi anni e si rivolge al suo pubblico, alle donne in ascolto, ma anche a voi uomini, sì, a voi... e...

Nadia si alza, va a fare un giro in corridoio. Controlla ancora il telefono con un'occhiata veloce.

Marzia la segue e le prende una mano. Siedono su un divanetto scomodo in un corridoio semibuio dove l'audio del programma non arriva, solo l'eco di un applauso lunghissimo, fragoroso, poi il jingle che annuncia la pubblicità.

Quarantaquattro

Avrò fatto bene?, si chiede Carlo.

Carlo Monterossi, il Pettinatore di Vite.

Sarà una mossa sensata buttare quella ragazza nella fossa dei leoni? E perché, poi?

Perché lui combatte con le sue armi, che non sono le Luger, e nemmeno quella Glock da fighetto, forse.

Davvero? Per questo?

E per dimostrare cosa, che alla fine la vita vera, quella non pettinata, quella non adattata allo schermo, quella non addomesticata dalle luci è più vera della loro plastica?

In pratica, una scommessina culturale da borghese annoiato sulla pelle di una ragazza che ha già fatto l'autoscontro con la vita.

E allora avrà ragione Nadia?

È lui? È così? È il signorotto medievale che gioca con la vita della plebe? Che trasforma in spettacolo la battaglia per la dignità, per la decenza...

E perché questi dubbi gli vengono sempre quando è tardi, quando la retromarcia non si può più mettere, quando la preoccupazione per le sue azioni diventa paura e poi panico?

Ora non può che aspettare, incrociare le dita, trepidare, fare il tifo, sperare che vada tutto bene, che Marzia Senzapane e Senzagiustizia possa brillare come un gioiello in tutta quella merda. Come un diamante.

Sì, ecco. Un diamante.

Someday little girl, everything for you is gonna be new
Someday little girl you'll have a diamond as big as your
[shoe.*

* Bob Dylan, *Under the red sky*: «Un giorno, ragazzina, ogni cosa sarà nuova per te / Un giorno, ragazzina, avrai un diamante grosso come la tua scarpa».

Quarantacinque

Un cenno invisibile. Prima il socio e poi il biondo, a ruota.

E ora sono nel piccolo giardino. Stanno bassi per evitare le finestre. Un altro cenno invisibile. La porta-finestra di là. Dietro la casa.

Il biondo gira a sinistra e l'altro a destra.

Il biondo ha la Sig-Sauer in pugno, il braccio rilassato steso lungo il corpo. Passa davanti alla porta d'ingresso, sempre chinato, sempre di corsa.

Un pensiero.

Prova a girare la maniglia... sai mai... Chiusa, naturalmente. Allora avanza come concordato. La luce della finestra sopra di lui si è accesa all'improvviso. Teme di mostrare un'ombra, in qualche modo. Allora accelera, sempre chinato per non farsi vedere da dentro, e si appoggia al muro a un metro dall'angolo della villetta. Se hanno calcolato bene, dietro dovrebbero esserci due porte-finestre, una chiusa con la tapparella abbassata, l'altra no. L'idea è di entrare da lì.

Ideona, eh?

Un angolo, pensa il biondo, solo un cazzo di angolo e poi di là c'è il mio socio che ha fatto l'altro giro, un modo per entrare, un lavoro da finire e ce ne andiamo a casa.

Tende l'orecchio. Niente, nessun rumore.

Raccoglie un po' di fiato, come prima di un tuffo, svolta il cantone della casa con la Sig tesa in avanti e si immobilizza di nuovo, la schiena contro il muro. Alle spalle la villetta, di fronte i due alberi che coprono un po' il recinto di metallo esterno. Alla sua destra le due porte-finestre. Avanza piano. Se i suoi calcoli sono giusti dovrebbe incontrare il socio, forse si è fermato tra le foglie.

Ancora un passo. Un altro. Ecco la prima finestra, quella chiusa. Un altro passo.

«Non muoverti e tieni le mani in vista».

Non c'è niente che gli preme sulla nuca. Non è un film, nessuno appoggia l'arma alla sua vittima, non quelli che la sanno usare, almeno. Ma lui sa che c'è.

Si stupisce di come sia lucido in questo momento. Talmente lucido da sapere che non è coraggio. È paura.

«Butta la pistola. Molto piano».

Il biondo toglie il dito dal grilletto della Sig e la tiene con due dita per il calcio. Le fa fare un volo piccolo, attento a buttarla sull'erba e non sul cemento.

«Voltati. Piano».

Si volta.

Di fronte a sé ha un vecchio con la faccia cattiva. Occhi chiari, le basette troppo lunghe. I capelli sono bianchi. Indossa una tuta da meccanico azzurra, di quelle vecchie tute da operaio che non si vedono più. È più basso di lui, secco. Pare solido, però. Ha in mano una pistola strana, la canna sottile e l'impugnatura più massiccia. Non è certo una di quelle cosette trendy che fanno adesso, no. Quella sa di guerra, di officine Krupp, di vecchio acciaio tedesco, di colpi alla nuca. Luger.

Assurdo, pensa il biondo.

Il vecchio gli gira intorno, finché si trova alla sua destra.

«Vai», gli dice. «Piano».

Così il biondo cammina verso l'angolo della villetta che ha appena superato trattenendo il fiato, pensando che quello lo porti verso la porta d'ingresso.

«Metti le mani sulla nuca. Fai un passo alla volta e conta fino a tre tra un passo e l'altro».

Uno bravo, pensa il biondo. In questo modo è impossibile ogni scatto improvviso. Un metodo lento ma sicuro, il biondo non lo conosceva, ma apprezza, in qualche modo.

Girano l'angolo. La canna della Luger è a un metro dalla sua nuca. Non può vederla, non può sentirla, ma sì, in qualche modo la sente lo stesso.

Un passo... uno, due, tre... un altro passo... uno, due...

Poi un rumore. Quello che aspettava il biondo e che il vecchio, invece, non aspettava per niente. Un clock, un rumore morbido, come... come...

Ah, sì. Fa la sua smorfia solita, come di pallini di piombo dentro un tubo di gomma. Subito un rumore più lungo: il vecchio che crolla, tipo uno che andava a pile e la batteria l'ha lasciato sul più bello. Come un sacco di patate, dicono nei libri gialli, ma il biondo è un tipo metropolitano, un sacco di patate non l'ha nemmeno mai visto.

«Mi devi un favore», sussurra il socio.

«Bello grosso», dice il biondo.

Trascinano il vecchio tra i due alberi, malamente nascosto tra le foglie.

Il biondo recupera la Sig e la rimette nella fondina. Poi prende la Luger, l'altro fruga nelle tasche della tuta. Un mazzo di chiavi.

«Andiamo dallo stronzo», dice il socio. Si sistema la cravatta.

Il biondo guarda la Luger sotto il cielo azzurrato dalle luci dell'aeroporto.

Scuote la testa, estrae il caricatore e la scuote ancora più forte. Parabellum punta cava. Con queste puoi ammazzare un elefante, se lo prendi bene. Un uomo puoi anche prenderlo male, perché il foro d'entrata è calibro nove, ma quello di uscita sembra il cratere dell'Etna.

Fa per buttare la Luger tra le foglie, poi si ferma e l'appoggia piano. Il caricatore pieno di tritacarne da nove millimetri se lo mette in tasca.

«Andiamo», sussurra.

Il socio è già due passi avanti a lui.

Quarantasei

Il campo è buio. Buio pesto. C'è qualche luce che esce dalle roulotte, ma nessuno in giro, perché piove. Un fuoco combatte contro le gocce che cadono. Perderà, non c'è dubbio, ma per ora resiste e fa un fumo grigio chiaro che si sparge nell'aria.

Accanto al furgone bianco ci sono tre uomini che discutono con Clinton. Nessuno alza la voce, ma i gesti sono concitati, c'è un miscuglio di lingue e a Clinton ogni tanto scappa qualche parola in spagnolo.

Non vogliono mollare il furgone, è chiaro. Quei due che fanno i loro comodi rovinano gli affari, e loro stasera hanno da fare, il furgone gli serve.

Hego e il vecchio parlottano in un angolo, vicino alla roulotte lunga, sotto la pioggia che cade piano, guardano la scena.

Poi il vecchio fa qualche passo verso il furgone. Parla con uno dei tre. Fa pesare la sua autorità. Gli mette una mano sulla spalla e lo trascina un po' in disparte. Quello annuisce, poi va a parlare con gli altri due.

I tre fanno per allontanarsi, sconfitti. Ma Clinton li

raggiunge in due falcate. Allarga le braccia, poi stringe la mano a tutti e tre.

Quelli non sono convinti ma accettano.

Clinton sale sul furgone, apre dall'interno la porta del passeggero, Hego sale, si siede e chiude lo sportello. Alza il vetro.

Il vecchio torna alla roulotte lunga e si volta a guardare il furgone che parte lasciandosi dietro un fumo nero che fa la guerra al fumo grigio chiaro del fuoco bagnato.

Dietro la finestra in plastica della sua roulotte, Helver ha osservato tutta la scena, gli è piaciuto che Clinton abbia voluto stringere la mano a quei tre prima di andare via. Uno di quei tre è suo padre.

Dietro un'altra finestra di plastica, da un'altra roulotte, Mirsada guarda la finestra di Helver. Ha fatto a cambio di materasso con il fratellino per avere quella finestra a disposizione.

Hanno litigato, ma ha vinto lei.

Quarantasette

L'uomo con la cravatta si avvicina alla porta in legno, quella che il biondo aveva provato prima. Ora ha in mano la piccola Smith & Wesson, e nella sinistra le chiavi che ha preso al vecchio.

Ma ora il portoncino è accostato, le chiavi non gli servono e le infila nella tasca dei calzoni.

Entrano. C'è un piccolo ingresso. A destra una grande porta a vetri spalancata dà su un grande salone. È buio e non si vede niente, anche se da fuori entra un buio più chiaro. Il salone sembra ampio, probabilmente gira a elle e occupa tutto il piano terra, le porte-finestre che hanno visto da fuori daranno lì dentro.

A sinistra c'è una porta accostata, dalla fessura esce una luce. Di fronte, una rampa di scale che sale al piano di sopra.

Il biondo entra piano nel salone, si guarda in giro, poi torna nell'ingresso facendo un piccolo cenno: nessuno.

Il socio gli fa un gesto che dice: coprimi.

Appoggia un piede alla porta e spinge con un colpo secco, la pistola dritta davanti a sé, pronto a sparare se qualcuno non è contento di vederlo, o gli parla male di sua sorella.

Invece vede Sergio De Magistris, seduto dietro un tavolo di fòrmica con davanti una lattina di birra e una pistola smontata. La sta pulendo. Pare una Luger anche quella.

«Eccoti qua!», dice il socio.

Il biondo dice: «Faccio un giro», e sparisce.

Sergio De Magistris ha una maglietta nera con una scritta ormai mezza cancellata. Alza le mani per istinto. La gente è stupidamente portata a credere che se hai le mani in alto nessuno ti spara. È una leggenda, naturalmente, ma non c'è come l'uomo per credere alle leggende, no? Questo, poi, come uomo, è pure un po' stupido.

«Alzati».

Quello si alza, sempre tenendo le mani in vista.

«Vai verso il muro».

Fa due passi muovendosi di lato, molto piano, e si appoggia al muro. Oltre alla maglietta nera ha dei jeans stinti molto stretti e un paio di anfibi neri. I capelli né corti né lunghi e il fisico abbondante, ma non grasso. Muscoli coltivati, addestrati, tenuti vivi dalla palestra. Un'aria massiccia insomma.

Se è spaventato non lo dà a vedere.

Il biondo torna.

«Di sopra niente», dice. «La stanza di là è una specie di museo».

Poi si avvicina al De Magistris, lo mette faccia al muro e lo perquisisce. Un portafoglio gonfio nella tasca destra dei jeans, dietro. Un coltello a serramanico in quella davanti. Spiccioli, chiavi della macchina. Il portachiavi è un'ascia bipenne. Tutto finisce sul tavolo.

Il biondo sposta una sedia e la piazza davanti a un termosifone, attento a non mettersi tra il buco nero della pistola del socio e i buchi neri che sono gli occhi di Sergione.

«Siediti», dice quello con la cravatta.

Il biondo cava da una tasca del suo giubbetto due fascette in plastica e gli lega i polsi agli elementi del termosifone. Tipo crocifisso, ma non con le braccia tese, un Cristo con la croce corta, insomma.

La stanza è ampia ma abbastanza vuota. C'è una finestra, quella che si è illuminata prima, quando il biondo ci passava sotto per fare il giro della villetta. C'è il tavolo di fòrmica azzurra e qualche sedia dello stesso colore, come una cucina povera. Ma della cucina non c'è nient'altro. Dietro la porta un attaccapanni a muro con appesa una tuta azzurra come quella del vecchio. Un mobiletto basso, bianco, addossato a una parete, con sopra vecchi giornali arruffati, qualche scatola, cartoni da imballaggio ripiegati. Usati, perché si vedono gli strappi del nastro adesivo.

«Dov'è Dante?», chiede il De Magistris.

Ha una voce che non c'entra niente, né col corpo da lottatore né col cervello da babbuino. Una voce da ragazzo, quasi dolce, per niente aggressiva.

«È andato a dormire», dice il biondo.

«Magari ti sogna», dice quell'altro.

«Si può sapere chi siete?».

«Siamo quelli delle pulizie», dice il socio, sempre con la Smith & Wesson in mano, ma adesso con il braccio abbassato.

«Sì, leviamo la merda dalle strade», dice il biondo.

«Hai presente? Quelli che fanno i lavori col culo e poi chiedono anche il supplemento».

De Magistris annuisce. Ha capito.

«Quelli che lasciano i gatti morti nelle macchine degli altri», aggiunge il biondo. «C'è gente allergica, bisogna stare attenti».

Sergione non dice niente. Li guarda. Dire che è tranquillo sarebbe troppo, d'accordo, però...

Il socio ha come un piccolo lampo. Qualcosa non va.

Si era figurato questo Sergione come un tipo tutto muscoli e niente cervello. Soprattutto niente palle. Un vigliacco, un cretino, uno che va a fare il tirassegno con gli zingari e che fa secco un vigile per sbaglio.

Non saprebbe dire perché, ma si era aspettato che si mettesse a piangere e a implorare, e invece...

Il biondo prende una sedia e si siede vicino al tavolo. Osserva i pezzi della Luger.

«Com'è che vi piace l'antiquariato?», chiede.

Il De Magistris sta zitto.

«Tu lo sai cosa succede adesso, vero?», continua il biondo.

«Che qui dentro siamo in tre, ma con le loro gambe se ne vanno solo in due», dice il socio.

Che però continua a lavorare con la testa.

Ecco cosa sembra quella cucina che non è una cucina. Un posto di guardia. E anche questo Sergione, più che un delinquente sembra... un soldato, sì, un soldato. E per quanto non si metta a frignare e a chiedere pietà, non ha nemmeno l'aria di uno che fa il capo o che architetta chissà cosa. Non ce lo vede a trattare con trafficanti di pistole d'epoca, in che lingua, poi? Questo ha l'aria di sapere a malapena l'italiano.

C'è qualcosa che non va, si ripete. E allora dice:

«Facciamo in fretta».

Per la prima volta sulla faccia del De Magistris compare qualcosa che sembra paura vera.

Fa per parlare, finalmente, apre la bocca.

Ma la voce che si sente è un'altra, e viene dalle loro spalle.

«Le mani in alto piano, la pistola sul tavolo. Tu, in piedi».

Eseguono.

Qualcosa che non va, si ripete il socio, come se si rimproverasse di non aver capito prima.

E poi quella voce l'hanno già sentita.

Fanno una giravolta lentissima fino a che ce li hanno davanti tutti e due.

L'avvocato Ferdinando De Rosa e la sua Beretta bifilare.

Bella coppia.

Lui non muove un muscolo, non fa un'espressione, né di gioia, né di vittoria, né di scherno.

«I miei due clown preferiti», dice.

Quarantotto

Alle ventidue e trenta Marzia Senzapane, la giovane donna che riempie l'inquadratura con grazia afflitta ma non disperata, ha già raccontato gran parte della sua storia.

Flora De Pisis sembra esserne turbata. È il suo lavoro e nessuno, in effetti, sa turbarsi come lei, in quell'estenuante altalena di sorrisi d'incoraggiamento e di espressioni di orrore, di tenerezza estrema e di riprovazione muta, sottolineata dalle luci ormai stroboscopiche che le spianano il volto.

Se però qualcuno dei milioni di poveri addicted che guardano *Crazy Love* si fa più attento, può notare che c'è qualcosa di più, e di diverso. È qualcosa di più e di diverso che in questo momento sfugge anche a lei, alla conduttrice, alla regina del mercoledì sera, alla dea dell'amore catodico che – lo sapete, no? – fa fare anche questo.

Qualcosa stride, qualcosa scivola fuori dai binari soliti del copione.

Ed è il fatto che Flora De Pisis è abituata a parlare con delle vittime. Vittime nel doppio senso della parola:

oggetti di ingiustizie e ostinate vestali del vittimismo. Le storie che presenta, che sventola, che commenta in diretta con le protagoniste, sono scelte e pettinate per quello: perché la vittima dell'ingiustizia stringa la mano a quella che in fondo quell'ingiustizia l'ha accettata – che sono la stessa persona – per concludere alla fine, in un tripudio di applausi e lacrime, che è l'amore che fa tutto questo.

Non il marito fedifrago, la moglie adultera, l'amante maligna, il farabutto seriale, il maniaco. No, non loro, ma l'amore.

E così, non potendosi arrestare l'amore, né interrogarlo in una stanza della questura, né applicargli qualche articolo del codice penale, né dargli il 41 bis, tutti arrivano all'ultimo spot pubblicitario sollevati e contenti.

Che tanto il colpevole è l'amore. Che ce ne frega a noi, Gino, andiamo a dormire, che domani c'è la sveglia.

Oggi si trova di fronte un animale diverso, perché questa Marzia è senza dubbio una vittima, che ha subito quello che ha subito. Ma del vittimismo non ha niente, a cominciare dal fatto che ancora non ha spremuto una lacrima dopo venti minuti, miglior tempo e record mondiale, nei programmi della De Pisis.

Marzia parla in un italiano basico, senza parole strane, ma anche senza inflessioni troppo marcate. Tiene le mani in grembo come le vecchie quando raccontano, ma se le muove un poco, per spostare una ciocca di capelli, o per sottolineare un concetto, si vede lì dentro una vita che non aspetta altro che di esplodere. Anzi, che merita di esplodere.

Al racconto di quei due giorni dalla prostituta di Affori, quella Aisha, e all'occupazione che quel malefico Sergione le aveva trovato – puttana, né più né meno – Flora De Pisis capisce cosa c'è che non va.

C'è che la storia di Marzia è la storia della signorina Marzia, certo, una vicenda privata squadernata davanti al gentile pubblico. Ma non proprio allo stesso modo in cui le altre storie del programma sono storie private, la signora coi quattro gemelli, il matto che vuole sposare l'ergastolana, quell'altro fuori di testa che prende gli ostaggi, quella che scopre che il marito s'incula il cane e lo ama lo stesso.

Anche Flora De Pisis – e vi prego di leggere questo «anche» come un «persino», signori della Corte – capisce da qualche parte, in un angolino della sua consapevolezza sepolta sotto il cinismo, che qui c'è qualcosa di diverso.

Cioè che la storia di Marzia non è solo la storia di una donna, ma è la storia delle donne.

Di decine, centinaia, di migliaia di donne, da decine, centinaia, migliaia di anni. E che questa Marzia qui è stata anche lei vittima sì, ma di un abbaglio assurdo, di uno scherzo ferocissimo. Di pensare che quell'usarla, quell'avere delle attenzioni anche sporadiche, quell'occuparsi di lei – sia pure per mandarla a battere, sia pure per farle pisciare in testa da qualcuno davanti a una macchina da presa – fosse una cosa che si chiama amore.

Marzia ha risolto la questione.

Flora De Pisis, invece, vede scricchiolare sotto di sé l'intera struttura della sua costruzione teorica. La sua filosofia, la sua Weltanschauung.

Non le interessa che questa Marzia si ribelli a Sergione, che ormai è un conclamato pezzo di merda di cui milioni di italiani conoscono nome e cognome, malefatte, cattiverie, meschinità e schifezze umane. Del quale milioni di spettatori hanno già detto: ma tu pensa che stronzo.

No.

Quello che turba Flora De Pisis è il rischio che questa Marzia si ribelli all'amore in sé e per sé, la qual cosa è semplicemente inconcepibile, mina le basi del trono e dell'altare, per così dire, su cui lei e la sua popolarità stanno sedute.

Dunque la piccola ma enorme battaglia che si combatte ora è tra l'eroica Marzia Senzapane, giovane sartina senza arte né parte, e l'essenza stessa del più seguito programma nazionale.

Certo, ci sono stati anche sprazzi di… felicità. Ma era felicità quella? Una gita a Sirmione. E poi quella volta che lui l'ha portata in quel suo… boh, un museo, un deposito. Lampi di qualcosa che sembrava normalità, ecco.

Ma poi Marzia prosegue il suo racconto e arriva alla pattuglia dei caramba.

Certo, prima si dilunga su come quell'inatteso invito a cena, a Sant'Angelo Lodigiano, appena fuori città, che nel suo orizzonte doveva suonare come Saint-Tropez o come Cortina d'Ampezzo, le fosse sembrato il cielo a portata di mano. Il traguardo delle sue lotte. Finalmente, finalmente, finalmente un segno da quell'amore disperato che prometteva di essere un po' più amore e un po' meno disperato, alla buon'ora!

E questo a Flora De Pisis piace assai.

Ma poi ecco di nuovo il gorgo. Il tradimento, anzi la trappola, e poi la paura e il carcere e le botte e lo schifo e la delusione e il sentirsi abbandonata da tutti, cioè soprattutto da Sergione che per lei – incredibile – era appunto «tutti».

E poi il ritorno nella sua piccola casa, nella sua solitudine, nella sua angoscia. E sotto sotto, nascosto tra la cenere bagnata dalle lacrime, quel pensiero ancora vivo, a tratti, di cercare Sergione, e in fondo, forse, di riprovarci di nuovo, e poi di nuovo ancora, e poi di nuovo un'altra volta, fino a esaurimento scorte.

E anche questo, naturalmente, piace a Flora De Pisis, che si riprende dai suoi dubbi e dal suo mancamento teorico di poco prima e comincia il suo numero da circo.

«Ecco, amici di *Crazy Love*. Eccoci un'altra volta di fronte a quella potenza assurda che ci fa fare cose che non diremmo mai, che va oltre l'immaginabile, che muove ciò che sembra inamovibile… Quello che Marzia ci ha spiegato così bene questa sera, trattenendo il suo pianto perché il suo discorso fosse più chiaro… Noi sappiamo quello che fa fare l'amore, lo diciamo ogni settimana, lo ripetiamo fino all'ossessione, ma non è proprio questo che intendiamo. Non è la più grande domanda delle nostre vite? Una domanda, un punto interrogativo, una questione che dovremo risolvere... anche questo fa fare l'amore?».

Il punto di domanda rimane sospeso come un acrobata che non vuole, o non sa, scendere a terra.

Ora anche i più distratti tra i telespettatori si sono accorti che c'è un nuovo registro, una nuova variabile del discorso. Quel punto di domanda significa un altro milione di punti di domanda.

Che l'amore giustifichi tutto è giusto? È sensato? È concepibile? Accettabile?

Flora si accorge di aver spostato un poco l'asse del suo pianeta, ma non sa ancora valutare l'entità del suo gesto.

In compenso guarda in macchina come se sfidasse il mondo, come se dicesse una di quelle verità che lascerà l'umanità alle prese con qualcosa di finalmente assoluto, in uno sfavillio di luce vivida, accecante e bianchissima che rende i suoi lineamenti immuni dalla grattugia degli anni.

È il suo tripudio, è il suo trionfo, è il suo primo passo sulla Luna.

Ma una voce garbata e gentile la interrompe proprio ora che sta per lanciare al paese qualche frase indelebile.

È Marzia che dice:

«Basterebbe non chiamarlo amore».

Per la prima volta nelle tre edizioni del programma, nella carriera decennale di Flora De Pisis, nella tradizione della Grande Fabbrica della Merda, e forse nella storia del mondo, l'applauso che parte dal pubblico in studio è naturale, spontaneo, vivo, vero, avvolgente.

È un battimani di liberazione, di approvazione, di orgoglio, persino di ribellione per tutte le puttanate che hanno dovuto sorbirsi.

E ora arriva 'sta ragazzina, una che è mancato tanto così che ce la trovassimo a battere sulla provinciale, e toglie il velo.

Flora De Pisis capisce tutto questo in una frazione di secondo. Sa che l'applauso non è per lei, sa che qualcosa è fuori posto. Però sa anche che se qualcuno prende un'ovazione simile, lei di quel qualcuno deve essere amica. Così, almeno di rimbalzo, quel consenso così rumoroso, così festante, sarà anche suo.

E allora si avvicina a Marzia, le mette una mano sulle spalle e le dice:

«Ma io sono sicura che l'amore, quello vero, quello che fa bene, non quello che fa male, arriverà, per te, Marzia, perché sei una ragazza eccezionale».

E quella, guardando dritta in macchina, e quindi direttamente negli occhi una decina di milioni di persone, dice:

«Ma è già arrivato».

A questo punto Flora De Pisis vede ricomporsi il suo universo. Quest'ultimo colpo di scena la rimette in piedi, la resuscita, tipo un pugile al tappeto che si ritrovi sveglio e reattivo come al primo round. La brocca di cristallo che le era caduta dalle mani frantumandosi in un miliardo di schegge, torna per miracolo intera e perfetta.

Lei si illumina quasi da sola, perché la regia è in ritardo con i fari.

«Ecco!», quasi urla, ora. «Ecco che la vita si prende le sue vendette! Brava Marzia, Brava!».

Poi si rivolge al pubblico, quello in studio, quello a casa, quello di questa galassia e anche delle altre, se fossero all'ascolto. Apre le braccia come per comprendere tutti nella sua gioia e dice:

«E noi possiamo sapere, Marzia, chi è questo nuovo grande amore? Come si chiama?».

Marzia arrossisce piano diventando ancora più bella, e risponde:

«Sì, si chiama Nadia».

Quarantanove

Ora al termosifone sono legati loro.

Seduti per terra, con la schiena contro il calorifero. La destra del socio legata a un elemento in ferro, il polso sinistro al polso destro del biondo, e la sinistra del biondo fissata a un altro elemento in ferro, tutto con le fascette di plastica, che tagliano la pelle. Una specie di crocefissione in coppia.

Sul tavolo ci sono la Sig-Sauer, la Smith & Wesson che sembra un giocattolo, e la K100, la giovane slovacca. Comincia ad essere un bel campionario. Più la Luger smontata e i loro telefoni, sfondati con un colpo di tacco dagli anfibi del De Magistris.

L'avvocato De Rosa è seduto di fronte a loro, fuori posto, con la sua eleganza, in quella stanza spoglia e umida. De Magistris ha recuperato il vecchio, che ora si tiene un sacchetto di plastica pieno di ghiaccio sulla nuca e fissa gli uomini legati come uno che sta decidendo quanto durerà la loro agonia.

Che, tra l'altro, è proprio quello che sta pensando.

Il biondo ha qualcosa che gli cola dal naso. Sangue, muco, acqua, perché De Magistris non ha l'aplomb del vecchio e non si è trattenuto, appena ha avuto una mano libera.

«Ora vorrei sapere chi vi manda», dice De Rosa, sempre senza tradire nessuna emozione.

«Perché non lo chiedi allo scimmione?», dice il biondo tentando di pulirsi il naso con una manica del giubbotto.

«Perché lui ha tutta la vita davanti e voi no», dice l'avvocato. «Confessarsi fa bene, non siete andati a catechismo?».

«No. Vai a sapere, magari siamo ebrei», dice il socio.

Un lampo passa negli occhi del vecchio. Se ne va subito, ma loro sono sicuri: è passato.

Silenzio.

«Vedete, signori. Il nostro amico Dante, qui, quello che avete colpito, è un vero esperto nel... convincere la gente. Capisco che dalla facilità con cui l'avete ingannato stasera non abbiate di lui una grande considerazione, e confesso che ha deluso anche me. Ma sul suo... curriculum... non si discute... Vedete, era piccolo per divertirsi con i giocattoli di suo padre, la Decima Mas e le brigate nere di quel tempo, e così si è rifatto negli anni. America Latina, Africa... dove arrivava Dante la gente cominciava a parlare... vero Dante?».

Il vecchio annuisce. Non è più tanto bianco in faccia.

I due pensano.

Perché resistere in questa fase? Se ci sarà da stringere

i denti lo faranno dopo. Ora basta che De Rosa chieda a quell'altro per sapere tutto, e allora a che serve farsi picchiare subito se si può rimandare di qualche minuto? E non saranno solo botte.

Il biondo sospira:

«Quel tuo tirapiedi ha creato qualche problema a un tizio importante. È andato a sparacchiare come al luna park in un campo nomadi… una specie di agevoliamo lo sfratto, ecco. Solo che ha fatto un casino, ha ammazzato un vigile urbano che non era nomade per niente, oltre a ferire e ammazzare altra gente. Lo sfratto non è riuscito, insomma».

Ora tocca al socio:

«E questa è già una cazzata parecchio grossa. In più, come se non bastasse, è tornato da quello che gli aveva commissionato il lavoro a chiedergli soldi per non metterlo nella merda».

Il biondo:

«L'esecutore che ricatta il mandante. Dico. Non è carino, vero? Anche eticamente, dico…».

«Così quello, che non ha gradito né il gatto morto in macchina, né di dover cagare cinquantamila euro, né che ci fosse in giro un coglione in grado di metterlo nei guai, ha chiamato noi».

«Che certi lavori li sappiamo fare», dice il biondo.

«Di solito», chiude il socio con una certa autoironia, vista la posizione da cui lo dice.

«Di solito», sorride l'avvocato.

Poi attacca:

«Vedete... sono ragazzi. Amano la disciplina, sì, ma in modo... indisciplinato, ecco. Non sono nati in un'epoca ordinata, con qualcuno che gli insegnava chi comanda, l'hanno imparato piano piano. Bisogna avere pazienza... Se mi avesse avvertito di quel suo lavoretto extra, non l'avrei certo scoraggiato. E magari non saremmo qui a piangere un vigile urbano di razza bianca, ma forse a festeggiare la dipartita di qualche parassita in più... Quanto al ricatto... Avete ragione, non si fa, non è... come avete detto? Etico. Già».

Silenzio.

Sergio De Magistris finge che non si parli di lui e di quanto è scemo. Come i bambini mentre gli adulti discutono, si affanna a fare altro. Fruga in uno zaino nero, tira fuori un quaderno, un iPad, un aggeggio elettronico con dei fili attaccati, chissà cos'è. Il vecchio non smette di tamponarsi la nuca con il sacchetto del ghiaccio.

L'avvocato De Rosa continua:

«Ma l'etica, sapete... è una debolezza borghese. L'errore grave mi sembra mettere a rischio il core business, diciamo così, per un'attività collaterale... ideologicamente meritoria, per carità... ma diciamo... poco prudente...».

«E il core business sarebbe un traffico di vecchie Luger e paccottiglia nazista?», dice il biondo.

«Andiamo, avvocato, saremo legati, ma non siamo scemi», dice il socio.

«Vi ricordo, signori, che non siete esattamente nella condizione di far domande. Se c'è una cosa che potete fare ora è dare delle risposte, invece. I camerati D'Anna e De Giorgi non meritavano quello che gli è capitato. Alla fine, a ben vedere, avevano solo eseguito gli ordini».

«Bella frase... Nuova?», dice il socio.

«E comunque, ti abbiamo già detto che non è il nostro stile. Abbiamo battuto altre piste, e tu lo sai, perché il nome di quel... pisciatoio... ce l'hai dato tu», dice il biondo.

«Quando eri più socievole», dice il socio.

«Quando credevi di avere come tirapiedi un cretino normale, non un cretino super, uno che lascia in giro l'indirizzo del covo segretissimo», chiude il biondo.

«Vedo che non perdete il gusto di rendervi simpatici, questo vi fa onore. Ma sapete, le cose che si dicono con una trentotto alla nuca non sono sempre le più sincere. Oppure magari vi credevo l'altra sera e ora vi credo meno. O ancora, che mi sembra l'ipotesi migliore, è vero, voi non c'entrate con l'omicidio dei due camerati, ma sapete chi è stato. E adesso, da bravi, ce lo dite».

«E se non ne sapessimo niente?».

«Beh, sarebbe triste. Ma qualcosa ci direte, ve l'assicuro».

Il vecchio sorride come non vorreste mai veder sorridere nessuno.

Il biondo sente i peli sulla nuca che si raddrizzano. Si chiede se sta succedendo anche al suo socio.

Incredibile i pensieri che ti vengono in certe situazioni.

Cinquanta

Quando Marzia esce dallo studio è circondata da abbracci, strette di mano, buffetti, occhiate di ammirazione e di ringraziamento, affetto di chi lavora lì. Una cosa simile – Flora De Pisis stesa al tappeto e resuscitata in extremis – non l'avevano mai vista.

Ma Marzia cerca solo gli occhi di Nadia, che sono verdi. Questa cosa della tivù non le piace, una simile pornografia dei sentimenti le rivolta lo stomaco, ma questa ragazza, questa qui... e poi... una dichiarazione d'amore davanti alla nazione intera. A dirla tutta le sono un po' tremate le gambe.

Si tiene stretta la sua Marzia e le sussurra piano:

«Bravissima, sei stata bravissima...».

È a questo punto che a Nadia squilla il cellulare.

È Carlo che la chiama dal divano di casa.

Carlo Monterossi, il Generale Che Ha Visto La Battaglia Dalla Collina.

«Molto bene... molto bene... Come sta la nostra star?».

«È qui con me... direi... stordita», dice Nadia, e ride.

«Più di te?».

«Non fare il cretino».

«Già, dimenticavo che ti capita tutti i giorni di ricevere una dichiarazione in mondovisione...».

Ora Nadia ride più forte:

«Scemo!».

Poi a Carlo viene in mente una cosa.

«Ma senti... ma che mi dici di quel... museo? Deposito? Che ha detto Marzia... che lui l'ha portata in un posto...».

«È vero», dice Nadia, «aspetta».

Si sente un parlottio lontano, nel rumore di fondo, altra gente che chiacchiera, il volume della tivù in sottofondo, casino.

«Dice che è un posto... non sa dove... vicino a un aeroporto, fuori Milano, hanno preso l'autostrada... Un posto dove lui teneva delle sue cose, cianfrusaglie, medaglie, bandiere, cose così, le ha fatto vedere qualcosa, ma lei non ci capiva...».

«Beh, non ce l'ha mai detto!», sbotta Carlo.

«Beh, si vede che non era importante!». Ha quasi ringhiato. È una cosa che Carlo sa già: non avvicinatevi ai cuccioli se c'è la tigre in zona. E a Marzia se c'è Nadia.

Dunque, non è il momento di litigare.

Carlo:

«Va bene. Salutamela, dille che sono un suo fan... Quando venite a casa festeggiamo».

«Veramente...».

«Sì?».

«Veramente pensavamo di stare un po' sole... sai...».

Sa.

Certo che sa.

Carlo Monterossi sa che certe volte due persone che si amano vogliono starsene da sole a dirsi e a farsi le cose che si dicono e che si fanno due persone che si amano.

Certo, sa. Cioè. Si ricorda, come no.

Sì, che cretino...

«Ma sì, ovvio. Tanto io ho già sonno, figurati... comunque il frigo è pieno... non fate casino, eh!».

Come va come bugiardo? Bene? Deve lavorare un po' sulle intonazioni? Più netto? Più sfumato? Deve mettersi in contatto col dottor Stanislavskij? Ah, è morto?

Ma non passa nemmeno mezzo minuto e il telefono di Carlo suona mentre lui lo stringe ancora in mano.

È sempre Nadia, ma sembra qualcun altro. Carlo scommetterebbe la vostra tredicesima che ha gli occhi grigi.

Ah, già, non la prendete, la tredicesima...

«Carlo!».

«Sì, dimmi...».

«L'ha acceso!».

«Ma cosa... che stai...». Un lampo.

«Ha acceso l'iPad, cazzo, l'ha acceso ora!».

«E tu vedi una mappa?».

«Sì... Samarate... non so nemmeno dov'è... ah! Accanto a Malpensa... all'aeroporto!».

«Vengo a prenderti».

«No, troppo lungo... aspetta... devo sistemare... devo pensare... Va bene, in Loreto tra un quarto d'ora».

È questa che chiamano adrenalina? È questa scossa che lo fa balzare in piedi, mettere la giacca, infilare la Glock 17 nella cintura dei pantaloni, zona osso sacro, dove ancora fa male?

O forse è tutta retorica, e invece bisognerebbe chiamarla idiozia?

Perché, in effetti – si chiede Carlo mentre chiude la porta di casa e si butta dalle scale come Patrick De Gayardon –, a ben vedere e tutto considerato, anche senza essere troppo severo con se stesso, ma mantenendo la giusta lucidità: che cazzo sta facendo?

Sta portando se stesso, una pistola che non sa usare e una ragazza innamorata, all'appuntamento con uno che gli ha già sparato addosso? Con un tizio che ha ammazzato due persone con un colpo alla nuca nel parcheggio dello stadio? Con una Luger e pallottole d'antiquariato? Uno che portava la fidanzata a scuola di marchette come se la portasse al cinema?

Carlo esce dal portone mentre sta elencando i pro e i contro. Per ora il risultato non è lusinghiero: i pro giocano in casa e perdono venticinque a zero.

Va verso l'ingresso dei box e sente una voce:

«Dottor Monterossi!».

È uno degli agenti di guardia. Uno mai visto, un ragazzino. Forse per questo è così zelante: la mannaia della routine, della noia, della mediocrità incoraggiata e premiata, del tanto non cambia niente, non l'ha ancora colpito.

In altre circostanze Carlo gli stringerebbe la mano e gli direbbe:

«Mi piaci, ragazzo». Adulto. Paterno. Grato di tante attenzioni e rinfrancato dalla solerte efficienza dello Stato. Cose che possono accadere, una volta nella vita.

Ma ora no, ora ha un po' fretta.

Quello:

«Dove va?».

«Ah, agente! Buonasera. Ma no, niente... Ho lasciato una cosa in macchina, qui sotto, nel box, vado e torno in due minuti...».

Carlo Monterossi, l'Uomo Che Mente.

Fraterno, cordiale, compagnone.

Tranquillo amico, non disturbarti.

Fate già tanto per me...

L'altro poliziotto è seduto nella volante, legge qualcosa e si comporta come se i due non esistessero. Con tutto il crimine che c'è in giro e che agisce indisturbato lui è costretto a passare giornate e nottate sotto casa di quel... mah.

Inutile dire che se invece fosse chiamato dove il crimine agisce indisturbato si imboscherebbe al volo, non lo disturberebbe certo lui.

Quello lì, invece, ha ancora il sacro fuoco.

«L'accompagno», dice il giovane poliziotto. «Non si sa mai».

Carlo impreca tra sé e sé. Ma porc...

E poi al giovane agente zelante suona il telefono.

Esita un attimo, ma Carlo lo incoraggia con un gesto, come dire... rispondi, su, che problema c'è?

Quello risponde un po' balbettando:

«Eh sì... ma sono in servizio... sì lo so che... dai, Martina, non adesso...».

Carlo gli lancia un sorriso di comprensione profonda, da uomo a uomo, che vuol dire, nell'ordine: goditela finché sei giovane, non corro nessun pericolo, stai tranquillo, grazie per averci pensato, Martina merita la tua attenzione più di me, stai sereno, ciao.

E si avvia con un gesto di rassicurante noncuranza verso i box.

Dieci minuti dopo piomba all'imbocco di viale Monza rilassato come Fangio durante un sorpasso impossibile, raccoglie Nadia praticamente al volo e partono.

Carlo controlla, così, per abitudine.

Nadia ha gli occhi grigissimi.

Cinquantuno

Hego ha ripiegato sulle ginocchia la cartina. Ora è abbastanza sicuro di andare nella direzione giusta, anche se quell'intreccio di tangenziali e raccordi e uscite lo confonde.

Clinton tace. È preoccupato. Sono su una strada provinciale, hanno appena passato Settimo Milanese e incrociato la Statale 11, l'autostrada che cercano loro è ancora lontana.

Forse era meglio passare per Milano, pensa Clinton, meno rischio di blocchi... In tasca ha il suo coltello, e questo passi. Ma ha anche la Luger del vecchio di Sirmione. Questo non va bene.

E poi c'è un rumore del motore che non gli piace per niente. Sì, non che manchino i rumori, però questo è nuovo. E poi c'è l'incognita di un secondo uomo, quel... Dante? Che nome del cazzo.

Paura? No. Però vorrebbe saperne di più, ecco.

«Piano», dice Hego.

Vedono una macchina dei carabinieri messa di traverso sul ciglio della strada, uno con la mitraglietta, l'altro con la paletta in mano.

Passano.

Ora hanno un posto che si chiama Pero alla loro destra, e un altro groviglio di tangenziali davanti.

Hego guarda fuori, nel buio punteggiato di fari, di fruscii veloci, di gente che corre più forte di loro.

Poi il rumore del furgone si fa più insistente. Un battere cadenzato, un raschiare.

Hego si volta verso Clinton, se ne è accorto anche lui.

E come non accorgersene? Il motore perde potenza, Clinton schiaccia e quello rallenta invece di andare di più.

Clinton bestemmia piano, Hego raddrizza la schiena sul sedile.

Ora sono fermi sul ciglio della strada, al buio in una rientranza che dà sui campi, sotto un cartello verde che dice: A8 Milano-Varese, 3 Km.

Clinton ha aperto il cofano del furgone. Un po' ne capisce, ma qui non è questione di cavi staccati o due botte di martello, si vede subito.

Hego è rimasto seduto dentro. Pensa che questa è la loro storia, da sempre. Loro i carri e gli altri i carri armati. Loro motorini moribondi e gli altri pantere della polizia. Loro coltelli e gli altri pistole automatiche. Loro furgoni agonizzanti per rubare un po' di rame e gli altri macchinoni lunghi con bottiglie di benzina nel bagagliaio.

Chiude gli occhi. Montezuma e Carlo V. Il vecchio antiquario non aveva tutti i torti.

Pensa anche che bisogna levarsi di lì, che una pattuglia

può arrivare da un momento all'altro, fermarsi, chiedere, controllare...

Invece si ferma una macchina grigia. Una Passat vecchiotta, che fa il suo ron-ron diesel a mezzo metro da Clinton.

«Salite».

Clinton sale dietro. Hego scende dal furgone e sale al posto del passeggero. La macchina parte e si immette nel flusso. Al volante c'è un giovane uomo, avrà trent'anni.

Nessuno dice niente per qualche tempo, forse un chilometro, forse due.

Poi il silenzio si fa troppo pesante, e allora il ragazzo parla:

«Mi chiamo Oscar. Vi seguo da Sirmione».

Poi, siccome sente addosso gli occhi dei due, aggiunge:

«Non so bene dove state andando... cioè... ma a fare cosa sì... vi ci porto io».

Hego gli dice il nome di un paese.

Poi parla Clinton:

«Posso chiederti una cortesia... Oscar?».

«Sì».

«Hai un telefono?».

«Sì».

«Spegnilo».

Hego si rilassa e allunga le gambe perché qui c'è più spazio che sul furgone. Chiude gli occhi. Si fa una piccola risata tra sé e sé.

Il dio degli zingari...

Cinquantadue

«Non risponde».

Nadia sta tentando di chiamare Oscar, ma quello niente, scatta la segreteria e lei ha già lasciato due messaggi.

Marzia è stata consegnata alle ragazze dei costumi, le sue nuove colleghe, che l'hanno accolta come una sorella e invitata a una festicciola. Nadia le ha dato le chiavi di casa, la casa di Carlo, in modo da vedersi lì, dopo.

Ecco, giusto. Dopo cosa?

Gli sembra questa, la domanda.

E dunque ora va in scena lo spettacolo impareggiabile del vostro pilota preferito che guida la sua macchina nuova alla velocità del suono per andare verso un puntino azzurro che occhieggia dall'iPhone di Nadia, e nel contempo mette in fila un'interminabile sequenza di ottime ragioni per non andarci.

Carlo Monterossi, l'Uomo Con La Testa Sulle Spalle.

Quello che vorrebbe dire, e lo dice, suona più o meno così.

Si rendono conto che stanno andando a trovare un

assassino muniti soltanto di una pistola che non sanno usare e di una buona cultura generale?

Che quello ne ha già ammazzati due, per quanto ne sanno loro, che è pure pochino, e potrebbe invece essere uno sterminatore professionista?

Che Carlo, modestamente, potrebbe comprare a Nadia non uno, ma due, sette, venticinque iPad soltanto con l'imposizione delle sue mani munite di carta di credito?

E poi, la mamma non gliel'ha detto, a 'sti due avventurieri avventizi, che non si parla con gli sconosciuti, figurarsi piombargli in casa a dirgli ladro ridammi il mio tablet?

Che esiste un numero di tre cifre, esattamente il 113, che potrebbe risolvere con l'approvazione della legge, dello Stato, della magistratura e della stragrande maggioranza dei cittadini, il problemino che stanno affrontando loro?

Certo, Carlo non è del tutto scemo. Sa che Nadia non lo fa solo per il suo iPad, e nemmeno per le fotografie che contiene, e forse nemmeno per l'offesa di essere stata derubata da uno che odia. E forse non lo fa nemmeno per vendicare Marzia, o per guardare in faccia quel farabutto assassino e tramortirlo con i suoi occhi grigi. No. Non lo fa per nessuna di queste ragioni, ma esattamente per tutte queste ragioni insieme, e forse anche qualcuna in più che, conoscendo la storia, potete immaginare da soli.

Scusate, avete ragione, è un lavoro che dovrebbe

fare Carlo, ma sta guidando a centottanta all'ora e non vuole distrarsi troppo.

Finalmente Nadia si decide ad aprire bocca:

«Esci qui e prendi a sinistra», dice un secondo prima che lo dica la signorina del navigatore.

Poi c'è solo un buio appena azzurrato da un'aurora boreale laggiù in fondo – dev'essere l'aeroporto – e un dedalo di stradine, e case basse, e villette con piccoli giardini e…

«È qui dentro», dice Nadia.

Carlo ferma la macchina.

«Che margine di errore ha quell'affare?», chiede, sperando in una débâcle della tecnologia.

«A questa distanza? Un paio di metri. Su, andiamo».

Ecco, c'è sempre un momento in cui i nodi politici vengono al pettine. Ora è uno di quei momenti. Ora non c'è più tempo per i dibattiti parlamentari, né per le interrogazioni, né per gli accorati appelli o i severi moniti.

Ora ci sono Carlo Monterossi, un riformista pavido e prudente che dice: che cazzo stiamo facendo?, e Nadia Federici, un'indomabile rivoluzionaria che dice: facciamolo.

Nadia scende e si avvia al piccolo cancello bianco.

Carlo la segue. Lei gira intorno alla villetta, abbassandosi quando passa sotto una finestra. Gira un angolo, e lui le va dietro perché pensa che c'è una sola cosa peggiore che morire insieme sparati da un pazzo maniaco nazista, ed è quella di farla morire sparata da sola. E poi dite che non è un gentiluomo.

Poi non la vede più.

Allora Carlo Monterossi, l'Uomo Freddissimo, fa un gesto che non avrebbe mai pensato di fare in tutta la vita, non più di buttarsi con un deltaplano dal Cervino o di dirottare un aereo di linea: tira fuori la sua Glock da fighetto, mette il colpo in canna con un clak che provoca un brivido persino a lui e chiama piano, con un sussurro:

«Nadia!».

«Shhh!».

Lei si sporge da una porta-finestra semiaperta e lo trascina dentro.

«Dentro» è un posto buio difficile da definire. La luce azzurrina che filtra da fuori fa intuire scaffali, ma non proprio scaffali. Teche, ecco. Molte cose appese alle pareti, che non si distinguono, piccole cose che luccicano debolmente, alcuni mobiletti con i vetri intorno come se ne vedono nelle gioiellerie, ma quello che c'è dentro non si capisce ancora.

Fanno qualche passo. Piano.

È un salone molto ampio, a elle. Loro sono nella gamba lunga della elle, sarà una dozzina di metri, anche di più, larga quattro o cinque, e si dirigono verso l'angolo, probabilmente verso la stanza, l'altra gamba della elle, che si affaccia sull'ingresso. Da quella direzione, dietro una porta chiusa, giungono delle voci. Voci calme, domande e risposte, domande e silenzi.

Ora che si sono lasciati le porte-finestre alle spalle e hanno girato l'angolo, il buio è buio per davvero, impenetrabile.

Per non perdere Nadia, che fa da apripista, Carlo allunga una mano e le tocca una spalla. Lei sussulta, anzi a dirla tutta fa un salto da gatto per lo spavento di quel tocco. Carlo, a sua volta, spaventato dallo spavento di lei, fa un salto indietro e allarga le braccia per non perdere l'equilibrio, finché la mano che stringe la Glock colpisce una struttura in vetro che va in mille pezzi con un fragore spaventoso. Un milione di biglie lasciate cadere su un pavimento in marmo, come una cascata, come un...

Poi si accende la luce, due tizi li guardano insieme a due pistole nere che li guardano ancora più fisse. Il pavimento è davvero di marmo, ma per terra, invece delle biglie, ci sono vetri rotti e piccoli pezzi di metallo che sembrano, Carlo non potrebbe giurarci, mostrine delle SS.

«Butta la pistola», dice un vecchio vestito da operaio.

«Eh?», dice Carlo.

Poi si rende conto di due cose veramente inconcepibili. La prima è che quello dice a lui. La seconda è che ha effettivamente in mano una pistola.

La terza cosa di cui si rende conto è che lui e Nadia sono in piedi, con le mani alzate, armati solo della loro aria perplessa e impaurita, mentre gli altri sono in piedi anche loro, ma armati di un'aria incazzata e di pezzi di ferro nero dall'aspetto piuttosto pericoloso.

Cattivi due, buoni zero.

Il vecchio con la tuta ha un'espressione di gelida indifferenza. L'altro dev'essere Sergio De Magistris, anche se qui non ha gli occhiali da sole come nella foto di Sirmione, i capelli sono più lunghi e sembra ancora più massiccio.

Tranquilli, stronzo sembra stronzo uguale.

Alle loro spalle compare un terzo uomo. Un figurino, questo, altra categoria.

«E questi chi sono?», chiede.

Ora in cucina sono in sette, e comincia ad essere una bella folla.

Carlo e Nadia sono seduti, con le caviglie fissate alle gambe delle sedie e le mani dietro la schiena, i polsi legati con delle fascette per cavi elettrici che fanno un male cane.

Poi ci sono due tizi, prigionieri anche loro, uno biondo con la faccia da schiaffi – e da come gli cola il naso qualcuno gliel'hanno pure dato – e uno che sembra un bell'uomo. Carlo nota il dettaglio incongruo della cravatta.

In piedi davanti ai quattro, il figurino, il vecchio e Sergione. Al campionario dell'armeria che sta sul tavolo si è aggiunta la Glock, appoggiata proprio accanto all'iPad di Nadia.

Il vecchio sparisce per un attimo e torna con altre due sedie, più eleganti, queste.

Ora il capo dei cattivi e il De Magistris sono seduti, mentre lui se ne sta vicino alla porta, a mezzo metro da Nadia.

«Sono questi qui?», chiede l'uomo elegante ai due legati al termosifone.

«Sì», dice il biondo.

«E gli altri?».

«Degli altri non sappiamo niente», dice quello con la cravatta, «ma di certo sono più furbi di questi».

Carlo sbuffa, fa piacere essere apprezzati.

L'uomo elegante si rivolge agli ultimi arrivati:

«Volete spiegare questa intrusione?».

Non alza la voce, non cambia espressione del volto, non sembra provare alcuna emozione, come se tenere sotto tiro quattro persone legate fosse una cosa che fa tutti i giorni, e nemmeno la più difficile.

Carlo si volta alla sua sinistra per guardare Nadia e capire se tocca a lui o a lei fare il riassunto delle puntate precedenti. Ma lei non lo sta guardando.

Perché sta sfidando con gli occhi il vecchio che la fissa a sua volta con un'espressione che mette un terrore vero.

Poi lo schifoso le prende un lobo dell'orecchio, lo tira un po', fa scorrere l'indice sulla sua guancia fino a un angolo della bocca e dice:

«Finiamo qui, signorina. Dopo ci divertiamo un po'».

Il napalm è grigio? No, per sapere, perché gli occhi di Nadia eccetera eccetera.

L'uomo elegante dice:

«Capitano, vai a pulire di là», e il vecchio zoppica via.

Dunque Carlo comincia tutta la solfa, senza pettinare niente ma con qualche taglio. Che la signorina non c'entra proprio niente, che lui è vittima di uno scambio di persona, poi dice dell'incidente in cui De Magistris ha ammazzato una tizia, dei due assassini che sono diventati vittime, del furto nel laboratorio di una delle suddette vittime, del diario che racconta tutto – e che sta proprio lì sul tavolo, se qualcuno vuole controllare – e della sparatoria che ha ucciso la sua macchina. Ah, e del puntino azzurro che li ha portati lì perché qualcuno ha acceso l'iPad.

«Cazzo che storia!», dice il biondo. Ha un ghigno che non si sa se è naturale o elaborato in anni e anni di sarcasmo, ma in qualche modo gli dona.

«Fanno il film?», dice quell'altro.

Il figurino, invece è stupito davvero. Fa un sospiro lungo, mentre il De Magistris si vede che vorrebbe scomparire e vaporizzarsi d'incanto come un profumatore d'ambienti.

Il biondo non si trattiene, si vede che è la sua natura:

«Dai, Sergione, che alla millesima cazzata vinci una bambolina».

«Un pupazzo del Führer», dice quell'altro.

Per essere due abbastanza pesti legati a un termosifone, sono spiritosi.

«Silenzio!».

Per la prima volta da quando Carlo e Nadia sono lì dentro l'uomo di marmo ha alzato la voce e mostrato qualcosa di simile a un sentimento. Rabbia, a occhio e croce.

«Hai usato le Luger?», chiede a Sergione.

«Sì», dice quello.

Ora ha proprio voglia di staccargli la testa.

«Va bene il campo rom e il ricatto», sibila, «ma questo è troppo. Questa non è nemmeno più insubordinazione, questo è tradimento!».

Carlo e Nadia si guardano. Dove sono finiti, dritti in un film di Leni Riefenstahl? Il campo rom? Ricatto?

«Ci siamo persi qualche puntata?», chiede Carlo rivolto al biondo.

«Sì, ma tranquillo, lo replicano», dice il suo socio.

Ora di tutti quelli che ci sono nella stanza, quattro legati e due con le pistole in pugno, il più mortificato è il più grosso, che per pura combinazione è anche il più scemo. E forse pure quello che ha più paura. Cioè il De Magistris.

«Hai acceso quell'affare?», gli chiede l'elegantone.

«Sì», risponde quello con l'aria di chi ha rubato il cane a un cieco.

«Hai acceso un Gps qui dentro...», dice. Non è una domanda. È una constatazione che precede un pensiero: e ora cosa posso farti?

Beh, incredibile. Di tutte le puttanate che quel deficiente ha combinato, compresi gli omicidi, le sparatorie di giorno in pieno centro, la pallottola nella testa di un vigile, un bambino morto ustionato, una brava donna che tornava a casa in motorino ammazzata con un colpo secco di Bmw, la cosa più grave pare quella di aver acceso un iPad.

Il biondo ride di gusto:

«Ehi, Sergione. Prima eravamo in due a volerti

secco. Poi in quattro con questi Bonnie and Clyde qui. E adesso in cinque col tuo capo».

«Se fai incazzare anche lo zoppo fai l'en plein», dice il socio.

Nadia guarda Carlo come dire: ma ce le hanno tutte in repertorio o gli vengono così?

Dall'altra stanza viene un suono di vetri scopati via. È l'unico rumore in un silenzio che pesa come un tir carico di granito.

Poi torna il vecchio. Si riappoggia allo stipite e allunga una mano verso la camicetta di Nadia. La infila nella scollatura e stringe.

«Allora, ci divertiamo?».

«Piantala, Capitano!», dice il capo. Un ordine abbaiato per bene.

Tutti si guardano, a rotazione.

E ora?

Cinquantatré

Bravi, e ora?

Ora la porta della cucina che non è una cucina si apre di scatto. E prima ancora che si sia aperta del tutto, sbattendo contro il muro, la testa del signore elegante scoppia come la pentolaccia colpita dal bambino che ha più culo. Solo che invece delle caramelle si spargono in giro denti, pezzi d'osso, roba rossa e roba grigia.

A parte il sollievo dei prigionieri, un brutto spettacolo.

Si sente anche un botto fragoroso e il vetro della finestra che va in mille pezzi.

Prima ancora di capire cos'è successo, vedono Sergione con una pistola puntata tra gli occhi e il vecchio che alza le mani, con la punta di un coltello che lo punge sotto il mento, proprio lì dove è difficile farsi la barba.

Il coltello lo tiene uno zingaro con una giacca larga, una camicia a righe e una cravatta che non c'entra niente. La pistola che minaccia di aprire un terzo occhio al De Magistris la tiene un altro zingaro, in maglietta, uno ben messo in fatto di muscoli, col cappello in testa.

Carlo e Nadia si guardano, storditi dal botto.

I due legati al termosifone si guardano.

Darebbero un braccio per avere loro la battuta. E invece parla lo zingaro con la giacca.

«Ci interessa soltanto lui», dice indicando il De Magistris.

Ecco, adesso sì che ha paura, Sergione.

E non riesce a staccare gli occhi dal suo capo, ex, per dirla tutta, che sta grottescamente ancora seduto senza metà della testa.

Il vecchio sembra diventato di legno. Non un movimento del viso, niente.

Poi, colpo di scena, entra Oscar Falcone, come se arrivasse a una festa, solo un po' in ritardo.

«Ciao», dice.

Nadia e Carlo fanno la faccia delle pastorelle di Lourdes, lui prende dal tavolo un coltello a serramanico e li libera dalle fascette. Il sangue che ricomincia a circolare fa un male acuto, come di spilli. Si sfregano i polsi.

«Questi sono i miei amici», dice Oscar ai due zingari.

Quello con la giacca annuisce, e allora si comincia con le presentazioni.

«Hego e Clinton», dice Oscar.

E poi: «Nadia e Carlo».

Nessuno si stringe la mano, o dice «piacere» o altre cose dell'alta società.

C'è un odore di sangue e di polvere da sparo che mette la nausea.

«E noi?», dice il biondo.

Hego valuta per un attimo la situazione.

«Paghiamo bene», dice ancora il biondo.

«Informazioni», dice il socio.

«Tu infilzi il pesce piccolo e noi ti diamo il pesce grosso», dice il biondo.

«Tipo catena alimentare», dice l'altro.

Sembrano sicuri.

Hego fa un cenno a Oscar, che libera anche loro. Ora sono tutti in piedi, tranne il cadavere che è rimasto seduto, e sembra un party.

Ma si sa che alle feste c'è sempre qualcosa che va storto, così succede una cosa che nessuno si aspetta. Nadia si avvicina al tavolo e prende la Glock di Carlo. Poi si volta verso il vecchio e gliela punta alla fronte, a distanza di un metro. Rispettosamente, davanti a una signora, Hego ritira se stesso e il coltello. Il grigio della canna della pistola e il grigio degli occhi di Nadia giocano una partita che potrebbe anche finire con un pareggio.

Tutti trattengono il respiro. Il vecchio indietreggia pianissimo, arriva nell'ingresso, appena fuori dalla porta della cucina. Nadia e il buco nero della Glock lo seguono millimetro dopo millimetro.

Il biondo si avvicina a Nadia da dietro, gentile, calmissimo.

«Non così, signorina», le dice. «Se tiene il gomito piegato in questo modo, non può controllare il rinculo. Senza contare che il bossolo esce da qui, e scotta un bel po'».

Osservano tutti come se fossero al cinema, troppo stupiti per dire qualcosa.

Il biondo mette la mano sinistra sul fianco di Nadia, come un maestro di danza che mostra i passi a un'allieva, e le parla piano, con dolcezza.

«Guardi, signorina, le faccio vedere».

Poi, la Glock scivola dalla mano di Nadia alla mano del biondo, che dice:

«Vede? Così».

Preme il grilletto e spara.

Un altro botto spaventoso. La testa del vecchio scatta all'indietro e il corpo la segue, finché non finisce tutto quanto nella stanza buia, sul pavimento spazzato da poco.

Tranne il biondo, il suo socio e gli zingari, hanno tutti gli occhi sbarrati. Ma quello che ce li ha più sbarrati di tutti è Sergio De Magistris, che ora è legato alla sua sedia con parecchi giri di nastro adesivo, e suda come un maratoneta all'ultimo chilometro.

Odore di morte a parte, sembra davvero un party, mancano solo i drink, ma in compenso abbondano gli argomenti di conversazione.

Sergione legato non se lo fila nessuno.

Carlo, Nadia e Oscar fanno capannello. Oscar racconta tutto velocemente.

Che è tornato a casa del De Magistris perché gli era rimasto un tarlo, che dietro a quella cornice di mostrine e di medaglie naziste sottovetro che aveva notato la prima volta c'era un piccolo adesivo che diceva «Sensini Ferni – Antichità – Sirmione», e che allora era andato a buttare un occhio da quelle parti e aveva visto due zingari che uscivano dal negozio. Da lì non li aveva più mollati, fino a questa sera, quando gli aveva fatto da taxi – Tango 13, per servirla – ed eccolo lì.

Nadia lo abbraccia, ma si vede che non è felice. Carlo, invece, lo è abbastanza, da legato a slegato gli sembra già un bel salto, anche se si accorge di muovere lo sguardo con circospezione, per non incrociare troppi cadaveri.

Oscar capisce cosa intende, lo guarda e dice:

«E non è finita».

«Lo so», dice Carlo, «ma non siamo obbligati ad assistere».

Nell'altro capannello, altra conversazione. Il biondo si tampona il naso e commenta l'arsenale che c'è sul tavolo insieme a Clinton. Riprende le sue armi. Lo zingaro Hego e quello con la cravatta parlano fitto.

Il socio chiama il biondo che si unisce alla conversazione, gli allunga la piccola Smith & Wesson e annuisce, si dice d'accordo. Poi si avvicina al tavolo, strappa un foglio dal quaderno, quello con il diario del Rivetti buonanima, trova una penna e scrive poche righe.

Hego mette il foglio in tasca e stringe le mani a tutti e due. Senza sorridere, senza dire niente.

Affari.

«Venite qui!».

Nadia ha acceso le luci del grande salone a elle, si aggira tra teche, scaffali, bandiere appese ai muri.

In una vetrina, forse un po' più grande di quella che ha sfasciato Carlo, sono in mostra decine di pistole del tipo che hanno suonato e cantato in tutta questa storia. Una, al centro, ha il calcio in oro e una targhetta vicino che dice: H. Göring, 1936.

Poi ci sono mostrine dei corpi motorizzati, degli aviatori, dei paracadutisti. Poi medaglie, croci d'argento, nastri, svastiche di ogni tipo e dimensione da appendere al collo o appuntarsi al petto, in smalto bianco e rosso, in oro, in argento.

Tutti si aggirano per la grande stanza valutando un po' la portata storica di quella collezione, un po' soppesando il suo significato in termini di orrore.

Solo lo zingaro Hego è fermo immobile davanti a una teca sigillata, con il vetro molto spesso. Guarda un piccolo stelo con una lampadina in cima, il cui coprilampada ha un colore indefinibile, un marrone leggero, o un avorio scurito dal tempo. Nella stessa teca, un'edizione del *Mein Kampf*. La copertina in cuoio ha lo stesso colore e la stessa consistenza del coprilampada.

Guardano tutti. Poi, chi capisce si allontana. Oscar si porta una mano agli occhi, Nadia trema un po', come un brivido che non smette.

Fa un altro giro per la stanza, poi prende Carlo per una mano e si allontana da quegli orrori sotto vetro.

«Guarda questa», gli dice.

Appesa al muro, anche lei dietro un vetro incorniciato, sta una bandiera nera, piuttosto artigianale, si direbbe. In bianco, stilizzata, una specie di corona d'alloro con al centro una grande foglia di... boh, Carlo non saprebbe dire...

Nadia si morde un labbro.

«Se è l'originale...», quasi sussurra.

Carlo la guarda con aria interrogativa. Beh?

La voce alle sue spalle è quella dello zingaro Hego.

«Signorina conosce la storia. Brava signorina».

Poi rivolto a Carlo:

«Sedicesima Panzergrenadier-Division Reichsführer-SS», dice. Lo sputa come se pronunciasse il nome del diavolo.

Nadia mormora:

«Agosto 1944, Sant'Anna di Stazzema, Vinca, Marzabotto».

«Noi li abbiamo conosciuti un anno dopo. Budapest», dice Hego.

All'improvviso Carlo ha solo voglia di andare via di lì. Da quella puzza di gente morta, morta mezz'ora fa e morta da settant'anni. Da quel museo degli orrori, dalla Luger con il calcio d'oro di Hermann Göring e dalle bandiere del cazzo dei massacratori di donne e bambini, dalla villetta di Samarate, dal cielo sempre acceso dell'aeroporto di Milano che sta a Varese. Lontano dalla sedia su cui sta seduto Sergio De Magistris a cuocere nel suo sudore, nel suo piscio e nella sua paura.

Vuole solo andare via.

Carlo Monterossi, l'Uomo Che Scappa.

Quello con la cravatta, intanto, si avvia alla porta.

Si volta verso di loro come per un saluto. Si vede che vorrebbe lanciare lì l'ultima battuta, una spiritosaggine, qualcosa che allenti la tensione. Invece scuote la testa ed esce.

Il biondo fa per seguirlo, ma prima si avvicina a Nadia.

«Signorina, so che avrebbe preferito farlo lei. Ma mi creda, io me ne intendo, è il mio mestiere, l'ho fatto tante volte... le ho evitato anni di brutti sogni».

Poi le strizza l'occhio, le dà un bacio leggero su una guancia e sparisce anche lui fuori dal portoncino di legno, nel blu elettrico della notte.

Carlo, Oscar e Nadia si guardano.

Clinton e Hego guardano loro.

«Prego, signori», dice Hego, «è stato un piacere conoscervi, soprattutto il vostro amico», e indica Oscar. «Ma adesso non avete più nulla da fare in questo posto. Adesso il lavoro è nostro».

«Se promettete di lasciarla al campo vi lascio la macchina», dice Oscar.

Ma Clinton agita come se fosse un campanellino le chiavi della Z4 bianca:

«Grazie, noi preferiamo auto sportive».

Tornano nella cucina che non è una cucina. Nadia recupera il suo zaino e ci infila l'iPad. Esita per un attimo sul quaderno di Franco Rivetti, quella confessione in stampatello che li ha portati fin lì. Ma poi lo lascia sul tavolo. Carlo recupera la Glock. Manca un colpo, ma non sembra per niente più leggera, anzi.

Mentre fanno tutto questo, Sergio De Magistris, legato alla sua sedia, con una striscia di nastro adesivo sulla bocca, li guarda con due occhi stravolti dal terrore. Puzza. La maglietta nera è fradicia di sudore. Guarda quei tre come se potesse aspettarsi qualcosa, un'ultima occasione, una scappatoia imprevista.

Carlo ha letto da qualche parte che gli occhi dei bovini che arrivano al mattatoio hanno qualcosa di simile, ma vai a sapere, cose che si dicono.

Nadia gli passa davanti senza nemmeno guardarlo. Poi, sulla porta, si volta e gli dice:

«Hanno parlato di te in tivù, stasera. Sei famoso».

Clinton li accompagna al portoncino di legno e lo richiude alle loro spalle.

Titoli di coda

La puntata di *Crazy Love* che ha ospitato Marzia Senzapane e che ha segnato la svolta umanitaria di Flora De Pisis, ha fatto registrare uno share del 38,6 per cento con quasi undici milioni di spettatori.

Katia Sironi l'ha comunicato a Carlo Monterossi per telefono tra una risata tellurica e l'altra, ma la protezione civile ha detto che non ci sono stati danni rilevanti e ha pregato la popolazione di rientrare nelle case.

Carlo ha lì davanti, sul tavolino del salotto, il nuovo contratto per le chissà quante puntate del Grande Barile di Merda, annessi, connessi, clausole, commi, sottocommi, parti scritte in aramaico, geroglifici e numeri – non romani, quelli veri – che gli promettono nero su bianco che continuando a vendere schifezza alla gente diventerà abbastanza abbiente.

Nadia e Marzia vivono felicemente insieme nella casa – ora piena d'amore – dove Nadia non voleva più tornare. Carlo non sa nulla delle ardite architetture professionali di Nadia, che starà gestendo sei o sette contrattini usa-e-getta, e innaffiando il suo odio per la generazione che ha sperperato diritti che spetterebbero anche a lei.

Ora che ha visto quanto può essere grigio il grigio che ha negli occhi, Carlo crede che i maschi italiani dai cinquant'anni in su farebbero bene a comprarsi un giubbotto in kevlar, così, per prudenza.

Sa che Nadia ha fatto qualche ricerca per rintracciare quel biondo con la smorfia sulla faccia, ma crede non sia arrivata a niente. Oppure ha lasciato perdere, o si è arresa. Due cose che non sono da lei.

Oscar Falcone non si è più sentito, perché lui fa così, l'uomo misterioso.

La Glock 17 da fighetto, con tutti i suoi proiettili meno uno, ha fatto con Carlo l'ultimo viaggio fino all'Oltrepò pavese, dove lui ha comprato del vino, del buon salame, e ha guardato a lungo il fiume pensando cose molto profonde che non vi dirà, né ora né mai.

Solo questo: l'aveva in tasca quando si è seduto sulla riva e non l'aveva più quando è tornato alla macchina, un po' più leggero.

La critica televisiva si è esercitata con zelo sulla svolta del programma più odiato, che ora è diventato accettabile, anzi, persino consigliato da certe rubriche dei settimanali femminili. Si sbagliavano ieri, mica di tanto, e si sbagliano oggi, un bel po'.

Carlo non se ne cura, perché, ora che è del ramo, legge più volentieri la cronaca nera, e Milano non smette di essere quella sentina di crimine e ferocia che è stata nelle ultime settimane.

Dopo il misterioso incendio della villetta di Samarate, in cui sono stati rinvenuti ben tre cadaveri – un famoso avvocato, un estremista di destra e un terzo corpo che non è stato possibile identificare – altri fatti di sangue hanno turbato la tranquillità della grande città della moda e del design.

Un noto avvocato, tale Edoardo Finzi, consulente di medie e grandi imprese, residente a Monza con studio in piazza San Babila, si è lanciato nel vuoto da una grande finestra del suo ufficio al sesto piano, piombando al suolo con una certa violenza, per lo spavento di piccioni, turisti e commesse dei negozi sottostanti. La questura di Milano propende per un suicidio causato dalla depressione, anche se, a ben vedere, raramente chi si getta dalla finestra lo fa dopo essersi tagliato un orecchio. Il macabro reperto, rinvenuto dagli inquirenti sulla scrivania della vittima, è un dettaglio piuttosto raccapricciante. Ma mai raccapricciante come il fatto che nessuna arma da taglio è stata trovata nei paraggi, né in loco, né nelle tasche del morto.

Ancor più misteriosa la morte di Candido Cafiero, notissimo e chiacchierato imprenditore, ramo edilizia, speculazioni, costruzioni, lottizzazioni e lavori pubblici. Difficile, in questo caso, parlare di suicidio, dato che un taglio profondo e deciso lo faceva sorridere da un orecchio all'altro, all'altezza della gola. Rinvenuto a bordo della sua Maserati Quattroporte GTS dal custode del garage di uno stabile di via Belfiore, dalle parti di corso Vercelli, dove ha sede la sua azienda, il Cafiero stringeva tra le mani, piuttosto incongruamente, una bottiglia di benzina, particolare su cui gli inquirenti si sono detti «perplessi», pur affrettandosi ad aggiungere di essere anche «fiduciosi».

Katrina continua a occuparsi di Carlo con commovente dedizione. Ha incassato piuttosto bene il fatto che «quella signorina bella» non dorme più lì, seppure in un'altra stanza, e lui ha evitato di dirle che quelle signorine erano diventate due, e lui era l'ultimo dei loro pensieri. Per sdebitarsi, le ha regalato il sospirato pellegrinaggio a Medjugorje, quello del volantino che è rimasto per tanto tempo appeso al frigo grazie ai magnetici poteri di Super Pippo. 230 euro e quattro giorni di devozione, di cui tre da passare accartocciata in un pullman di donne timorate del Signore – e della Signora – come lei. Gli ha promesso che avrebbe pregato per lui per tutto il viaggio d'andata, mentre il ritorno, se permetteva, se lo sarebbe pregato per i cazzi suoi, e questo a Carlo è sembrato più che giusto.

Lui, invece, se ne sta lì.
I divani bianchi, la luce né alta né bassa, a pensare a quello che è successo e a tutti i modi in cui sarebbe potuta andare la faccenda. In un misto di esaltazione per il pericolo scampato, autocommiserazione, orgoglio, paura retroattiva e tremori vari che non è il caso di elencare, perché di certo avete da fare, è tardi, e il tempo è denaro.
Carlo si chiede se deve mettere la sua firma – più

una sigla ad ogni pagina – su questo contratto che si prende la sua anima.

E poi si chiede... se le cose non fossero andate come sono andate... se lei sarebbe andata al funerale. O a informarsi all'ospedale... no, solo un amico...

O addirittura a riconoscerlo all'obitorio, con la veneziana che si alza, il tipo che solleva il lenzuolo e il sostituto procuratore di velluto che la guarda per valutarne la reazione.

E poi magari ci prova, lo stronzo.

«Sì, è lui...».

Ha senso pensarci?

Ma perché? Tutto il resto, ha senso?

Carlo chiude gli occhi. I divani, le lampade, il tavolo grande per le cene con gli amici, la bottiglia di Oban, il bicchiere d'acqua con il ghiaccio che si scioglie. Tutti in coro gli dicono che no, non ha senso.

Dylan canta a volume né alto né basso:

I know it was all a big joke
Whatever it was about.
Someday maybe
*I'll remember to forget.**

---

* Bob Dylan, *Tight connection to my heart*: «Lo so che è stato tutto un grosso scherzo / di qualunque cosa si sia trattato. / Un giorno forse / mi ricorderò di dimenticare».

Voi continuate a pensare che Milano sia una città grigia. Liberissimi.

Ma ci sono delle albe, e nemmeno troppo raramente, in cui un azzurro cilestrino che toglie il fiato si litiga l'orizzonte con un rosa che non vuole andarsene, ed è una danza che vale la pena vedere.

Accanto alla roulotte lunga, Hego parla piano con il vecchio. Quasi tutti dormono ancora, e loro non vogliono fare rumore.

La borsa sportiva che Clinton ha trovato sotto un letto, al primo piano della villetta di Samarate, conteneva trentuno mila euro. Hego ne ha presi tremila, e quasi si scusa, ma devono andare dalle parti di Stoccolma, lui e Clinton, per un lavoro, e là costa tutto caro, gli hanno detto.

Il vecchio allarga le braccia come per dire: ma vi pare, amici. Quel che resta è più di quanto serva per un furgone nuovo.

Clinton se ne sta in disparte, e solo quando il colloquio è finito si avvicina per stringere la mano al vecchio. Hego, invece, lo abbraccia e lo bacia tre volte sulle guance. È un saluto che contiene sangue, fuoco, fughe di notte, grida di donne spaventate, bambini che piangono, ma anche una cosa più grande.

Giustizia.

Clinton si avvia alla macchina, la mette in moto, e quella fa le fusa piano, come un gatto pronto a diventare leone, basta schiacciare un pedale.

La lasceranno, con dentro le chiavi, all'aeroporto. Qualche ragazzo del campo andrà a prenderla, tutti sanno che non resisterà alla tentazione, e per tornare farà un giro lungo.

Hego si guarda intorno un'ultima volta. Una roulotte sua, un campo come questo, perché no. Un giorno…

Poi sale accanto a Clinton sulla Z4 bianca, che si muove e scivola lenta tra le pozzanghere verso l'ingresso del campo.

Il giovane Helver li guarda e li saluta con la mano.

Hego gli sorride. Clinton gli fa un segno con il pugno che vuol dire: «Bravo zingaro! Ci rivediamo!».

Allora Helver stringe più forte la mano di Mirsada, che guarda anche lei la macchina bianca che si allontana. Il ragazzo sa di non aver mai avuto in mano niente di meglio.

Mirsada ha una maglietta verde macchiata sul davanti, i capelli sulle spalle e due occhi neri pieni di tutto.

Al collo, un gioiello di argento finissimo, con smeraldi negli intarsi, pietre di giada, e un pendente d'ambra che cattura tutto quell'azzurro e quel rosa che si stanno litigando il cielo.

Helver le ha detto che era di una regina Sinti, tanto tempo fa.

E lo ha regalato a lei, a nessun altro, proprio a lei.

Anche questo fa fare l'amore.

Indice

Questa non è una canzone d'amore

Questo volume è stato stampato
su carta Palatina
delle Cartiere di Fabriano
nel mese di luglio 2015

Stampa: Officine Grafiche soc. coop., Palermo
Legatura: LE.I.MA. s.r.l., Palermo

La memoria